Prends soin de maman

Kyung-sook Shin

Prends soin de maman

Traduit du coréen par
JEONG Eun-Jin & Jacques BATILLIOT

ÉDITIONS
FRANCE
LOISIRS

Titre original : *Ommar ŭl putakhe*

Édition du Club France Loisirs,
avec l'autorisation de Oh ! Éditions

Éditions France Loisirs,
123, boulevard de Grenelle, Paris
www.franceloisirs.com

ISBN : 978-2-298-03384-7

Chapitre 1

Personne ne sait

Cela fait une semaine que votre mère a disparu.

Réunis chez ton frère aîné, les membres de ta famille ont finalement décidé de confectionner des avis de recherche pour les distribuer dans le quartier où s'est produit l'événement. C'est la méthode classique lorsque quelqu'un disparaît – même si ce « quelqu'un » est en l'occurrence votre mère. Il n'y a pas grand-chose d'autre à faire pour la retrouver, à part alerter la police, patrouiller dans les environs, arrêter des passants pour leur demander s'ils ont vu cette personne ou encore utiliser le site Internet du commerce de vêtements de ton petit frère pour y expliquer la situation et prier ceux qui auraient aperçu cette femme de vous contacter. Tu aimerais pouvoir dire que vous irez là où ta mère aurait pu se rendre, mais tu sais très bien qu'il n'existe pas un seul endroit de cette ville qu'elle soit capable de localiser toute seule.

D'abord, vous rédigez un brouillon. « C'est toi, la romancière ! Alors, compose le texte ! » ordonne ton frère aîné en te désignant. La romancière... Tu rougis comme si tu étais coupable de quelque chose. Tes mots vont-ils vous aider à la retrouver ?

Tu notes la date de naissance de la disparue : « le 24 juillet 1938 », mais ton père corrige : « C'est plutôt 1936. » Sur ses papiers d'identité, il est indiqué « 1938 », mais, en fait, elle serait née en 1936. Tu l'apprends. Il vous explique que c'était assez fréquent à l'époque. Il y avait tellement de nouveau-nés qui ne vivaient pas plus d'une centaine de jours que les parents attendaient que l'enfant ait deux ou trois ans pour déclarer sa naissance. Tu modifies la date, mais ton frère n'est pas d'accord : c'est la mention officielle de l'état civil, il faut donc laisser « 1938 ». Tu n'es pas sûre que ce soit une bonne idée, puisque c'est pour un avis de recherche et non pour un document administratif, mais tu effaces le chiffre 6 pour le remplacer par un 8, tout en te demandant à présent si le mois et le jour sont exacts.

Depuis quelques années, ta mère vous donnait pour consigne de ne rien organiser de particulier pour son anniversaire, qui tombait un mois après celui de ton père. Autrefois, pour n'importe quelle célébration, tes frères, ta sœur et toi, vous vous rendiez à J., dans son village. Rien qu'avec la famille proche, cela faisait vingt-deux personnes. Ta mère aimait l'agitation de ces réunions. Les jours qui précédaient, elle préparait du *kimch'i* [1], allait acheter de la viande au marché et s'assurait qu'il y avait assez de brosses à dents et de dentifrice pour tout le monde. Elle fabriquait aussi de l'huile de sésame, poêlant et broyant les grains pour que chacun de ses enfants puisse en emporter en repartant. Durant ces périodes d'attente, lorsqu'elle discutait avec des voisins ou des commerçants, ta mère semblait particulièrement débordante d'énergie, son ton et ses gestes dénotant une certaine fierté. Dans la grange étaient alignées des bouteilles en verre contenant du jus d'abricot ou de fraise sauvage, emmagasinées au fil des saisons. Elle gardait aussi des jarres remplies de coquillages et d'ombrines, d'anchois ou d'autres poissons qui macéraient. Si elle entendait dire que le jus d'oignon avait des vertus bénéfiques, elle en préparait pour l'envoyer à ses enfants qui vivaient en ville. Ça ou encore du jus de vieille courge additionné de réglisse. Chez elle, on se serait cru dans une sorte d'atelier où l'on accommodait selon l'époque différents produits destinés aux membres de la famille devenus citadins. Elle mitonnait des sauces, faisait fermenter du soja et broyait du riz. Tu ne saurais dire quand les habitudes avaient changé, mais, par la suite, c'étaient plutôt tes parents qui s'étaient déplacés jusqu'à la ville à ces occasions. Et puis, de plus en plus souvent, vous aviez fêté leurs anniversaires au restaurant. Il est vrai que c'était plus simple ainsi. Ta mère avait fini par décréter :

1. Chou fermenté dans une marinade salée et épicée. Le *kimch'i* est un condiment de base de la cuisine coréenne.

« Mon anniversaire, on le fêtera en même temps que celui de votre père. » Elle avançait comme argument qu'il tombait en plein été, à un moment où elle devait par ailleurs préparer deux cérémonies en l'honneur des ancêtres, à deux jours d'intervalle. Au début, vous aviez protesté : « Il n'en est pas question ! » et, quand votre mère s'obstinait à refuser de venir en ville, c'était vous qui descendiez, du moins pour la plupart, à la campagne. Puis, peu à peu, vous aviez commencé à acheter le cadeau pour votre mère pour le jour de l'anniversaire de son mari et à ne plus fêter le sien. Les paires de chaussettes qu'elle aimait acheter pour toute la famille s'étaient entassées dans ses tiroirs.

Nom et prénom : Pak Sonyŏ.
Date de naissance : le 24 juillet 1938 (69 ans).
Description : cheveux poivre et sel, courts et permanentés, pommettes saillantes, chemisier bleu clair, veste blanche, jupe plissée beige.
Lieu de disparition : station de métro Gare de Séoul.

Vous avez du mal à vous mettre d'accord sur la photo à diffuser. Certes, il en faudrait une récente, mais aucun de vous n'en possède. Il te revient que, depuis quelque temps, ta mère détestait être photographiée. Quand vous preniez une photo de famille, elle s'esquivait discrètement. Le dernier portrait figure sur l'un de ces clichés, pris lors du soixante-dixième anniversaire de ton père. Elle porte un costume traditionnel couleur de la mer ; elle s'était fait faire un brushing chez le coiffeur et avait mis du rouge à lèvres. Elle paraît si différente de celle que vous recherchez que même avec un agrandissement, personne ne fera le rapprochement – c'est en tout cas ce que pense ton frère cadet. Il l'a déjà mise en ligne et des internautes ont commenté : « Elle est superbe, votre mère ! C'est incroyable qu'elle se soit perdue dans la rue. » Vous décidez alors que chacun d'entre vous cherchera une autre photo chez lui. Ton frère aîné te demande d'améliorer ton texte. Comme tu l'interroges du regard, il précise : « Il faudrait que tu trouves des phrases qui interpellent davantage. » Des phrases qui interpellent… « Retrouvez-nous notre mère », d'après lui, c'est trop plat. Tu lui proposes : « Nous recherchons notre mère », mais il affirme que ça ne change rien. Il suggère alors de remplacer « mère », trop solennel, par « maman ». « Nous recherchons notre maman » ? Trop enfantin ! Tu notes : « Si vous apercevez cette personne, prière de bien vouloir nous contacter. » Il s'énerve : « Tu te dis écrivain et tu ne peux pas faire mieux que ça ? » Tu es incapable de trouver des phrases percutantes qui satisfassent ton frère. « Ce n'est pourtant pas compliqué ! intervient ton frère cadet. Il suffit d'ajouter qu'il y a une récompense. » « Belle récompense », écris-tu. Cette fois-ci, c'est ta belle-sœur qui n'est pas satisfaite de cette tournure. Pour que les gens soient motivés, il faut, selon elle, préciser le montant.

— Quelle somme dois-je mettre ?

— Un million de wons ?
— Ce n'est pas assez.
— Trois millions ?
— Toujours pas assez.
— Cinq millions alors ?

Plus d'objections. Tu notes : « Vous recevrez une récompense de cinq millions de wons. » Point final. Ton deuxième grand frère pense qu'il faut plutôt écrire : « Récompense : cinq millions de wons. » D'après ton frère cadet, le montant devra être indiqué en plus gros caractères. Vous vous mettez d'accord pour vous envoyer par e-mail les photos que vous aurez trouvées. Tu es chargée de faire composer et imprimer le texte. Ton petit frère répartira les affichettes entre vous. Tu avances une autre proposition : « On pourrait engager des étudiants pour les distribuer. » Mais ton frère aîné rétorque : « C'est à nous de le faire ! » Dans la semaine, chacun s'y mettra selon ses disponibilités et, le week-end, vous agirez tous ensemble. « Je me demande dans combien de temps on va la récupérer, en s'y prenant comme ça », grognes-tu.

— On va faire tout notre possible ! réplique-t-il.

— Ça veut dire quoi, « tout notre possible » ? Un avis de recherche dans les journaux ?

— Qu'est-ce que tu veux de plus ? Que chacun de nous laisse tomber son travail dès demain et fouille tous les quartiers ? Je le ferais, si j'étais sûr que ça nous permette de la retrouver.

Tu renonces à lui répondre. Tu te rends compte que ton vieux réflexe, celui qui consiste à faire appel à ton frère en disant : « C'est toi l'aîné, fais quelque chose ! », se déclenche même dans ce genre de situation. Laissant votre père avec lui, vous vous hâtez de vous séparer – pour éviter une dispute. Car c'est toujours ainsi que ça s'est terminé les jours précédents. Vous vous réunissiez pour vous concerter sur ce qu'il fallait faire suite à cette disparition. Cela finissait toujours de la même façon, chacun reprochant aux autres les torts qu'ils avaient causés dans le passé à votre mère. Des événements qui, sur le coup, avaient paru anodins et n'avaient pas soulevé de critiques resurgissaient pour prendre des proportions démesurées. Le ton montait, quelqu'un allumait une cigarette et prenait bruyamment la porte. Lorsque tu avais appris ce qui s'était passé, tu t'étais mise en colère et tu avais fulminé : « Comment se fait-il que personne ne soit allé les accueillir à la gare de Séoul ? »

— Et toi alors ?

« Moi ? » Tu n'avais plus rien ajouté. Tu n'avais appris les faits que quatre jours après qu'ils s'étaient produits. Vous vous jetiez à présent la responsabilité à la figure, en vous blessant les uns les autres.

Sortant de chez ton frère aîné, tu prends le métro pour rentrer chez toi, mais tu descends à la station Gare de Séoul, où ta mère a disparu. Tu te diriges vers le lieu précis où elle s'est retrouvée séparée de ton père. Les gens te doublent en te heurtant et, pendant tout le temps que tu passes à cet endroit, ils te bousculent sans jamais s'excuser. Ils ont dû avoir le même comportement avec ta mère quand elle se tenait là, sans savoir quoi faire. Quelques jours avant que tu ne la quittes pour aller vivre en ville, elle t'avait traînée par la main dans une boutique de vêtements. Tu avais choisi une robe toute simple, mais elle t'en avait tendu une autre, garnie de volants aux manches et au-dessus de l'ourlet.

— Qu'est-ce que tu en penses ?

— Non.

Tu l'avais repoussée.

— Pourquoi ? Essaie-la ! avait insisté ta mère, qui était encore jeune à l'époque, les yeux arrondis par l'étonnement.

Le contraste entre la robe à volants et la serviette crasseuse dont elle se couvrait la tête était une sorte de symbole de tout ce qui séparait deux mondes qui s'ignoraient mutuellement.

— C'est bon pour une gamine !

— Tu crois ? avait-elle lâché, comme à regret, tout en examinant le vêtement sous toutes ses coutures.

— À ta place, je l'essaierais quand même.

Tu t'étais alors sentie coupable d'avoir dit que c'était un truc tout juste bon pour une fillette et tu avais ajouté :

— Elle ne t'irait pas non plus, ce n'est pas ton style.

— Mais si ! J'aime bien ce genre de robe, avait-elle protesté. C'est juste que je n'ai jamais eu l'occasion d'en porter.

Jusqu'où remonte le souvenir qu'on garde d'un être humain ? Le souvenir d'une mère ?

Depuis sa disparition, des choses que tu avais complètement oubliées tout le temps qu'elle était là resurgissent de manière imprévisible, t'empêchant de te concentrer, ne serait-ce qu'une minute, sur une tâche. La mémoire engendre toujours le remords. Tu aurais dû essayer cette robe... Tu t'accroupis sur le quai du métro, là où elle en a peut-être fait autant. Quelques jours après l'achat du vêtement austère que tu avais choisi, tu t'étais retrouvée dans cette même gare. Ta mère, qui t'accompagnait, s'était frayé un passage dans la cohue en te tirant par la main, semblant vouloir défier par son attitude les grands bâtiments oppressants qui vous environnaient. Vous aviez attendu ton frère sous l'horloge. Dire que cette même femme s'est perdue ! En apercevant les lumières de la rame qui entre en gare, les gens s'approchent du bord du quai en te lorgnant avec curiosité.

Au moment où le drame s'est produit dans cette station de métro, tu étais en Chine, où tu participais au Salon du livre de Pékin. À cet instant précis, tu devais être en train de contempler la traduction chinoise d'un de tes livres sur le stand de ton éditeur.

— Pourquoi n'avez-vous pas pris un taxi ? Si seulement vous n'aviez pas emprunté le métro...

Ton père a répondu qu'il s'était demandé si cela valait la peine de sortir de la gare, alors qu'ils pouvaient accéder directement au métro. Tous les événements, surtout ceux qui ont des conséquences funestes, provoquent par la suite des regrets. Il y a toujours des choses qui n'auraient pas dû être. Pourquoi tes frères et sœur, qui, d'ordinaire, allaient les accueillir au terminus ferroviaire de Séoul ou à la gare routière, n'avaient-ils pas réagi quand leurs parents avaient déclaré qu'ils pouvaient très bien retrouver seuls la maison de ton deuxième grand frère ? Pourquoi ton père, qui se déplaçait toujours dans cette ville en taxi ou dans l'une de vos voitures, avait-il changé ses habitudes ? Tes parents avaient voulu monter dans la rame de métro qui venait d'arriver. Une fois à l'intérieur, ton père avait soudain pris conscience de ce que sa femme n'était pas à ses côtés. C'était un samedi après-midi, il y avait du monde. Ta mère avait été repoussée par la foule. Son mari s'était retrouvé seul alors que le métro démarrait et il s'était mis à paniquer. C'était lui qui portait son sac. Ta mère était abandonnée sur le quai, les mains vides, et toi, tu t'apprêtais à quitter le Salon du livre pour te rendre à la place Tian'anmen. C'était la troisième fois que tu venais à Pékin, mais tu n'avais encore jamais visité cet endroit ; tu l'avais tout juste entraperçu depuis un bus ou une voiture. L'étudiant qui vous servait d'accompagnateur avait proposé de profiter du temps qui restait avant le dîner pour y aller et, ton groupe et toi, vous l'aviez suivi. Au moment où tu marchais en direction de Tien'anmen, ta mère se tenait-elle toujours au milieu de la foule ? Peut-être attendait-elle que quelqu'un vienne la chercher ? Que faisait-elle, oubliée à la gare de Séoul, quand tu es arrivée devant la Cité interdite ? Celle-ci était partiellement fermée à cause d'un chantier. Il y avait des travaux partout à Pékin, du fait, disait-on, des jeux Olympiques qui devaient se tenir l'année suivante. Il y en avait aussi entre la Cité interdite et la célèbre place que tu apercevais et, pour y parvenir, il fallait franchir un labyrinthe très compliqué. En outre, c'était presque l'heure de la fermeture. Vous aviez donc fait demi-tour. Tu t'étais remémoré les ultimes images du film *Le Dernier Empereur*, quand Pu Yi, devenu vieux, revient à la Cité interdite où il a passé son enfance et, sous le regard d'un jeune touriste, ressort d'une cachette une boîte contenant un grillon, le compagnon de ses jeux d'enfant. Lorsque tu regardais les cerfs-volants qui planaient au-dessus de Tien'anmen, peut-être ta mère, désespérée et prostrée sur le sol du souterrain, criait-elle ton nom.

Pendant que tu admirais les policiers – un vrai bataillon – qui défilaient en levant haut la jambe pour aller affaler le drapeau rouge aux cinq étoiles, ta mère errait apparemment, aux dires de témoins, à l'intérieur de la station. Ils ont déclaré avoir vu une vieille femme, qui lui ressemblait, marchant très lentement, s'asseyant ou encore restant longtemps debout à côté d'un escalator. L'un d'entre eux l'aurait même aperçue qui montait dans une rame après être restée un long moment accroupie. Le soir où ta mère s'était ainsi évanouie dans Séoul, tu t'étais rendue en taxi, avec les membres de ton groupe, dans un quartier de gargotes éclairé comme en plein jour, pour déguster sous cet éclairage flamboyant un alcool chinois de plus de cinquante degrés et un plat brûlant de crabes baignant dans de l'huile d'un rouge piment.

Ton père, qui était descendu à la station suivante, était retourné à celle où il avait laissé son épouse, mais elle n'y était plus.

— Comment peut-on se perdre, même si on a manqué la rame ? Il y a des panneaux partout ! Elle ne sait donc pas téléphoner ? Elle n'avait qu'à passer un coup de fil depuis une cabine publique !

Selon ta belle-sœur, il n'était pas possible qu'elle n'ait pas réussi à gagner le domicile de son fils ; il lui était sûrement arrivé quelque chose d'autre. Quelque chose d'autre ? Mais ça, c'était l'opinion d'une personne qui s'obstinait à croire que ta mère était toujours ce qu'elle avait été.

— Maman peut se perdre.

Ta belle-sœur avait tourné son regard vers toi.

— Tu sais aussi bien que moi dans quel état elle est..., avais-tu ajouté.

Mais elle avait fait mine de ne pas comprendre. Pourtant, vous le connaissez tous, l'état de ta mère. Vous ne pouvez pas ignorer qu'elle pourrait ne plus revenir.

Quand as-tu découvert que ta mère ne savait pas lire ?

La première lettre qu'elle t'avait dictée était adressée à son fils aîné qui vivait à Séoul. Il avait terminé ses études au lycée du bourg dont dépendait administrativement votre village natal, puis, après avoir étudié une année en autodidacte, il avait passé avec succès un concours pour devenir fonctionnaire et était parti rejoindre son poste dans la capitale.

C'était la première séparation entre ta mère et l'un de ses enfants. Les téléphones étaient rares à l'époque et le courrier constituait le seul moyen de communication. Ton frère lui envoyait régulièrement une lettre, écrite en gros caractères. Comme si elle avait un don de prémonition, elle devinait le jour où elle allait arriver. Le facteur entrait dans le village sur sa bicyclette, sa grosse sacoche arrimée sur le porte-bagages avant. Les jours où elle contenait des nouvelles de son fils, ta mère accourait au-devant de lui depuis le champ qu'elle labourait ou le cours d'eau où elle faisait la lessive. Puis elle attendait que tu rentres, une fois tes cours finis. Elle t'emmenait sur le *maru* [1] à l'arrière de la maison et te tendait la lettre.

— Lis-moi ça à voix haute !

Cela commençait toujours par : « Très chère mère. » Comme s'il avait appris l'art de la correspondance dans un manuel, il demandait d'abord des nouvelles de ses parents, puis donnait des siennes. Il racontait qu'une fois par semaine, il apportait son linge sale à une tante qui le lui rendait lavé. Qu'il mangeait bien. Qu'il s'était procuré un logement en obtenant de dormir dans les locaux de la mairie d'arrondissement où il travaillait. Qu'elle ne devait

1. Dans une maison coréenne traditionnelle, le *maru* est un espace de forme variable, mais dont la double caractéristique est d'avoir un sol constitué par un plancher et d'être ouvert sur l'extérieur. Le *maru* peut par exemple se présenter comme une petite galerie, une estrade le long de la façade, ou comme une pièce ouverte ou simplement fermée par une porte coulissante.

pas s'inquiéter pour lui. Il disait aussi que, dans cette ville, il se sentait plein d'énergie et d'ambition et qu'il voulait réussir pour pouvoir offrir à sa mère une vie plus confortable. Il ajoutait, sur un ton trop sérieux pour ses vingt ans : « Mère, vous ne devez vous occuper que de votre propre santé, au lieu de vous faire du souci pour moi. » De temps à autre, tu jetais un coup d'œil par-dessus la feuille de papier. Ta mère, immobile, fixait des tiges de colocases ou une jarre. Ses oreilles semblaient dressées comme celles d'un lapin pour saisir la moindre parole que tu prononçais. Une fois la lecture terminée, elle te demandait d'écrire sous sa dictée. Les premiers mots étaient toujours : « À Hyŏngch'ŏl », le prénom de ton frère aîné. Tu notais, puis tu mettais un point, bien qu'elle ne l'ait pas mentionné. De la même manière, si elle disait : « Hyŏngch'ŏl », tu écrivais : « Hyŏngch'ŏl ! » Si elle marquait une pause comme si elle avait oublié la suite, tu attendais, le stylo levé, le regard rivé sur la feuille, tendant les oreilles derrière lesquelles tu avais accroché les mèches qui te glissaient sur le visage. Si elle disait : « Le temps a rafraîchi », tu écrivais : « Le temps s'est rafraîchi. » Elle abordait toujours la question de la météo après avoir prononcé le prénom de ton frère : « Ici le printemps est arrivé et des fleurs sont écloses. » « L'été est là, la terre des rizières commence à se craqueler. » « C'est la saison des récoltes. Les haricots poussent en quantité entre les rizières. » C'était la seule occasion où elle ne s'exprimait pas en dialecte. « Ne t'inquiète pas pour nous et veille sur ta santé. » C'était tout ce qu'elle exigeait de lui. Son discours, qui avait sobrement commencé par : « À Hyŏngch'ŏl », se laissait soudain emporter par un tourbillon d'émotions : « Ta maman ne t'est d'aucun secours, je suis désolée. » Tandis que tu transcrivais soigneusement ses propos, de grosses larmes tombaient sur le dos de sa main. La conclusion était toujours la même : « Ne saute pas de repas. Ta maman. »

Troisième enfant du couple, tu avais été témoin de la tristesse, de la douleur et des inquiétudes qu'avait engendrées chez ta mère le départ de tes grands frères. Quand l'aîné s'en était allé, elle avait nettoyé chaque matin à l'aube les jarres alignées sur la terrasse. Elle les récurait l'une après l'autre, alors qu'aller puiser l'eau nécessaire à cette tâche dans le puits de la grande cour constituait une rude besogne. Le torchon à la main, elle fredonnait : « *Si entre vous et moi il n'y avait pas cette mer, il n'y aurait pas cette séparation...* » Tandis que ses mains s'affairaient à tremper le torchon dans l'eau froide, l'en sortir, le tordre pour l'essorer et le passer sur les jarres, elle chantait ce refrain : « *J'espère que vous ne m'abandonnerez pas un jour.* » Si tu l'appelais à ce moment-là : « Maman ! », elle se retournait et ses yeux de génisse étaient emplis de larmes. Un jour, ses nerfs avaient lâché et elle s'était effondrée devant un des pots en criant : « Hyŏngch'ŏl ! » Doucement, tu l'avais obligée à lâcher le torchon et tu avais fait passer ses bras autour de tes épaules.

Sa façon d'exprimer son amour pour son fils aîné, c'était par exemple de faire bouillir pour lui un des sachets de soupe aux nouilles instantanée qu'elle lui réservait, quand il rentrait tard le soir après avoir suivi ses cours et étudié à la bibliothèque du lycée. Quand tu avais par la suite évoqué ce détail, *il* s'était contenté de dire :

— Ce n'était jamais que de la soupe instantanée !

— Comment ça, ce n'était que de la soupe ? C'était ce qu'il y avait de meilleur ! Il fallait même se cacher pour en manger sans être embêté par les autres !

Il avait semblé penser, lui qui avait grandi dans une ville côtière : « À ce point-là ? »

Dès qu'elle était apparue sur le marché, la soupe instantanée avait détrôné tous les plats que préparait ta mère. Alors, elle en achetait quelques sachets qu'elle dissimulait dans une jarre vide. Ils étaient exclusivement destinés à ton frère aîné, quand il rentrait tard la nuit. Mais l'odeur de la soupe réveillait les autres. Ta mère vous disait alors sur un ton sévère :

— Rendormez-vous !

Mais vous fixiez la bouche de votre aîné sur le point d'engloutir les nouilles. Un peu gêné, il distribuait une bouchée à chacun d'entre vous.

— Quand il s'agit de manger, rien ne vous échappe ! grognait ta mère.

Puis elle allait remplir d'eau un grand fait-tout et faisait bouillir un autre sachet de soupe qu'elle partageait entre vous. À cette époque, recevoir un bol qui contenait plus de bouillon que de nouilles, c'était pour vous le bonheur ! Elle s'était affaissée et avait éclaté en sanglots quand elle était arrivée devant la jarre où elle cachait autrefois les sachets de soupe.

Tout ce que tu pouvais faire pour ta mère qui sombrait dans la tristesse à cause de l'éloignement de tes frères, c'était de lire à haute voix les lettres qu'ils lui envoyaient, rédiger les réponses sous sa dictée, et les poster sur le chemin de l'école. Mais tu étais alors loin de te douter qu'elle n'avait pas accès au monde de l'écrit. Comment est-il possible que tu n'aies jamais pensé qu'elle faisait appel à toi, qui étais encore jeune, parce qu'elle ne savait pas lire ? Pour toi, il s'agissait d'une tâche comme une autre, par exemple aller cueillir des feuilles de mauve dans le potager ou acheter du combustible pour le poêle. Il semble pourtant qu'elle n'ait confié ce travail à personne d'autre, car quand toi aussi tu as quitté le giron maternel, elle ne t'a jamais envoyé de lettres. Ou était-ce parce que tu ne lui écrivais pas ? C'est sans doute la faute au téléphone. Vers l'époque où tu étais partie de la maison familiale, le maire en avait fait installer un, le premier du village, à l'usage de ses concitoyens. Tous les matins, vous aviez droit à une annonce par haut-parleur, signalant qu'il y avait un appel en provenance de Séoul pour un tel et qu'il était prié de se présenter très rapidement. Tes frères n'écrivaient donc plus, mais téléphonaient. Depuis l'apparition de cet appareil, les gens dont certains proches étaient partis dressaient l'oreille chaque fois que retentissait la voix dans le haut-parleur.

Une mère et une fille se connaissent parfaitement, ou pas mieux que si elles étaient deux étrangères.

Jusqu'à l'automne dernier, tu croyais tout savoir sur ta mère : ce qu'elle aimait, ce qu'il fallait faire quand elle était en colère et ce qu'elle avait envie d'entendre. Si quelqu'un t'avait demandé ce qu'elle faisait au moment même où vous parliez, tu lui aurais répondu dans les dix secondes : « Elle fait sûrement sécher des fougères », ou : « On est dimanche, elle est à la messe. » Mais tes certitudes se sont envolées à l'automne dernier. Tu avais commencé à avoir l'impression de ne plus être sa fille, mais une hôte, en constatant qu'elle rangeait sa maison quand tu lui rendais visite. Elle se précipitait pour ramasser une serviette tombée par terre ou une miette sur la table. Quand tu venais chez elle à l'improviste, elle se confondait en excuses à propos de la cour qui n'était pas nettoyée ou de la literie qui n'était pas lavée. Elle inspectait le contenu du réfrigérateur et, malgré tes efforts pour l'en dissuader, allait faire des courses. Être en famille, ça signifie qu'après le repas, l'on peut vaquer à ses occupations sans être gênés par le fait que la table n'a pas été débarrassée. Devant cette mère qui voulait te cacher les traces du désordre quotidien, tu avais pris conscience de ce que tu étais devenue pour elle – une invitée.

Peut-être ce changement s'était-il produit bien longtemps auparavant, quand elle t'avait emmenée dans la capitale. Elle ne t'avait plus jamais grondée depuis. Comment se comportait-elle, avant cet événement ? Elle te blâmait au moindre écart de conduite. Une des phrases qui revenaient tout le temps dans sa bouche, c'était : « Tu es une fille... » Pour te faire comprendre que tu ne devais pas imiter tes frères, quand tu mangeais, par exemple, une pomme ou du raisin, mais aussi dans ta façon de marcher, de t'habiller et de parler. Elle t'invitait à corriger ton naturel, parce que tu étais une fille. Quelquefois, elle te regardait avec un air soucieux. Son visage s'assombrissait quand elle te demandait de t'asseoir en face d'elle, faute d'avoir quelqu'un d'autre pour l'aider à tendre un drap, ou encore d'insérer des allume-feu dans l'âtre de la vieille cuisine pour terminer la cuisson du riz. Un jour d'hiver, alors qu'elle était en train de dépiauter une raie destinée à une cérémonie en l'honneur des ancêtres, elle t'avait déclaré, le couteau à la main : « Tu dois étudier beaucoup. » Elle avait ajouté : « C'est comme ça que tu pourras entrer dans un monde différent. » Avais-tu compris ce qu'elle voulait dire ? À cette époque où elle te sermonnait à tout bout de champ, tu l'appelais souvent : « Maman ! Maman ! » Un mot qui bien sûr évoquait les liens qui vous unissaient, mais aussi un appel au secours qui voulait dire : « Aide-moi ! », « Caresse-moi les cheveux au lieu de me gronder ! », « Sois de mon côté, même si j'ai tort ! ». Ce mot-là, tu as continué à l'utiliser ainsi, jusqu'à ce jour où elle a disparu. Mais quand tu le prononçais, il signifiait aussi : « Prends soin de toi ! » Tu voulais te persuader que ta mère était solide, que rien ne pouvait lui arriver, qu'elle serait toujours au bout du fil, chaque fois que quelque chose te plongerait dans le désespoir.

Si, à l'automne précédent, tu ne l'avais pas avertie de ta venue, ce n'était pas pour éviter qu'elle se donne de la peine avant ton arrivée. Sa maison était loin de la ville où tu avais débarqué tôt ce matin-là. Lorsque, après t'être lavé les cheveux, tu étais partie de chez toi à l'aube pour aller prendre l'avion, tu n'avais pas planifié d'aller voir ta mère. Le trajet entre ta destination et ton village natal était encore plus compliqué et long qu'à partir de chez toi. Non, tu n'avais vraiment pas prévu cette visite.

Quand tu étais arrivée, le portail était ouvert. La porte d'entrée de la maison aussi. Comme tu avais un déjeuner le lendemain à Séoul, tu avais l'intention d'y retourner par un train de nuit. Tu étais née dans le village où vivait ta mère, mais il t'était désormais étranger. Les traces de ton enfance se résumaient à trois micocouliers plantés près du torrent. À présent, ils étaient vieux. C'était sans doute pour les voir que tu préférais toujours emprunter ce chemin plutôt que la grand-route. Il te menait à la petite porte derrière la maison de ta mère. Il y avait eu autrefois devant cette entrée un puits communal. Chaque foyer bénéficiant désormais de l'eau courante, il avait été comblé, mais tu en avais gardé le souvenir et tu marquais toujours un petit arrêt devant son emplacement avant d'entrer. Tu testais du pied la résistance du ciment. Était-il vrai qu'il y avait eu là un puits qui n'était jamais à sec ? Cela te paraissait étrange. Qu'était-il devenu, dans les ténèbres, ce puits toujours rempli, même après avoir désaltéré tous les villageois ? Un jour, alors que tu rendais visite à ta mère après une longue absence, tu l'avais retrouvé scellé. Parce que tu n'avais pas vu les travaux de tes propres yeux, tu l'imaginais encore gorgé d'eau.

Gagnant enfin la petite porte après cette brève pause, tu avais appelé : « Maman ! », mais personne ne t'avait répondu. Le soleil d'automne qui commençait à se coucher inondait de sa lumière la cour de la maison, orientée à l'ouest. Tu étais entrée, mais ta mère n'était ni dans le séjour ni dans la chambre. Le désordre régnait. Une bouteille d'eau sans bouchon traînait sur la table de la cuisine, ainsi que des verres dans l'évier. Sur la natte du séjour était renversé un panier contenant des serpillières, et une chemise sale de ton père était étalée sur le canapé. Une lueur évanescente baignait cet intérieur désert. « Maman ! » avais-tu encore crié, alors que, de toute évidence, elle n'était pas là. Tu étais ressortie, et tu l'avais aperçue dans la grange, qui n'avait pas de porte. Elle était allongée sur un lit de repos en bois.

— Maman !

Elle n'avait pas répondu. Après avoir récupéré tes chaussures, que tu avais laissées à l'extérieur, tu t'étais dirigée vers ce bâtiment. C'est là que ta mère pétrissait la pâte de farine destinée à la fabrication du levain qui serait utilisé pour faire de l'alcool. Le local avait été agrandi en aménageant l'ancienne porcherie voisine et il était très commode. Des étagères avaient été installées contre les cloisons pour recevoir les ustensiles de cuisine qui ne servaient pas souvent ; en dessous étaient alignées des bouteilles contenant différentes préparations de ta mère. C'était aussi elle qui y avait installé un vieux lit de repos. Depuis qu'une nouvelle maison avait remplacé la vieille demeure traditionnelle, la grange servait aux besognes qu'il était difficile d'exécuter dans une cuisine moderne où l'on travaillait debout : broyer des piments pour préparer du *kimch'i*, chercher des cosses en fouillant dans un tas de tiges de soja et récupérer les graines, préparer de la pâte de soja, saler des choux ou encore sécher des haricots.

La niche à côté de la grange était vide. La laisse traînait par terre. Ce n'est qu'à ce moment-là que tu t'étais rendu compte que tu n'avais pas encore vu le chien. Tout en le cherchant des yeux, tu t'étais approchée de ta mère qui n'avait toujours pas bougé. Elle venait probablement de couper des courges pour les faire sécher au soleil. Elle avait repoussé la planche, le couteau, les courges entières et un panier en bambou contenant des morceaux qui avaient tous la même taille. Tu t'étais d'abord demandé si elle s'était endormie, tout en sachant que ta mère ne faisait jamais la sieste. Tu avais observé son visage. Le dos de sa main était posé sur son front et on avait l'impression que quelque chose la faisait souffrir. Ses lèvres étaient entrouvertes et une grimace dessinait entre ses yeux des rides nettes comme des segments de fil de fer.

— Maman !

Ses paupières étaient restées closes.

— Maman ! Maman !

Tu t'étais agenouillée à côté d'elle et tu l'avais secouée. Elle avait enfin entrouvert les yeux. Ils étaient rouges. Des gouttes de sueur perlaient sur son front. Elle ne semblait pas te reconnaître. L'expression de son visage, déformé par la douleur, paraissait vouloir dire que quelque chose d'invisible et d'assez monstrueux lui écrasait la tête. Elle avait refermé les yeux.

— Maman !

Sans penser à ce que tu faisais, tu t'étais assise sur le bord du lit et tu avais posé sa tête sur tes cuisses. Tu avais serré son bras sous ton aisselle pour l'empêcher de glisser. Comment pouvait-on la laisser toute seule dans cet état ? Confrontée à ce qui ressemblait à un abandon, tu avais senti la colère monter en toi. L'homme est tellement égoïste ! Tu étais furieuse parce qu'on avait laissé tomber ta mère – mais la personne qui avait fait ça, c'était peut-être toi. Quand on vient de subir un choc, on ne sait pas ce qu'il faut faire. Fallait-il appeler une ambulance ? Fallait-il la transporter dans sa chambre ? Mais où donc était ton père ? Des pensées diverses t'avaient traversé l'esprit et tu étais incapable de prendre une décision. Tu te contentais de l'observer. Jamais tu n'avais vu son visage à ce point altéré par la souffrance. La main qui semblait vouloir écraser son front était soudain retombée. Puis, exténuée, elle avait exhalé un soupir. Ses membres s'étaient relâchés, ce qui semblait indiquer que la tension qui l'accablait était retombée en un instant.

— Maman !

Ton cœur battait fort quand tu avais essayé de la prendre dans tes bras. Pour la première fois, tu prenais conscience de ce que ta mère pouvait mourir. Alors qu'elle ouvrait doucement les yeux, son regard s'était arrêté sur toi. Elle aurait dû être étonnée de te voir là, mais ça ne paraissait pas être le cas. Elle semblait trop affaiblie pour réagir. Un moment plus tard, le visage comme paralysé, déserté par la vie, elle avait murmuré ton prénom. Puis elle avait balbutié quelque chose. Tu avais tendu l'oreille.

— Quand ma sœur est morte, je n'ai même pas pu pleurer.

Son visage exsangue était tellement sinistre que tu ne trouvais pas de mots pour la consoler.

Les obsèques de ta tante avaient eu lieu au printemps. Tu n'avais pas pu y assister. Tu ne lui avais même pas rendu visite pendant tout le temps qu'elle avait lutté contre sa maladie, soit presque une année. Que faisais-tu ? Quand tu étais petite, elle était pourtant pour toi comme une seconde maman. Tu passais les vacances d'été chez elle, de l'autre côté de la montagne. Tu étais sa préférée – sans doute parce que tu ressemblais à sa sœur. Elle disait :

— Tu as été fabriquée dans le même moule que ta mère !

Comme pour revivre l'enfance qu'elle avait partagée avec celle-ci, elle donnait avec toi à manger à ses lapins et tressait tes cheveux en trois nattes. Elle faisait cuire de l'orge, avec par-dessus du riz qui t'était réservé. Le soir, tu te blottissais dans son giron et elle te racontait des histoires, son bras soutenant ta tête. Elle n'est plus de ce monde, mais tu te rappelles encore son odeur. Dans ses vieux jours, elle s'était occupée du bébé de sa fille. Cette dernière tenait une boulangerie. À l'hôpital où elle avait été transférée après avoir fait une chute dans un escalier, l'enfant sur le dos, on lui avait dit qu'un cancer avait déjà tellement ravagé son corps qu'il n'y avait plus rien à faire. En te l'apprenant, ta mère s'était exclamée :

— Pauvre grande sœur !

— Comment se fait-il qu'elle ne l'ait pas su plus tôt ?

— Elle ne s'était jamais fait examiner...

Ta mère allait la voir de temps à autre, avec une bouillie qu'elle préparait pour elle et lui faisait avaler par cuillerées. Parfois, elle te faisait un compte rendu téléphonique de ces visites :

— Je suis allée voir ta tante hier. Je lui ai apporté de la bouillie au sésame. Elle a bien aimé.

Tu l'écoutais en silence. Tu avais été la première personne à laquelle elle avait annoncé son décès, au téléphone.

— Ma sœur est morte.

— ...

— Ce n'est pas la peine de venir, tu es trop occupée.

Ce n'était pas parce qu'elle avait dit cela que tu n'avais pas assisté aux funérailles, mais parce que tu avais un délai à respecter pour la remise d'un manuscrit à ton éditeur. Ton frère, qui y était allé, t'avait raconté qu'il appréhendait de voir votre mère désespérée, mais qu'elle n'avait ni pleuré ni même voulu accompagner le corps jusqu'à sa tombe. « Maman ? » t'étais-tu étonnée. Ton frère t'avait dit qu'il avait trouvé cela bizarre, mais qu'il l'avait laissée faire comme elle voulait. Or, à peine éloignée la douleur qui avait déformé ses traits, voilà qu'elle confessait ce jour-là qu'elle n'avait pas pu pleurer à la mort de sa sœur...

— Pourquoi ? Tu aurais dû te laisser aller..., lui avais-tu déclaré, rassurée de retrouver progressivement le visage qui t'était familier, même s'il te paraissait encore atone.

Elle avait cligné les yeux.

— Je ne suis même plus capable de pleurer, à présent.

— ...

— Ma tête va exploser.

Tu scrutais cette tête posée sur tes cuisses, éclairée par les lueurs du crépuscule, et tu ne la reconnaissais pas vraiment. Souffrait-elle de migraine depuis longtemps ? Au point de ne pas pouvoir verser de larmes ? Ses yeux noirs, d'ordinaire ronds et brillants, qui te faisaient parfois penser à ceux d'une vache qui s'apprête à vêler, disparaissaient presque dans les replis de ses rides. Ses lèvres décolorées étaient desséchées et gercées. Tu ignorais complètement qu'elle souffrait de tels maux de tête qu'elle ne pouvait même pas pleurer la mort de sa sœur. Tu avais pris son bras qui reposait sur le lit, écarté du corps, et tu l'avais placé sur son ventre. Des taches brunes couvraient le dos de sa main, ravagée par toute une vie de labeur. Tu n'étais plus si sûre de bien connaître ta mère.

En ce temps-là, ton oncle maternel était encore de ce monde.

Revenu dans la région après une période d'errance, il rendait visite à ta mère tous les mercredis, sans raison précise. Il arrivait en vélo et repartait après avoir vu sa sœur. Quelquefois, il n'entrait même pas, se contentant de crier depuis le portail :

— Petite sœur !

Puis il lui demandait :

— Tu vas bien ?

Avant même qu'elle ait pu venir à sa rencontre, il faisait demi-tour et repartait.

— Je m'en vais !

Pour autant que tu saches, ils n'étaient pas très proches l'un de l'autre. À une époque dont tu n'as pas le souvenir, peut-être même avant ta naissance, il avait apparemment emprunté à ton père une coquette somme d'argent, qu'il n'avait jamais remboursée. Ta mère lui en avait gardé rancune et en parlait de temps en temps. Elle disait qu'à cause de cette dette, elle se sentait gênée devant ton père et sa belle-sœur. C'était ton oncle qui devait l'argent, mais c'était elle qui le vivait mal. Les quatre ou cinq années pendant lesquelles il n'avait pas donné de nouvelles, elle répétait à tout bout de champ :

— Qu'est-ce qu'il est devenu, ton oncle ?

Il était difficile de savoir si c'était l'inquiétude ou la rancœur qui la tenaillait. Cela se passait avant qu'elle fasse construire une nouvelle maison. Un jour, quelqu'un avait franchi le portail et crié :

— Il y a quelqu'un ?

Ta mère, qui mangeait des clémentines avec toi dans sa chambre, était sortie avec une hâte surprenante. Qui allait-elle accueillir avec tant de précipitation ? Tu l'avais suivie pour le découvrir. Depuis le *maru*, elle avait regardé dans la direction du portail et s'était écriée :

— Grand frère !

Puis elle s'était mise à courir. C'était donc ton oncle maternel... Se ruant sur lui, elle s'était mise à lui marteler la poitrine en répétant :

— Grand frère ! Grand frère !

Debout sur le *maru*, tu observais ta mère. C'était la première fois que tu l'entendais dire « grand frère ». Elle avait toujours parlé de lui en le désignant comme « ton oncle ». Tu avais alors compris ce qui t'avait d'abord paru si incongru et pourquoi tu avais été si surprise d'entendre ta mère crier gaiement : « Grand frère ! » alors que tu savais bien qu'elle en avait un. Tu avais soudainement eu comme une révélation : « C'est vrai, maman aussi a un frère ! » Il t'arrivait de rire toute seule lorsque tu pensais au comportement de ta mère ce jour-là, cette femme déjà âgée qui avait bondi du *maru* et traversé en trombe la cour pour aller à la rencontre de son aîné. Elle ressemblait à une jeune fille – beaucoup plus jeune même que toi. Cette image reste gravée dans ta mémoire. Cette idée t'avait souvent traversé l'esprit depuis : « Maman aussi... » Pourquoi ne t'étais-tu pas aperçue d'une chose aussi évidente ? Pour toi, ta mère, c'était ta mère, point final. Comme si elle était née telle. Avant de la voir courir vers son frère en criant, tu n'avais jamais envisagé qu'elle avait été un bébé qui apprenait à marcher, qu'elle avait eu trois ans, douze ans, vingt ans... En même temps que tu avais compris qu'elle était un être doté de sentiments semblables à ceux que tu éprouvais envers tes propres frères, tu avais pris conscience du fait qu'elle aussi avait eu une enfance. À dater de ce jour, tu t'étais mise à imaginer l'existence de cette femme née en 1936 – en 1938 d'après l'état civil –, son enfance, sa jeunesse, sa vie de jeune mariée, ce qu'elle était à l'époque où elle t'avait donné naissance.

Tu ne pouvais pas repartir en ville en laissant ta mère dans la grange. Ton père était parti pour Sokch'o avec des gens de l'Académie de musique traditionnelle et devait rentrer deux jours plus tard. Si la douleur était moins aiguë, la migraine persistait néanmoins, l'empêchant même de sourire, de pleurer ou de rire. Tu lui avais proposé de l'emmener à l'hôpital, mais elle ne semblait pas comprendre. Tu l'avais soutenue jusqu'à sa chambre ; ellc marchait tout doucement, en s'efforçant de garder la tête immobile. Un long moment s'était écoulé avant que tu puisses discuter avec elle. Elle t'avait avoué qu'elle avait tout le temps mal à la tête – parfois très mal –, et que, dans ces moments-là, elle se contentait d'attendre que ça passe.

Tes frères étaient-ils au courant ? Et ton père ?

Tu t'étais dit qu'une fois rentrée à Séoul, tu allais évoquer le problème devant ta famille et proposer de l'emmener dans un grand hôpital. Lorsque ta mère s'était de nouveau trouvée en état de bouger, elle t'avait demandé quand tu devais repartir. Il y avait bien longtemps que tu n'étais pas restée avec elle plus de trois ou quatre heures. Bien que te rappelant ton rendez-vous du lendemain, tu lui avais répondu :

— Ce soir, je vais dormir ici.

Un sourire s'était dessiné aux commissures de ses lèvres.

Ne sachant pas trop quoi faire de la pieuvre vivante que tu avais achetée au marché aux poissons de P., vous l'aviez épargnée et vous vous étiez assises de part et d'autre de la table sur laquelle était servi un modeste repas, semblable à ceux de ton enfance et composé de *kimch'i*, de tofu, d'anchois et d'algues séchés. Ta mère roulait une feuille d'algue autour du riz et te la tendait. Tu l'acceptais sans faire de commentaires, comme quand tu étais jeune. Puis vous aviez marché autour de la maison pour faciliter votre digestion. Ce n'était plus celle où tu avais passé ton enfance, mais comme à cette époque, les cours qui l'entouraient communiquaient. Derrière, les jarres étaient alignées sur une terrasse. Elles avaient contenu autrefois de la pâte ou de la sauce de soja, du sel et d'autres préparations, mais, à présent, elles étaient vides. Après quelques tours, ta mère t'avait interrogée, comme si l'idée venait de lui traverser l'esprit, sur les raisons de ta visite.

— J'étais à P.

— Mais c'est loin d'ici !

— C'est vrai.

— C'est même plus loin que Séoul.

— Certes.

— Tu ne trouves jamais le temps de nous rendre visite et c'est à P. que tu as pensé à venir ?

Au lieu de répondre, tu avais saisi sa main aux muscles noueux et tu l'avais serrée comme on s'agrippe à une corde dans l'obscurité. Tu ne savais pas comment te justifier. Tu lui avais alors expliqué que tu étais allée faire une conférence dans cette localité, dans une bibliothèque d'ouvrages en braille.

— En braille ? Qu'est-ce que c'est ? avait-elle demandé.

— Des lettres que les aveugles déchiffrent avec le bout des doigts. C'est ça, le braille.

Ta mère avait hoché la tête. Tout en continuant à marcher autour de la maison, tu lui avais raconté ce que tu étais allée faire là-bas. Il y avait des années que la bibliothèque en question te demandait de venir, mais tu n'avais jamais pu répondre à ces invitations qui coïncidaient toujours avec d'autres obligations. Ils t'avaient à nouveau contactée par téléphone au printemps dernier, juste après la parution de ton nouveau livre. La bibliothécaire t'avait exprimé son intention d'en faire fabriquer des exemplaires en braille. Tu ne savais rien de cet alphabet. Ce que tu venais d'expliquer à ta mère résumait toute ta science à ce sujet. Devant ton absence de réaction, comme si on t'avait parlé de l'œuvre d'un autre, elle t'avait demandé ton autorisation. Si elle n'avait pas employé ce mot, « autorisation », tu ne te serais pas déplacée. C'était lui qui t'avait touchée. Des gens qui ne pouvaient pas lire avaient envie de connaître ton roman et te demandaient la permission de le transcrire dans un système d'écriture qui leur était accessible... Cette pensée t'avait fait fléchir et tu avais fini par répondre :

— D'accord.

Ton interlocutrice t'avait alors expliqué que l'ouvrage pourrait paraître en novembre et qu'il se trouvait que ce mois-là, il y avait la Journée du braille. Elle aurait aimé que tu viennes recevoir un exemplaire. Prise au dépourvu, tu n'avais pas su dire non. Et puis, comme on n'était qu'au début du printemps, le mois de novembre te paraissait encore loin. Le temps s'était pourtant écoulé et l'automne, le mois de novembre et enfin le jour de la cérémonie étaient arrivés.

Quand on y réfléchit, on se rend compte que la plupart des événements de la vie sont prévisibles. Ceux mêmes qui paraissent les moins probables sont en quelque sorte programmés. Si un fait inattendu se produit, cela signifie simplement que l'on n'a pas bien perçu un enchaînement de causes et d'effets. Ta visite à cette bibliothèque, ce qui s'y était passé... Tu aurais pu le prévoir, si tu avais pris le temps de réfléchir sur la nature de l'endroit où tu étais invitée. Mais tu avais été très occupée tout au long du printemps et de l'été. Le jour où tu t'y étais rendue, tu ne pensais pas aux gens que tu devais rencontrer, mais tu avais peur d'arriver en retard au rendez-vous, fixé à dix heures. Tu avais réussi de justesse à prendre l'avion qui décollait à huit heures, à gagner P., puis en taxi la bibliothèque où tu t'étais enfin retrouvée dans une salle d'attente. Le directeur de l'établissement était venu s'asseoir en face de toi, avec l'aide d'un jeune homme.

— Je vous remercie de vous être déplacée jusqu'ici, avait-il courtoisement déclaré en te tendant la main.

Tu l'avais serrée, notant au passage la douceur de la peau, et l'avais salué sur un ton enjoué destiné à dissimuler la tension qui t'habitait. En attendant que la cérémonie commence, il avait parlé de ton livre. Devant cet aveugle qui disait l'avoir lu, tu t'étais contentée de hocher la tête en souriant – alors qu'il ne pouvait voir ni ton sourire ni ton mouvement de la tête ! C'était la Journée du braille, leur fête. Dans l'amphithéâtre étaient déjà réunies quelque quatre cents personnes et d'autres arrivaient encore, guidées par des bénévoles : des femmes et des hommes, des jeunes et des moins jeunes – mais pas d'enfants. Plusieurs intervenants avaient successivement pris la parole. Il y avait eu des remerciements. Enfin, il avait été question de ton roman et tu t'étais avancée. Le volume que le directeur t'avait remis, bien que deux fois plus grand qu'un livre ordinaire, était léger. Après les applaudissements, tu étais revenue à ta place avec ce cadeau. Le cérémonial s'était poursuivi. Pendant qu'on récompensait ceux qui avaient lu le plus de livres, tu avais ouvert celui que tu venais de recevoir et avais été prise d'un vertige... Les pages blanches étaient remplies d'innombrables points. Tu avais eu l'impression d'être tombée dans le vide, d'avoir raté une marche et chuté dans un escalier que tu croyais pourtant bien connaître. De minuscules saillies, pas plus grandes qu'un chas d'aiguille, effectuaient un ballet complexe qui t'était parfaitement indéchiffrable. Tu avais feuilleté l'ouvrage, puis tu l'avais refermé, avais-tu raconté à ta mère. Comme elle t'écoutait attentivement, tu avais poursuivi. Le livre en braille sur les genoux, tu avais soudain entendu ton nom et tu t'étais levée. Après l'avoir posé sur le pupitre, tu t'étais redressée et tu avais regardé le public. Face à ces quatre cents aveugles, tu ne savais pas où poser ton regard.

— Alors ? avait demandé ta mère.

Il t'avait semblé que tu ne pourrais pas tenir les cinquante minutes qui t'étaient imparties. Tu avais l'habitude de parler en regardant ton interlocuteur dans les yeux. Selon les sentiments que tu y lisais, tu allais au bout de ton discours ou tu t'arrêtais au milieu. Quelquefois, ce que tu y déchiffrais t'amenait à lui confier des choses que tu n'avais jamais dites à personne. Ta mère savait-elle que tu étais comme ça ? Confrontée à quatre cents malvoyants, tu ne savais où poser ton regard. Certains avaient les yeux mi-clos ou fermés ; d'autres portaient des verres teintés. Tu aurais pu avoir la sensation qu'il y en avait qui t'observaient, car tous ces visages étaient tournés vers toi, mais tu savais qu'ils ne te voyaient pas et tu t'étais sentie très seule. Quel intérêt pouvait-il y avoir à discuter de ton œuvre avec ces gens ? N'aurait-il pas été plus adapté de parler d'autre chose – de la vie, par exemple ? La vie, ils devaient la connaître mieux que toi. Dans ta perplexité, tu avais alors lancé dans le micro :

— De quoi voulez-vous que je vous parle ?, ce qui les avait fait éclater de rire.

Avaient-ils interprété ta question comme voulant suggérer que tu étais capable de discourir sur n'importe quel sujet ? Ou bien avaient-ils juste ri pour te détendre ? Un quadragénaire t'avait alors fait remarquer :

— Mais c'est de votre roman que vous êtes venue parler !

Son visage était orienté dans ta direction, mais ses paupières étaient fermées. Tout en le regardant, tu t'étais mise à raconter l'intrigue. Tu leur avais expliqué ce qui t'avait amenée à écrire ce livre, ce que tu avais éprouvé au cours de sa rédaction et quand il avait été achevé... Et tu avais été surprise ! Ils étaient si attentifs, bien plus que tous les publics que tu avais rencontrés. En les observant, tu sentais qu'ils t'écoutaient avec une extrême concentration. Certains hochaient la tête, d'autres étaient penchés vers la personne assise devant eux. Toi, tu étais incapable de déchiffrer un seul mot en braille, mais eux avaient lu ton livre, exprimaient leur opinion et te posaient des questions.

Tu avais affirmé à ta mère que tu n'avais jamais croisé de lecteurs aussi enthousiastes. Elle avait commenté :

— Eux au moins, ils ont pu lire ton livre !

Le silence s'était installé un moment entre vous, puis elle t'avait encouragée à continuer. Lorsque ton temps de parole avait été révolu, quelqu'un avait levé la main pour te poser une question. Cet homme, aveugle, avait confié que sa passion, c'étaient les voyages. L'attention de ta mère s'était accrue. Où pouvait-il bien aller, lui qui n'y voyait pas ? Tu étais déconcertée. Il t'avait alors rappelé que tu avais écrit, longtemps auparavant, une histoire qui se déroulait au Pérou et où le narrateur se rendait dans un lieu appelé Machu Picchu. Il y avait là un train qui se déplaçait en marche arrière. Depuis, son rêve était d'aller dans ce pays pour prendre ce train. Il t'avait demandé si tu l'avais fait. C'était un récit que tu avais écrit plus de dix ans auparavant. Toi qui pouvais rester plantée dans l'air frais du réfrigérateur dont tu avais ouvert la porte, incapable de te rappeler ce que tu étais venue y chercher, tu t'étais alors mise à évoquer le voyage au Pérou que tu avais effectué juste avant d'écrire ce récit. Lima, la capitale ; Cuzco, qui en quechua veut dire « nombril du monde » ; San Pedro et la gare d'où tu étais partie pour le Machu Picchu... Et le train qui, avant de se décider à s'élancer, avançait et reculait plusieurs dizaines de fois. Des noms de lieux que tu avais oubliés te revenaient en mémoire, avais-tu expliqué à ta mère. Séduite par la sympathie inscrite sur leurs visages, qui semblaient te dire qu'ils pouvaient tout comprendre et accepter n'importe lequel de tes défauts, tu t'étais surprise à révéler devant ces gens-là des choses à propos de ton œuvre que tu n'avais jamais dites jusque-là.

— Quoi exactement ? t'avait demandé ta mère.

— Que si c'était à recommencer, je n'écrirais pas ce texte de la même façon.

— C'est important ?

— Cela signifiait en un sens que je reniais ce que j'avais écrit, maman !

Te sentant soudain solitaire, tu avais repris sa main. Après t'avoir scrutée dans le noir, elle t'avait déclaré :

— Pourquoi retiens-tu ce genre d'aveu ? Il faut vivre en disant ce qu'on ressent !

Elle avait dégagé sa main pour caresser ton dos – cette grande main qui autrefois te débarbouillait le visage.

— Tu parles bien, t'avait-elle complimentée.

— Moi ?

Elle avait hoché la tête.

— Oui, tu racontes bien.

— Ça t'a intéressée ?

— Oui, ça m'a intéressée.

— Ce que je viens de raconter t'a intéressée ?

Tu t'étais sentie émue. Tu t'étais aperçue alors que ta façon de t'adresser à elle avait changé depuis que tu avais visité cette bibliothèque. Comment te comportais-tu depuis que tu étais partie pour la ville ? Tu lui parlais comme si tu étais fâchée. Tu lui reprochais de ne pas te comprendre.

— Pourtant, tu es ma mère ! concluais-tu alors, scandalisée.

D'autres fois, consciente qu'il n'était plus en son pouvoir de te gronder, tu lui lançais avec condescendance :

— Pourquoi veux-tu savoir ?

Quand elle te demandait la raison pour laquelle tu avais effectué un déplacement, tu lui disais, laconique :

— J'avais à faire.

Ta réponse était toujours la même, que ce soit parce que l'un de tes bouquins était sorti à l'étranger ou parce que tu avais donné une conférence.

Ta mère tentait toujours de te dissuader de prendre l'avion :

— Quand il y a un accident, ça fait deux cents morts !

— Mais j'ai des choses à faire.

— Tu en as, des choses à faire !

— Tu as raison, maman, te contentais-tu de lâcher d'une voix indifférente, pour en finir.

Tu avais du mal à lui parler de toi. Tu avais l'impression que ton travail n'avait rien à voir avec sa vie. Cependant, oubliant sa migraine, ta mère venait de t'écouter attentivement parler de tes états d'âme devant le braille et quatre cents malvoyants. Quand lui avais-tu raconté ainsi ce qui t'arrivait pour la dernière fois ? Les conversations avec ta mère étaient devenues stéréotypées depuis si longtemps. Le plus souvent, elles se déroulaient au téléphone. Tu dévidais des choses comme :

— As-tu mangé ? Ça va, ta santé ? Et père ? Prends garde à ne pas t'enrhumer... Je t'ai envoyé de l'argent...

Et ta mère :

— Je t'ai expédié du *kimch'i*, du riz... J'ai fait un mauvais rêve... Tu vas bientôt recevoir de la pâte de soja... Je t'ai préparé du jus de marijuanilla... Le livreur va t'appeler, laisse ton téléphone branché...

En fait, c'étaient quatre volumes que représentait en tout la traduction en braille de ton livre. Quand tu avais pris congé de tes hôtes, le sac en papier qui les contenait à la main, il te restait encore deux heures à tuer avant de gagner l'aéroport. Tu t'étais rappelé avoir aperçu, lorsque tu avais regardé par la fenêtre pour fuir ces yeux aveugles, un port dans lequel étaient amarrés des bateaux de différentes tailles. S'il y avait un port, il devait aussi y avoir un marché aux poissons. Tu avais hélé un taxi et demandé qu'on t'y conduise. C'était une habitude que tu avais prise, quand il te restait du temps, lors d'un déplacement. L'endroit grouillait de monde alors qu'on était en semaine. Tu avais aperçu à proximité deux hommes occupés à dépecer un poisson aux dimensions monstrueuses. Tu avais d'abord cru que, vu sa taille, c'était un thon, mais on t'avait dit que c'était une môle. L'héroïne d'un texte littéraire dont tu n'arrivais pas à retrouver le titre, qui était originaire d'un village côtier et était partie vivre en ville, se rendait, chaque fois que quelque chose n'allait pas bien, dans un gigantesque aquarium pour se confier à une môle. Comme elle en voulait à sa mère qui avait fugué avec un homme plus jeune qu'elle en emportant toutes les économies de sa fille, elle disait du mal d'elle, mais concluait : « Maman me manque ! Je n'ai que toi pour m'écouter, môle ! » C'était donc ça, une môle ! Tu avais répété le nom devant la personne qui t'avait renseignée et qui avait ajouté :

— On l'appelle aussi poisson mambo. *La la la mambo !*

Lorsqu'elle avait prononcé ces mots, la tension qui pesait sur toi depuis le moment où tu étais entrée dans cette bibliothèque était enfin retombée. Tu marchais entre les pieuvres vivantes, dont la tête était aussi grosse que celle d'un homme, les ormeaux tout frais, les sabres, les maquereaux et les crabes, qui étaient trois fois moins cher qu'à Séoul, quand, tout à coup, l'image de ta mère t'était venue à l'esprit, pour une raison que tu ne t'expliquais pas. Était-ce à cause de la môle ? C'était la première fois que tu pensais à elle dans un marché aux poissons ! Le souvenir des raies qu'elle et toi prépariez, assises près du puits, pour la cérémonie du mois de décembre en l'honneur des ancêtres... Les mains de ta mère qui peinaient à détacher la peau noirâtre du poisson... Tu t'étais arrêtée devant un étal au-dessus duquel étaient accrochées des pieuvres bouillies de la taille d'un petit enfant, et tu en avais acheté une, vivante celle-là, que tu avais payée quinze mille wons. Tu avais aussi acheté des ormeaux qui, même s'ils étaient d'élevage, s'étaient nourris d'algues et de laminaires. Comme tu lui avais dit que tu allais les transporter jusqu'à Séoul, le poissonnier t'avait proposé une boîte isotherme pour deux mille wons supplémentaires. Quand tu avais quitté le marché, tenant d'une main la caissette contenant la pieuvre et les ormeaux et, de l'autre, le sac de livres, il te restait encore du temps avant l'heure du décollage. Tu étais alors montée dans un taxi et avais demandé qu'on te conduise au bord de la mer. Il n'avait pas fallu trois minutes pour atteindre une plage accessible. En ce mois de novembre, elle était déserte, exception faite de deux couples d'amoureux. Elle était assez large et tu avais manqué de tomber deux fois avant d'atteindre le bord de l'eau, où tu t'étais assise sur le sable. Au bout d'un moment, en te retournant, tu avais aperçu des boutiques et des immeubles d'appartements alignés de l'autre côté de la chaussée. Tu avais imaginé leurs habitants venant plonger dans la mer par une nuit caniculaire, puis rentrant prendre une douche. Sans y penser, tu avais sorti un des volumes en braille. Quand tu l'avais ouvert, d'innombrables points en relief avaient scintillé sous le soleil de novembre.

Tout en caressant ces lettres dont le sens t'échappait, tu t'étais demandé qui t'avait appris à lire. C'était ton deuxième grand frère. Tu te revoyais avec lui, tous deux vautrés sur le *maru* de l'ancienne maison, ta mère à vos côtés. Il était gentil, le plus docile de toute la fratrie. N'ayant pas osé s'opposer à ta mère, qui lui avait ordonné de t'enseigner l'alphabet, il te faisait recopier sans fin des lettres et des chiffres, en ayant l'air de s'ennuyer beaucoup. Étant gauchère, tu voulais écrire avec la main gauche – sur laquelle il appliquait, toujours suivant les instructions maternelles, un coup de règle en bambou chaque fois que tu t'y risquais. Tu étais plus à l'aise avec la gauche, mais ta mère disait que ça portait malheur. Quand tu piochais du riz avec la mauvaise main pour le répartir dans les bols, elle t'arrachait la spatule et t'obligeait à la tenir dans l'autre. Mais, comme tu revenais à ton habitude, elle s'emparait à nouveau de la cuiller et t'en frappait la main gauche, qui en était toute gonflée.

— Comme tu es têtue !

Si ton frère était distrait, tu changeais rapidement de main pour dessiner deux ronds collés en forme de huit, puis tu reprenais à toute vitesse la position réglementaire, mais il voyait tout de suite que ce n'était pas un vrai huit que tu avais tracé. Il t'enjoignait alors de tourner tes paumes vers lui et il tapait dessus avec la règle. Quand tu étudiais ainsi, ta mère te surveillait, tout en raccommodant des chaussettes ou en épluchant des gousses d'ail.

Sur cette plage, tu avais soudain vu apparaître son visage, en surimpression sur le braille, brillant comme une fleur de menthe le jour où tu avais enfin été capable d'écrire ton nom et de lire un livre en ânonnant. Tu t'étais relevée, sur cette plage. Sans songer à te débarrasser du sable collé à ton vêtement, tu t'étais mise à marcher en tournant le dos à la mer. Renonçant à l'avion pour Séoul, tu avais gagné en taxi une bourgade voisine, où tu avais pris le train pour ton village natal. En te disant que cela faisait deux saisons que tu n'avais pas vu ta mère.

Tu te souviens de la scène qui s'était produite dans une salle de classe il y a très longtemps.

Une soixantaine d'élèves devaient remplir le formulaire d'admission au collège. Si tu ne le faisais pas ce jour-là, tu ne pourrais pas y aller et, pourtant, tu ne complétais pas ton dossier. Tu ne comprenais pas très bien ce que cela impliquait, à savoir que tu ne pourrais pas continuer les études. Tu pensais plutôt à ce qui s'était passé la veille au soir, quand ta mère avait demandé en criant à ton père, qui était couché parce que malade, comment il comptait assurer l'avenir de la petite fille que tu étais et qui vivait dans une tribu de crève-la-faim, au fin fond de la campagne, s'il ne t'envoyait même pas à l'école. Il avait fini par se lever et sortir par le portail. Ta mère avait alors soulevé la table basse qui était sur le *maru* et l'avait projetée dans la cour.

— C'est quoi, cette famille qui n'est même pas capable d'envoyer ses enfants à l'école ? Je vais tout casser !

Pendant ce temps-là, tu te disais que ce n'était pas grave, si tu n'allais pas au collège, mais que tu aurais aimé que ta mère se calme. Elle ne s'était pas contentée de catapulter la table dehors, elle avait aussi claqué bruyamment la porte du placard et passé une main sur la corde à linge pour en faire choir tout ce qui séchait ! Puis elle s'était approchée de toi, qui l'observais debout près du puits, et, en mettant sous ton nez la serviette qu'elle venait d'ôter de sa tête, elle avait ordonné :

— Mouche-toi !

Une forte odeur de transpiration émanait du tissu. Tu n'avais pas envie de te moucher – encore moins dans une serviette malodorante. Mais ta mère avait répété :

— Mouche-toi fort !

Comme tu hésitais, elle avait ajouté :

— Ça t'empêchera de pleurer.

Tes yeux qui la fixaient étaient probablement mouillés. Ce qu'elle voulait signifier par là, c'était qu'il ne fallait pas que tu t'abandonnes aux larmes. Devant son insistance, tu t'étais finalement exécutée, et la morve s'était mêlée à la sueur. C'est avec cette même serviette sur la tête que ta mère avait fait son apparition dans ta classe. Elle avait échangé quelques mots avec le maître, qui t'avait immédiatement tendu un formulaire. Tout en inscrivant ton nom, tu avais levé la tête et tu l'avais vue qui t'observait par la fenêtre, depuis le couloir. Elle avait saisi la serviette et l'avait agitée en t'adressant un grand sourire. La bague jaune qu'elle portait à son majeur gauche et qui était son seul bijou... Alors que tu réglais les frais d'inscription au collège, elle avait disparu de son doigt, n'y laissant que le profond sillon que le temps avait creusé.

La migraine revenait à tout bout de champ à l'assaut.

Lorsque la soif t'avait réveillée cette nuit-là, tes livres te contemplaient dans l'obscurité. Tu n'avais pas su quoi en faire quand, profitant de ce qu'*il* était en année sabbatique, tu avais décidé d'aller vivre un an avec lui au Japon. Après réflexion, tu avais envoyé chez ta mère la plupart de ces ouvrages, qui t'avaient si longtemps tenu compagnie. Aussitôt après les avoir reçus, elle avait vidé une pièce pour les y ranger. Ils n'avaient plus bougé. Quand tu venais chez tes parents, c'était là que tu déposais tes affaires. Quand tu y passais la nuit, c'était là que ta mère préparait ton lit. Après être restée un moment à les fixer, tu étais allée dans la cuisine. Tu avais bu de l'eau, te demandant si tout allait bien. Tu avais doucement poussé la porte de sa chambre. Tu ne l'avais pas vue. Tu avais alors appelé :

— Maman !

Pas de réponse. À tâtons, tu avais trouvé l'interrupteur, pour constater à la lumière qu'elle n'était pas là. Tu avais allumé dans le séjour, jeté un coup d'œil dans la salle de bains, vide elle aussi.

— Maman ! Maman !

Tout en criant, tu étais sortie dans la cour. La froidure de cette aube de novembre avait transpercé tes vêtements. Tu avais éclairé la cour et regardé dans la direction de la grange. Ta mère y était couchée. Tu avais descendu les marches en courant pour la rejoindre. Comme elle l'avait fait dans la journée, elle s'était endormie, une main sur le front, les sourcils froncés. Ses pieds étaient nus. Ses orteils étaient recroquevillés, sans doute à cause du froid. Tu avais eu l'impression que le bénéfice de la soirée que tu avais passée avec elle à partager un modeste repas, à tourner autour de la maison et à converser tombait en mille morceaux. Tu étais allée chercher une couverture pour la couvrir et tu lui avais enfilé des chaussettes aux pieds. Puis tu étais restée assise là, attendant qu'elle revienne à elle.

Après avoir étudié différentes façons de gagner de l'argent en dehors de l'agriculture, ta mère avait installé chez elle des moules destinés à la fabrication du levain pour la préparation d'alcool. Elle broyait grossièrement le blé provenant de votre récolte, le mélangeait dans de l'eau et mettait le tout dans les moules. L'odeur, vraiment déplaisante, que dégageait la fermentation remplissait toute la maison, mais, pour elle, c'était synonyme d'argent. Au village, il y avait une famille qui fabriquait du tofu et qui servait d'intermédiaire entre ta mère, qui leur apportait le levain, et une distillerie qui l'achetait. Elle dissimulait les billets ainsi reçus dans un bol en porcelaine blanche, sur lequel elle en superposait six ou sept autres, et rangeait le tout sur l'étagère supérieure du placard. C'était sa banque : elle ne contenait pas seulement le produit de la vente du levain, mais tout son avoir. Quand tu lui apportais une facture de frais scolaires, elle y prélevait la somme nécessaire qu'elle te donnait, non sans l'avoir soigneusement comptée.

En rouvrant les yeux, tu avais réalisé que tu t'étais endormie sur le lit de la grange. Et ta mère ? Elle n'était plus là et tu entendais, provenant de la cuisine, le bruit du couteau sur la planche à découper. Tu t'étais levée pour aller voir. Elle tranchait des radis. Le couteau qu'elle tenait t'avait paru dangereux. Elle qui, autrefois, était capable de couper des légumes en fines lamelles sans même regarder ce qu'elle faisait n'avait plus le geste aussi sûr. La lame glissait dessus et tu avais l'impression qu'elle allait s'entailler le pouce.

— Maman ! Attends !

Tu lui avais arraché le couteau des mains.

— Laisse-moi faire, maman.

Tu t'étais approchée de la planche dont, après un temps d'hésitation, elle avait fini par s'éloigner. Dans une passoire métallique posée sur l'évier gisait la pieuvre, à présent morte, qu'elle avait sortie de la boîte isotherme. Une cocotte en acier inoxydable était posée sur la gazinière. Elle avait apparemment l'intention d'y faire cuire la bestiole sur une couche de radis. Tu avais failli lui demander s'il n'aurait pas été préférable de la plonger dans l'eau bouillante, mais tu y avais renoncé. Elle avait en effet disposé des tranches de radis au fond du récipient. Puis elle avait jeté le poulpe dans le panier métallique de la cocotte et revissé le couvercle. Elle procédait toujours ainsi. Les animaux qui vivaient dans la mer ne lui étaient pas familiers. Elle ne les appelait pas par leur nom : maquereaux, sardines, sabres... Pour elle, ils étaient simplement des « poissons », alors qu'elle distinguait, par exemple, le soja, les haricots verts, blancs et noirs. Quand elle avait du poisson, elle ne le servait ni cru, ni grillé, ni mijoté, mais le faisait mariner dans du sel et cuire à la vapeur. Même les maquereaux ou les sabres, elle les accommodait de cette façon, avec de l'eau de riz, et les assaisonnait avec de la sauce de soja additionnée de poudre de piment, d'ail et de piment frais. Elle n'avait jamais mangé de poisson cru. Elle regardait même les gens qui en consommaient avec une grimace de dégoût. Elle faisait cuire la raie à la vapeur depuis l'âge de dix-sept ans et avait apparemment l'intention de faire subir le même sort à cette pieuvre – dont l'odeur, mêlée à celle du radis, ne tarda pas à saturer l'air de la cuisine.

Tout cela t'avait fait penser à l'histoire de la raie.

Dans la région où vous viviez, on mettait toujours ce poisson sur l'autel des offrandes. Pour ta mère, une année se terminait quand elle avait célébré une cérémonie en l'honneur des ancêtres au printemps, deux en été et deux en hiver. Si on y ajoutait les deux grandes fêtes – le nouvel an et *Ch'usŏk*, la fête des récoltes –, cela faisait sept raies à écorcher. Elles étaient en général de la taille d'un couvercle de chaudron. Si elle rentrait du marché avec une raie qu'elle laissait tomber près du puits, cela signifiait qu'il y aurait bientôt une cérémonie pour les défunts. Par le froid d'hiver qui faisait geler l'eau en un instant, dépiauter un de ces poissons était une vraie corvée. Tes mains étaient délicates, celles de ta mère, tannées par les travaux. Elle incisait la peau en tenant le couteau entre ses doigts gourds et toi, tu devais la tirer. Si seulement elle s'était détachée d'une traite ! Mais elle se déchirait tous les trois centimètres. Ta mère insérait à nouveau la lame à l'endroit où elle s'était rompue, et ainsi de suite. Vous deux accroupies près du puits, sur le sol verglacé, en train d'enlever la peau d'une raie, ça faisait partie du paysage hivernal de cette maison. Cette opération se répétait tous les ans, comme un film qu'on projette périodiquement. Une année, ta mère, assise en face de toi, avait regardé tes mains rougies.

— Après tout, est-ce qu'il faut vraiment ôter cette peau ?

Puis elle avait entrepris de débiter le poisson en morceaux. C'était la première fois qu'on présentait une raie avec la peau.

— Qu'est-ce qu'elle a, cette raie ? avait demandé ton père.

Elle lui avait répliqué :

— Ben, c'est une raie... avec la peau !

— Les plats des offrandes doivent être préparés avec soin..., avait grincé ta tante paternelle, qui se tenait derrière lui.

Ta mère avait tenu bon :

— Alors, faites le travail vous-mêmes !

Cette raie présentée sur l'autel avec sa peau revint sur le tapis l'année suivante chaque fois que se produisait un malheur dans la famille. Quand le plaqueminier n'avait pas donné de fruits, quand un de tes frères avait reçu un bâton dans l'œil au cours d'un jeu, quand ton père avait été hospitalisé, quand vous vous étiez fâchés avec vos cousins... Tout cela, d'après ta tante paternelle, c'était la faute de ta mère, qui avait célébré la cérémonie sans prendre la peine d'enlever la peau du poisson.

Elle avait posé la pieuvre cuite sur la planche pour la découper, mais le tranchant avait de nouveau dérapé.

— Laisse-moi faire, maman !

Tu avais saisi le couteau et coupé un petit morceau de pieuvre chaude et imprégnée de l'odeur du radis ; tu l'avais trempé dans de la pâte de soja pimentée et vinaigrée et tu le lui avais présenté – comme elle avait l'habitude de le faire pour toi. Quand tu pointais tes baguettes pour saisir ce que te tendait ta mère, elle disait :

— C'est moins bon comme ça. Fais : « Aaa ».

Cette fois, c'était toi qui, lorsqu'elle avait voulu prendre la bouchée avec ses baguettes, avais objecté :

— C'est moins bon comme ça, maman. Fais : « Aaa ».

Tu avais introduit le morceau dans la bouche de ta mère, puis tu t'étais servie. C'était tiède, mou et doux. De la pieuvre dès le matin ? Ta mère et toi, vous vous étiez régalées en la dégustant avec les doigts, debout dans la cuisine. Tout en mâchant, tu avais remarqué que la main de ta mère manquait sans arrêt sa cible quand elle tentait d'attraper un morceau. Tu le lui donnais et plus tard, renonçant à se servir toute seule, elle avait attendu que tu le fasses pour elle. Ses mains semblaient distraites. Tout en continuant à mastiquer, tu avais dit :

— Mère !

C'était la première fois que tu l'appelais ainsi, au lieu de dire « maman ».

— Mère, on part à Séoul aujourd'hui.

Mais elle t'avait répondu :

— Allons plutôt dans la montagne.

— Dans la montagne ?

— Oui.

— Il n'y a pas de sentier de ce côté-ci.

— J'en connais un.

— On va aller consulter un médecin à Séoul.

— Plus tard.

— C'est quand, « plus tard » ?

— Quand la grande aura passé son examen...

« La grande », c'était ainsi qu'elle désignait la fille de ton frère aîné.

— Tu n'as pas besoin de ton fils pour aller à l'hôpital ! Je vais t'accompagner.

— Ça va aller... Ça finit toujours par se calmer. Et puis, je vois déjà un médecin traditionnel... Et je fais de la physiothérapie.

Tu n'arrivais pas à lui faire changer d'avis. Elle voulait à tout prix retarder son départ. Passant du coq à l'âne, elle t'avait demandé quel était le plus petit pays du monde.

— Le plus petit pays du monde ?

Sa question t'avait paru si incongrue que tu t'étais contentée de la regarder fixement, tout en cherchant la réponse dans ta tête. Renonçant à l'obtenir, ta mère t'avait alors priée, si tu allais un jour dans ce pays, de lui en rapporter un chapelet en bois de rosier.

— Tu veux dire un chapelet en bois de rose ?

— Un chapelet fabriqué avec du bois de rosier.

On pouvait percevoir de la fatigue dans son regard.

— Tu as besoin d'un chapelet ?

— Non... J'ai envie d'en avoir un venant de ce pays-là.

Puis elle avait exhalé un long soupir.

— Si un jour tu y vas, achète-m'en un... Toi, tu vas partout.

Votre conversation s'était interrompue. Dans cette cuisine, elle t'avait dit : « Toi, tu vas partout », puis plus rien. Votre petit déjeuner de pieuvre terminé, vous aviez grimpé en longeant des champs sur la colline qui se trouvait derrière la maison et vous vous étiez engagées sur un sentier. Il y en avait un en effet, bien que cet endroit soit peu fréquenté. Un tapis de feuilles de chêne rendait le sol élastique. Des branches frôlaient de temps à autre ton visage. Ta mère, qui marchait devant, les écartait et ne les lâchait qu'une fois que tu étais passée. Un oiseau s'était envolé dans un bruissement d'ailes.

— Tu viens souvent ici, maman ?

— Oui.

— Avec qui ?

— Avec personne. Avec qui veux-tu que je vienne ?

Maman toute seule sur ce sentier... Décidément, tu ne la connaissais pas bien. La montagne était trop isolée pour qu'on s'y aventure en solitaire. Par endroits, on ne distinguait même pas le ciel, caché par des bambous.

— Mais pourquoi viens-tu ici toute seule ?

— Je suis venue par hasard, après la mort de ta tante, mais, depuis, je ne peux m'empêcher de revenir.

Combien de temps aviez-vous marché ? Ta mère s'était enfin arrêtée au pied d'un mont. Parvenue à son niveau et dirigeant ton regard vers ce qu'elle contemplait, tu t'étais écriée :

— Ah, bien sûr !

C'était donc ce chemin-là... Tu l'avais complètement oublié. Il menait chez ta grand-mère maternelle. Certaines personnes avaient continué à l'utiliser, même après qu'on avait construit une route traversant le village. Un jour où il y avait une cérémonie en l'honneur des ancêtres chez ta grand-mère, tu l'avais emprunté avec un coq que tu tenais en laisse, mais il s'était enfui quand même et on ne l'avait jamais retrouvé. Où était-il parti ? C'était donc ce sentier-là… Alors qu'autrefois, tu l'aurais retrouvé les yeux fermés, tu ne l'avais pas reconnu avant d'arriver à cet endroit d'où ta mère examinait la maison de ses parents. Plus personne n'y habitait. Le village, qui à une époque avait compté une cinquantaine de foyers, était abandonné. Il restait quelques maisons debout, mais il était complètement désert. Ainsi, ta mère avait l'habitude de venir ici pour contempler le fantôme de ce hameau où elle avait grandi. Tu avais passé ton bras autour de sa taille et tu lui avais encore une fois proposé de l'emmener à Séoul. Au lieu de te répondre, elle s'était mise à te parler de son chien de race Chindo. Tu t'étais demandé ce qu'il était devenu, mais tu n'avais pas eu le temps d'interroger ta mère à ce sujet. L'été précédent, en visite chez tes parents, tu avais découvert un chien attaché près de la grange. Il faisait chaud et, tenu par une chaîne trop courte, il haletait comme s'il était sur le point de mourir. Tu avais demandé à ta mère de le détacher, mais elle avait objecté qu'il allait faire peur aux passants. Tout de même… Enchaîner de cette façon un chien à la campagne ! À peine arrivée, tu t'étais disputée avec elle à propos de cet animal.

— Pourquoi l'attaches-tu ? Détache-le !

— Plus personne ne laisse son chien en liberté, même à la campagne. Il faut les tenir en laisse, sans ça, ils se sauvent.

— Mais enfin, tu aurais pu au moins lui mettre une chaîne plus longue, pour qu'il puisse respirer ! C'est une pauvre bête qui ne peut pas parler, mais ce n'est pas une raison pour le maltraiter !

Ta mère t'avait opposé qu'elle n'avait que cette chaîne-là, qui avait probablement servi dans le passé pour un autre chien.

— On n'a qu'à en acheter une !

Tu avais repris ta voiture et tu avais fait l'acquisition d'une chaîne suffisamment longue pour que la bête puisse presque passer derrière la maison. Une fois de retour, tu avais remarqué que la niche aussi était trop petite. Tu t'apprêtais donc à repartir, mais ta mère t'en avait dissuadée, t'assurant qu'elle allait demander à un charpentier du voisinage d'en bricoler une. L'idée qu'on puisse dépenser de l'argent pour offrir un abri à un chien la révulsait ! Il y avait du contreplaqué qui traînait partout, il suffirait d'y donner quelques coups de marteau. Il était donc insensé, d'après elle, de payer pour ça. Au moment de regagner Séoul, tu avais donné à ta mère deux billets de cent mille wons, en lui faisant promettre de faire fabriquer une niche plus grande. Tu lui avais téléphoné plusieurs fois par la suite pour savoir si c'était fait. Elle aurait pu mentir, mais s'était contentée de te faire chaque fois des réponses évasives – « Je vais le faire... Je m'en occupe... » Au quatrième appel, tes nerfs avaient lâché et tu t'étais mise en colère :

— Je t'ai donné de l'argent pour ça ! Vous autres, les gens de la campagne, vous êtes les pires ! Tu n'as donc pas de cœur ? Laisser ce pauvre chien dans un tel inconfort et par cette chaleur, en plus ! Il y avait des excréments dans la niche, tu ne la nettoies même pas ! Comment veux-tu que cette grosse bête vive dans une cabane aussi étroite ? Tu pourrais au moins le laisser en liberté ! Il ne te fait pas pitié ?

Tu n'entendais que le silence au bout du fil. Tu avais commencé à regretter d'avoir dit que les gens de la campagne étaient les pires. Enfin, la voix courroucée de ta mère s'était fait entendre :

— Il n'y a donc que cette bête qui compte pour toi ? Et ta mère ? D'après toi, je suis en train de maltraiter cet animal ? Ne te mêle pas de ce qui ne te regarde pas ! Je l'élève à ma façon.

Puis elle avait raccroché, alors que d'habitude, c'était toi qui le faisais la première, après lui avoir promis que tu allais la rappeler – mais tu ne le faisais pas toujours. Tu n'avais jamais le temps d'écouter tout ce qu'elle avait à te dire. Mais, en l'occurrence, c'était elle qui t'avait raccroché au nez ! C'était aussi la première fois qu'elle se mettait en colère contre toi depuis que tu ne vivais plus sous son toit. D'ordinaire, elle te répétait qu'elle était désolée... Qu'elle n'avait pas eu les moyens de s'occuper de toi jusqu'au bout et qu'à cause de cela, elle avait été obligée de t'envoyer chez ton frère. Quand tu l'appelais, elle faisait tout ce qu'elle pouvait pour faire durer la conversation. Ce jour-là, tu ne lui en voulais pas tant parce qu'elle avait raccroché aussi brutalement qu'à cause du chien. Tu te demandais pourquoi ta mère avait tellement changé. Elle s'occupait si bien du bétail auparavant ! Quand elle venait à Séoul avec l'intention d'y rester un moment, elle ne tenait pas plus de trois jours, prétextant qu'elle devait rentrer pour nourrir son chien ! Comment avait-elle pu devenir si indifférente ? Son insensibilité t'avait irritée. Trois jours après, elle t'avait téléphoné :

— Tu n'étais pas comme ça avant, mais tu es devenue quelqu'un de froid ! Quand ta mère raccroche, c'est à toi de rappeler ! Mais, au lieu de cela, tu fais la tête !

En réalité, tu ne faisais pas la tête. Simplement, tu n'avais pas eu le loisir de réfléchir à cet épisode. Tu avais bien pensé à plusieurs reprises à l'appeler, mais, à chaque fois, tu avais ajourné le coup de fil parce que tu avais autre chose à faire.

— Les gens instruits sont tous comme ça ?

Sur ce, elle avait à nouveau raccroché ! Lorsque tu étais descendue chez tes parents pour *Ch'usŏk*, tu avais trouvé une grande niche toute neuve à côté de la grange. Le sol était même recouvert de paille.

— Tu me reproches de l'avoir maltraité, mais c'était un chien perdu, qui errait du côté de la voie ferrée. J'ai eu pitié de lui, je l'ai emmené chez moi, je l'ai nourri. Si je ne l'avais pas attaché, il aurait pu s'en aller et finir dans une marmite ! Un matin d'octobre, j'étais en train de laver du riz, quand quelqu'un m'a donné une tape dans le dos. Je me suis retournée, mais je n'ai vu personne. Ça a recommencé le lendemain et le surlendemain. Le quatrième jour, quand je me suis levée, je suis allée aux cabinets et j'ai vu le chien couché devant. Au début, j'ai cru qu'il dormait. Je l'ai touché, mais il n'a pas bougé. Il était mort. Il était pourtant bien jusqu'à la veille. Il avait bien mangé, remué la queue, mais je l'ai retrouvé comme ça ! Je ne sais pas comment il avait réussi à se détacher. Au début, il était tellement maigre qu'on lui voyait les côtes. Depuis, il avait grossi et ses poils étaient luisants... Qu'est-ce qu'il était futé ! Il attrapait même les taupes.

Ta mère avait repris son souffle avant de continuer :

— On dit que si tu recueilles un animal à la tête noire [1], il te trahit, tandis qu'un chien, lui, te le revaudra toujours. Je suis sûre qu'il est parti à ma place.

Cette déclaration t'avait laissée sans voix ! Elle avait poursuivi :

— Au printemps dernier, j'ai reçu un moine qui demandait l'aumône. Il m'a prédit que la famille perdrait un de ses membres dans le courant de l'année. Ça m'a travaillée. J'étais préoccupée. À mon avis, le messager de l'au-delà qui était venu pour m'emmener, quand il m'a vue laver du riz pour assurer notre pitance, il a décidé de prendre le chien à ma place.

— Qu'est-ce que tu racontes ? Tu te dis catholique et tu crois à ces choses-là ?

Tu t'étais alors souvenue de la niche à côté de la grange, vide, avec la chaîne qui traînait sur le sol. Saisie d'une sensation bizarre, tu avais posé tes mains sur les hanches de ta mère.

— Je l'ai enterré dans un trou profond que j'ai creusé dans la cour, avait-elle ajouté.

Quelle fabuliste, ta mère !

---

1. C'est-à-dire un être humain.

Les jours où il y avait une cérémonie en l'honneur des ancêtres, la sœur et les cousines de ton père qui habitaient dans le voisinage arrivaient le soir avec du riz dans une calebasse. C'était une époque où la nourriture était rare et les gens s'entraidaient ainsi, en nature. Pendant la célébration, ces calebasses, que les femmes de la famille remportaient ensuite remplies des mets que ta mère avait préparés pour les offrandes, restaient alignées dans un coin [1]. Un jour, elle avait déclaré que des oiseaux s'étaient posés dessus. Comme on ne la croyait pas, elle avait affirmé :

– Je les ai vus ! Ils étaient six. C'étaient nos ancêtres qui venaient prendre leur dû !

Les gens avaient ri, mais, en regardant dans les récipients, tu avais eu l'impression de distinguer des traces de pattes d'oiseau sur le riz.

Une autre fois, ta mère était partie aux champs tôt le matin en emportant son déjeuner. Elle avait aperçu une femme accroupie qui semblait en train de travailler. Elle lui avait demandé qui elle était. L'autre avait répondu qu'elle ne faisait que passer, mais que, voyant des mauvaises herbes, elle s'était arrêtée pour les arracher. Elle avait tenu compagnie à ta mère, dont elle avait même partagé le repas. Elles avaient abattu la besogne coude à coude toute la journée en papotant, pour se quitter le

---

1. Le jour anniversaire d'un décès, mais aussi au nouvel an et lors de la fête des récoltes (*Ch'usŏk*), on célèbre une cérémonie au cours de laquelle on fait des offrandes aux défunts en leur demandant de veiller sur la famille. Celle-ci partage ensuite les plats confectionnés à cet usage.

soir. Revenue chez elle, ta mère avait rapporté les faits à ta tante paternelle, qui, devenue blême, lui avait demandé de lui décrire cette personne et avait conclu qu'il s'agissait de l'ancienne propriétaire du champ, décédée longtemps auparavant des suites d'une insolation qu'elle avait attrapée à cet endroit même. Tu avais alors demandé à ta mère si ça ne lui faisait pas peur d'apprendre qu'elle avait côtoyé une morte. Elle t'avait répondu sur un ton détaché :

— Il n'y a pas de raison ! Seule, j'aurais mis trois jours pour venir à bout de tout ce travail. Je suis contente qu'elle m'ait donné un coup de main.

La migraine paraissait la consumer. Elle perdait très rapidement ses forces et sa vivacité et devait s'allonger de plus en plus souvent. Elle semblait incapable de se concentrer, même sur les parties de cartes avec une mise de cent wons qui constituaient pourtant une de ses rares distractions. En même temps, elle devenait indifférente à tout. Un jour, elle avait mis des torchons à bouillir sur la gazinière, puis s'était assise sur le sol de la cuisine. Elle n'avait pas eu la force de se relever et les torchons avaient adhéré au fond de la marmite, d'où l'eau s'était évaporée. Elle n'en avait pas pris conscience. Si un voisin, alerté par la fumée, n'était pas venu voir ce qui se passait, la maison aurait brûlé.

Alors qu'un jour, vous parliez toutes les deux de ces maux de tête, ta sœur, qui avait trois enfants, t'avait demandé sur un ton grave :

— Tu crois que ça a vraiment plu à notre mère de passer son temps dans la cuisine ?

— Que veux-tu dire ? lui avais-tu rétorqué.

— Je ne sais pas pourquoi, mais quelque chose me dit qu'elle n'a pas vraiment aimé ça, la cuisine.

Ta sœur était pharmacienne et avait ouvert son officine alors qu'elle était enceinte de son premier enfant. C'était une belle-sœur, qui vivait assez loin, qui s'était occupée du nouveau-né. Ta sœur, folle de son enfant, avait quand même continué à travailler et supporté de ne le voir que le week-end. Cette séparation, un vrai déchirement, plus pour la mère que pour le petit, faisait peine à voir. Lui s'adaptait plus ou moins à son environnement, mais sa mère, qui le ramenait en voiture chez sa tante après avoir passé le week-end avec lui, pleurait tellement au volant que, chaque lundi, elle avait les yeux tout gonflés.

— Tu tiens tant que ça à ta boutique ? lui avais-tu demandé.

Mais elle avait continué à travailler, même après avoir accouché une deuxième fois. Elle n'avait cessé toute activité professionnelle que pour accompagner son mari qui partait aux États-Unis pour une formation de deux années. Elle t'avait déclaré que ce serait une bonne expérience pour les enfants ; tu t'étais dit que ce serait surtout l'occasion pour elle de se reposer – ce qui ne lui était pas arrivé depuis son mariage. Quand elle était revenue, elle avait trois enfants, donc cinq bouches à nourrir. Elle t'avait un jour confié qu'ils avaient consommé deux cents ombrines en un mois !

— Deux cents ? Vous n'avez mangé que ça, alors ?

Elle avait acquiescé. Les affaires qu'ils avaient expédiées des États-Unis n'étaient toujours pas arrivées, ils n'étaient pas encore bien installés dans leur nouveau logement et le petit dernier, qu'elle allaitait, ne lui laissait guère le temps de faire des courses. Alors, ils s'étaient nourris de la caisse de poissons, salés et séchés, que sa belle-mère leur avait envoyés et qu'ils avaient liquidés en dix jours.

— Je servais ça en même temps qu'une soupe au soja ou une soupe aux courgettes, t'avait raconté ta sœur en souriant.

Une fois le stock épuisé, elle s'était renseignée auprès de sa belle-mère qui lui avait appris qu'on pouvait en acheter sur Internet. Elle en avait donc commandé deux autres caisses.

— Quand elles ont été livrées, je me suis rendu compte qu'elles contenaient deux cents ombrines. Je les ai lavées, j'en ai fait des paquets de quatre, la quantité qu'il fallait pour un repas, afin de les conserver au congélateur... et j'ai soudain eu envie de les balancer ! avait-elle déclaré d'une voix neutre. J'ai pensé à maman. Je me suis demandé ce qu'elle ressentait tandis qu'accroupie sur le sol de l'ancienne cuisine, elle préparait de quoi nourrir sa nombreuse famille. En plus, nous étions gourmands ! Tu te rappelles ? Il fallait toujours deux tables. La marmite dans laquelle elle faisait cuire le riz était énorme. Et puis, elle devait préparer nos gamelles avec les modestes plats qu'on mange à la campagne... Comment a-t-elle pu se résigner à faire ça tous les jours ? Comme, par-dessus le marché, papa était l'aîné de la famille, il y avait toujours deux ou trois personnes en plus chez nous. Non, je ne crois pas que ça l'amusait de faire la cuisine.

Ses paroles t'avaient déconcertée. Tu n'avais jamais dissocié ta mère de la cuisine. Ta mère était la cuisine, la cuisine était ta mère. Tu ne t'étais jamais demandé si elle s'était réellement sentie bien dans cet endroit.

Pour gagner de l'argent, ta mère élevait des vers à soie, elle fabriquait du levain et aidait à la fabrication du tofu. Mais le meilleur moyen d'en avoir est de ne rien dépenser. Elle essayait d'économiser sur tout. Il lui était arrivé de vendre de vieux objets à des gens de passage : une lampe à pétrole, une pierre pour le foulage et une jarre. Comme ils avaient l'air de les vouloir et qu'elle n'y était pas particulièrement attachée, elle avait mené l'affaire comme une vraie négociante. Au début, elle avait donné l'impression de céder, mais les choses avaient finalement tourné à son avantage. Elle avait d'abord écouté les visiteurs, puis leur avait dit :

— Alors, vous m'en donnez combien ?

Ils avaient ri, déclarant que personne ne paierait pour de telles vieilleries. Et ta mère avait repris, tout en faisant mine de ranger la lampe à pétrole :

— C'est pourtant pour ces vieilleries que vous êtes venus jusqu'ici !

Ils s'étaient exclamés :

— Vous feriez une commerçante redoutable !

Et ils lui avaient versé ce qu'elle voulait.

Quand elle faisait des courses, elle ne payait jamais la somme demandée. En fait, la plupart du temps, elle n'achetait rien. Ses mains ne chômaient jamais. Elle cousait, tricotait, labourait sans arrêt. Vos champs ne connaissaient pas le repos. Au printemps, elle y repiquait des plants de pommes de terre et de piments, semait des graines de batavia, d'armoise, de mauve, de ciboule, de maïs. Au pied du mur, elle creusait des trous pour les courges. Elle cultivait des haricots sur les diguettes. Ta mère était toujours dans la cuisine, dans les rizières ou dans les champs, déterrant des pommes de terre, des patates douces ou des radis, cueillant des courges ou des choux, faisant prospérer sésame, mûriers et concombres. Elle n'achetait que ce qu'elle ne pouvait pas produire elle-même : des canards et des poussins qu'elle élevait dans la cour au printemps, des porcelets qu'elle installait dans la porcherie. Une année, la chienne qui vivait sous votre *maru* avait eu une portée de neuf petits. Un mois plus tard, ta mère en avait mis six dans un panier et t'avait demandé d'en prendre un autre dans tes bras et de la suivre. Le bus transportait beaucoup de gens qui allaient vendre quelque chose au bourg. Des sacs remplis de piments séchés, de sésame, de soja noir... Des paniers contenant quelques choux et quelques radis. Ils restaient accroupis devant la gare routière de la commune et les passants marchandaient. Tu avais posé le chiot dans le panier avec les autres. Puis tu avais attendu les acheteurs. Les petits chiens étaient en pleine forme, dodus à souhait grâce aux soins de ta mère. Ils n'étaient ni méfiants ni agressifs.

Ils agitaient la queue en regardant les gens assis à proximité, tiraient la langue et léchaient les mains. Ils avaient trouvé preneur plus rapidement que les choux ou les haricots. Une fois le dernier vendu, ta mère s'était redressée. Tu cherchais sa main lorsqu'elle t'avait demandé :

— Qu'est-ce que tu veux que je t'achète ?

Il était rare qu'elle te pose cette question !

— Un livre !

— Un livre ?

— Oui, un livre.

Ta réponse l'avait laissée perplexe. Puis elle t'avait demandé où on pouvait en trouver. Marchant devant elle, tu l'avais entraînée devant une librairie située à un carrefour, à l'entrée du marché. Elle ne t'avait pas suivie à l'intérieur, mais t'avait donné ses instructions :

— Tu en choisis un seul et tu demandes combien ça coûte.

Quand elle t'achetait une paire de caoutchoucs, elle t'en faisait essayer plusieurs, puis elle marchandait, mais, cette fois-ci, elle t'avait laissée décider et ne semblait pas vouloir discuter le prix. À tes yeux, la librairie ressemblait à une immense prairie. Tu ne savais pas quel ouvrage choisir. Si tu avais réclamé un livre, c'était parce que tu lisais toujours ceux que ton frère empruntait et qu'il te les reprenait avant même que tu les aies finis. Ceux de la bibliothèque de ton école étaient des romans classiques comme *Le Récit du voyage vers le sud de Mme Sa*, ou des biographies comme *La Vie du peintre Sin Yunbok*... Le titre que tu avais sélectionné, pendant que ta mère t'attendait à l'extérieur, c'était *Humain, trop humain!* Avant de payer un volume qui, pour une fois, n'était pas un manuel scolaire, ta mère l'avait examiné :

— Tu en as vraiment besoin ?

Tu avais hoché la tête, craignant qu'elle ne change d'avis. En vérité, tu ne savais pas du tout de quoi cela parlait. Le nom de l'auteur, Nietzsche, ne te disait rien. C'était juste le titre qui avait motivé ton choix. Ta mère avait déposé dans ta main la somme demandée, sans essayer d'obtenir la moindre réduction. Dans le bus qui vous ramenait chez vous, serrant ce cadeau contre ta poitrine, là même où tu tenais le chiot à l'aller, tu avais regardé par la fenêtre. Une vieille femme au dos courbé suppliait les passants du regard pour qu'ils lui achètent une modeste quantité de riz gluant.

Sur le sentier d'où vous pouviez apercevoir le village de ta famille maternelle, ta mère t'avait expliqué que ton grand-père, qui était parti chercher de l'embauche dans des mines d'or ou de charbon, était revenu quand elle avait trois ans. Puis, la même année, il avait été victime d'un accident alors qu'il travaillait sur le chantier de construction d'une gare. Les gens du village étaient accourus pour en informer ta grand-mère. Quelqu'un, en voyant la gamine qu'elle était jouer dans la cour, avait dit : « Pauvre petite ! Tu ne sais pas que tu viens de perdre ton père ! »

— Tu te souviens de ce qui s'est passé quand tu avais trois ans ? lui avais-tu alors demandé.

— Mais oui.

Elle avait ajouté qu'elle en voulait quelquefois à sa propre mère, ta grand-mère.

— Il n'y a pas un travail qu'elle ait refusé quand elle s'est retrouvée toute seule. Mais quand même ! Elle aurait pu m'envoyer à l'école ! Elle l'a fait pour mon frère, qui a fréquenté un établissement japonais ; pour ma grande sœur aussi. Mais pas pour moi ! J'ai vécu dans un monde obscur, sans la plus petite lumière pour m'éclairer, et ça toute ma vie...

Elle avait finalement accepté de te suivre à Séoul, à condition que tu lui promettes de ne rien dire à ton frère aîné. Elle t'avait fait répéter plusieurs fois cette promesse en cours de route. Les examens médicaux avaient révélé, à ta grande surprise, qu'elle avait été victime d'un accident vasculaire cérébral.

— Un accident vasculaire cérébral ? Ce n'est pas possible ! avais-tu lancé au médecin.

En guise de réponse, il avait indiqué un point sur la radiographie du cerveau de ta mère, la trace de l'attaque selon lui.

— Mais comment a-t-elle pu subir une attaque sans le savoir ?

— Elle l'a forcément su, avait-il répondu.

Vu la présence du caillot, elle avait sûrement ressenti le choc. Il avait ajouté qu'il y avait un bout de temps qu'elle souffrait, que ce devait être une torture permanente.

— Ainsi, ça durerait depuis un bon moment ? Elle avait pourtant l'air en forme.

— J'en serais fort étonné.

Tu avais eu l'impression qu'un poinçon caché dans ta poche te piquait le dos de la main.

Le sang qui stagnait dans son cerveau avait été ponctionné, mais la migraine n'avait pas disparu pour autant. Elle fondait sur ta mère, quand par exemple elle discutait avec des voisins, l'obligeant à soutenir sa tête à deux mains comme elle l'aurait fait pour un bocal, et à rentrer pour s'allonger sur le lit de repos de la grange.

— Tu aimes la cuisine ? lui avais-tu demandé un jour.

Elle t'avait regardée sans comprendre.

— Je veux dire : est-ce que ça te plaisait d'être dans la cuisine, de faire la cuisine, de faire cuire le riz ?

Ta mère t'avait dévisagée.

— Ce n'est pas la question d'aimer ou pas ! Il le fallait, c'est tout ! Je devais être dans la cuisine pour préparer les repas et pour que vous ayez quelque chose à manger à l'école ! On ne fait pas toujours ce qu'on veut. Il y a des tâches auxquelles on ne peut pas couper, de toute façon.

Elle t'avait alors fixée comme si tu posais de drôles de questions, puis elle avait murmuré :

— Si chacun se met à faire seulement ce qu'il a envie de faire, qui va faire ce que personne n'a envie de faire ?

— Tu ne m'as pas répondu... Ça te plaisait ou pas ?

Après s'être assurée que personne d'autre ne pouvait l'entendre, ta mère t'avait avoué qu'il lui était arrivé plusieurs fois de casser les couvercles des jarres.

— Les couvercles des jarres ?

— Je ne voyais pas le bout du tunnel ! Quand tu es paysanne, tu sèmes au printemps et tu récoltes à l'automne. Quand tu as semé des graines d'épinards, tu récoltes des épinards ; quand tu as semé des grains de maïs, tu récoltes du maïs... Mais le travail dans la cuisine, ça n'en finit pas de finir ! Après le petit déjeuner, c'est le déjeuner, puis le dîner, à nouveau le petit déjeuner... Ça aurait été moins pénible si j'avais eu la possibilité de varier ce que je servais ; mais comme on plantait toujours la même chose, il y avait toujours la même chose sur la table. Et comme c'était toujours et toujours la même chose, quelquefois, je n'en pouvais plus ! Dans ces moments-là, la cuisine ressemblait à une prison. J'allais prendre un couvercle de jarre – un plutôt moche – et je le jetais contre le mur de toutes mes forces. Ta tante paternelle ne l'a jamais su. Si elle m'avait vue faire ça, elle m'aurait traitée de folle !

Chaque fois, ta mère le remplaçait dans les deux ou trois jours qui suivaient.

— C'était de l'argent jeté par les fenêtres ! Quand j'allais en acheter un neuf, ça me faisait vraiment mal au cœur, mais je ne pouvais pas m'empêcher de recommencer. Entendre un couvercle se casser, ça me soulageait comme un médicament ! Je me sentais libérée.

Puis, craignant que quelqu'un ne l'ait entendue, elle avait placé un index sur ses lèvres.

— Chut ! C'est la première fois que je raconte ça. Faut pas le répéter !

Un sourire espiègle s'était esquissé sur son visage.

— Quand tu n'as pas envie de faire la cuisine, brise une assiette ! Tu verras comme ça fait du bien, même si après tu regrettes les dégâts. Mais c'est vrai que tu es célibataire... Tu n'es pas obligée de faire la cuisine tout le temps.

Elle avait poussé un long soupir.

— Tout de même, c'était bien, quand vous étiez petits... Je n'avais pas assez de temps pour arranger correctement une serviette sur ma tête, mais, lorsque vous vous asseyiez pour manger et que vos couverts se croisaient par-dessus la table [1], je me disais que je n'enviais personne au monde ! Vous n'étiez pas difficiles à contenter. Vous vous régaliez d'une simple soupe aux courgettes. Les rares fois où je vous servais du poisson, vos visages étaient radieux... Vous étiez en pleine croissance et vous aviez tous bon appétit. C'était impressionnant. Je partais en laissant une pleine marmite de pommes de terre pour calmer votre faim après l'école, et il ne restait rien à mon retour ! Je voyais le niveau du riz dans la jarre de la grange baisser à toute allure et il arrivait qu'elle se retrouve complètement vide. Lorsque j'allais y puiser de quoi préparer le dîner, je paniquais si je sentais la calebasse toucher le fond de la jarre et je me disais : « Oh, là, là ! Qu'est-ce

1. En Corée, les mets sont disposés sur la table dans des bols ou des plats dans lesquels chaque convive pioche.

qu'ils vont manger demain matin, mes petits ? » Je n'avais pas la tête à me demander si j'aimais ou pas faire la cuisine ! Il suffisait que j'aie du riz à faire cuire dans une grande marmite et de la soupe dans une plus petite, pour oublier ma peine ; j'étais contente en pensant que c'était pour les estomacs de mes enfants. Vous avez du mal à imaginer ça à présent, mais, en ce temps-là, on avait toujours peur de se retrouver sans rien à manger. C'était pareil pour tout le monde : avoir de quoi se nourrir, c'était ça l'essentiel.

Ainsi, selon elle, cette époque où avoir de quoi manger était la chose la plus importante avait aussi été la plus heureuse de sa vie. Elle t'avait raconté tout cela en souriant. Puis la migraine avait effacé son sourire en mordant son âme comme les canines d'un mulot, en la rongeant insidieusement.

L'homme que tu vas voir pour lui demander de réaliser les avis de recherche porte un vieux vêtement en coton. Un coup d'œil suffit pour remarquer toute la finesse de cet habit cousu à la main. Tu savais qu'il ne portait que ce genre de tenue, mais celle de ce jour-là retient particulièrement ton attention.

Il était déjà au courant du problème qui t'amène et te fait des propositions pour améliorer la maquette de ton tract, qu'il va faire imprimer dans un atelier avec lequel il a l'habitude de travailler. N'ayant pas trouvé de cliché plus récent, ta famille s'est résignée à utiliser celui du soixante-dixième anniversaire de ton père, que ton frère avait déjà mis en ligne. Après l'avoir contemplé, l'homme dit :

— Elle est belle, votre mère !

Tu réponds à côté en le complimentant sur son habit. Il sourit.

— C'est ma mère qui l'a confectionné...

— Mais elle n'est plus de ce monde !

— ... quand elle était encore en vie.

Il te confie que, souffrant d'allergie depuis son enfance, il ne peut supporter aucun autre textile que le coton. Que le contact avec un autre tissu lui donne des démangeaisons et de l'eczéma. Qu'en conséquence, il n'a jamais porté autre chose que des habits fabriqués par sa mère. Quand lui revient son image, elle est toujours en train de coudre. Ce qui n'est pas très étonnant, si elle devait tout faire à la main, y compris ses sous-vêtements et ses chaussettes ! En ouvrant une armoire après sa mort, il avait découvert une pile de vêtements en coton, en quantité suffisante pour le restant de ses jours. La tenue qu'il porte ce jour-là en faisait partie. À quoi ressemblait cette dame ? Tout en l'écoutant parler, tu sens ton cœur se nouer. Alors qu'il évoque le souvenir de sa mère bien-aimée, tu l'interromps soudain :

— Vous croyez qu'elle était heureuse ?

— Ma mère était différente des femmes actuelles.

Les mots ont été prononcés sur un ton courtois, mais l'expression de son visage t'apprend que tu viens de porter atteinte à la dignité de sa mère.

Chapitre 2

Je suis désolée, Hyŏngch'ŏl

Une femme s'arrête pour examiner le tract qu'il vient de lui donner. Ils sont au pied de la tour de l'horloge, devant la gare de Séoul, à l'endroit même où sa mère l'avait souvent attendu.

Lorsqu'elle lui rendait visite dans cette ville où il vit à présent, elle avait l'air d'une réfugiée de guerre ! Quand elle sortait de la gare, elle portait ce qu'elle lui avait apporté sur la tête, sur les épaules, dans les mains. Elle avait même des paquets accrochés à la taille ! Qu'elle puisse marcher ainsi chargée était proprement stupéfiant. Si elle avait pu, elle aurait suspendu des aubergines ou des courgettes à ses jambes ! Dans ses poches, elle avait fourré des piments, des marrons ou encore des gousses d'ail épluchées enveloppées dans du papier journal. Quand il allait à sa rencontre à la gare, il la trouvait entourée d'une montagne de ballots dont on pouvait difficilement croire qu'ils avaient été charriés par une femme seule. Elle l'attendait, impatiente, le cherchant du regard en tournant la tête dans toutes les directions.

La femme, après avoir hésité, s'approche de lui, puis désigne la photo :

— Je voulais vous dire... Je crois que je l'ai vue devant la mairie du quartier Yongsan-2.

Le tract conçu par sa sœur montre sa mère tout sourires dans son habit traditionnel couleur de la mer.

— Elle n'était pas habillée comme ça, mais je reconnais bien ses yeux. Ils m'ont fait penser à ceux d'une génisse, je m'en souviens, poursuit-elle.

Elle jette à nouveau un coup d'œil, puis ajoute :

— Elle avait une blessure sur le cou-de-pied. C'était probablement à cause des sandales bleues qu'elle portait ; si elle avait beaucoup marché, elles avaient dû entamer la chair. Le pus attirait les mouches et elle les chassait d'une main. Ça devait lui faire mal, mais elle n'y prêtait pas attention, car elle était occupée à regarder à l'intérieur de la mairie. Cela dit, c'était il y a une semaine.

Une semaine ?

Après qu'elle s'est éloignée à petits pas rapides, il continue à distribuer les avis de recherche aux passants, ne sachant pas comment interpréter ce témoignage : cette femme croyait avoir vu sa mère – ou plutôt quelqu'un qui avait ses yeux – et ce, pas le matin même, mais une semaine plus tôt.

Tous les membres de sa famille ont été mobilisés pour distribuer ou coller les tracts, de la gare de

Séoul jusqu'au quartier Namyŏng, dans les boutiques de vêtements, les librairies ou les cybercafés. Là où ils ont été arrachés parce que l'affichage est interdit, ils en remettent d'autres. Ils se sont organisés pour exécuter cette tâche un peu partout, de la porte du Sud jusqu'à celle de l'Ouest, en passant par Chungrim-dong. L'annonce dans les journaux n'a rien donné, mais des gens ont appelé après avoir vu l'affichette. Quand l'un d'entre eux a affirmé l'avoir aperçue dans un restaurant, Hyŏngch'ŏl s'y est précipité, mais ce n'était qu'une employée qui avait l'âge de leur mère. Une autre fois, quelqu'un a prétendu qu'elle se trouvait chez lui et lui a dicté son adresse – qui s'est révélée fausse. Un autre réclamait la récompense en promettant de la retrouver. Mais même ces infimes résultats ont disparu au bout de quinze jours. Après avoir sillonné la ville avec l'espoir au cœur, sa famille et lui se sont retrouvés, éreintés, effondrés au pied de la tour de l'horloge de la gare. Sa sœur, la romancière, ramassait les tracts que les gens jetaient par terre après les avoir froissés et les lissait pour les donner à d'autres passants.

C'est justement elle qui apparaît devant lui, un paquet d'affichettes à la main. Son regard croise le sien. Ses yeux sont secs.

Il lui fait part du témoignage de la femme et lui propose :

— Allons faire un tour à la mairie du quartier Yongsan-2.

L'idée ne semble pas l'emballer.

— Pourquoi se serait-elle rendue là-bas ? Enfin, on peut aller voir tout à l'heure, si tu veux.

Puis elle se met au travail en criant à la cantonade :

— Je recherche ma mère ! Jetez-y un coup d'œil, s'il vous plaît, avant de vous en débarrasser !

Personne ne semble la reconnaître, bien que sa photo soit publiée dans des quotidiens chaque fois que paraît un de ses livres. Sa méthode semble néanmoins plus efficace qu'une distribution muette : les passants ne jettent pas le tract dès qu'elle a le dos tourné, comme ils le font avec lui.

Sa mère n'a nulle part où aller, en dehors de chez lui ou de chez ses frères et sœurs. C'est ça, le problème : s'il y avait des endroits familiers où elle aurait pu se rendre, ils pourraient l'y chercher ; mais comme il n'y en a pas, ils sont obligés de parcourir toute la ville. Avant que sa sœur lui dise : « Pourquoi se serait-elle rendue là-bas ? », il n'avait pas réalisé que c'était à la mairie du quartier Yongsan-2 qu'il avait trouvé son premier emploi. Trente ans auparavant.

Le vent s'est rafraîchi, mais des gouttes de sueur perlent sur son visage. Il vient de passer le cap de la cinquantaine. Il travaille chez un promoteur immobilier, comme attaché commercial pour la vente d'appartements. Aujourd'hui, c'est samedi, il n'est pas supposé travailler. Pourtant, s'il n'avait pas dû chercher sa mère, il serait quand même allé à Songdo, dans l'appartement-témoin. Sa société construit dans ce quartier un grand ensemble de logements, et il en reste un certain nombre qui n'ont pas encore trouvé d'acquéreurs. Il travaille jour et nuit pour atteindre ses objectifs. Il a été occupé pendant tout le printemps à sélectionner la ménagère type qui figurerait dans les documents publicitaires à la place des habituelles célébrités, dont l'image s'est trop banalisée. L'aménagement de l'appartement-témoin, l'accueil des journalistes... Tout cela lui a pris tellement de temps qu'il ne se rappelle plus quand il est rentré chez lui avant minuit pour la dernière fois. Le dimanche, il accompagne souvent le directeur général et les autres cadres à Sokch'o ou à Hoengsŏng pour une partie de golf.

Jusqu'à cet après-midi d'été où son plus jeune frère l'a appelé pour lui annoncer :

— Il paraît qu'on a perdu maman !

Cette voix où l'on décelait de la panique a provoqué une lézarde dans son quotidien, qui s'est fissuré avec le grincement que produit une fine couche de glace lorsqu'on pose le pied dessus. Mais tout en écoutant ses explications sur ce qui s'était passé – à savoir que ses parents se rendaient chez leur deuxième fils, que le métro avait démarré alors que seul son père y était monté, que sa mère était restée sur le quai et qu'on avait perdu sa trace –, il ne réalisait pas encore qu'elle avait réellement disparu. Quand son frère lui a dit qu'il avait fait une déclaration à la police, il s'est même demandé si c'était vraiment indispensable. C'est seulement au bout d'une semaine qu'ils ont mis une annonce dans les journaux et commencé à appeler les urgences hospitalières. La nuit, ses frères et sœurs et lui-même se répartissaient en plusieurs groupes pour se rendre dans des centres accueillant des sans-abri, mais c'était peine perdue. Sa mère, tel un rêve, s'était évanouie dans l'espace.

Il était impossible de trouver le moindre indice, au point qu'il avait parfois envie de demander à son père s'il était sûr d'être monté à Séoul avec elle. Dix jours, quinze jours, presque un mois... Ses frères, ses sœurs et lui s'agitaient de façon anarchique, comme des gens au cerveau dérangé.

Il donne les tracts qui lui restent à sa sœur.

— Je vais aller voir.

— À Yongsan ?

— Oui.

— Tu crois que c'est une piste ?

— C'est le premier endroit où j'ai habité quand je suis arrivé à Séoul.

Il ajoute qu'il lui téléphonera s'il a du nouveau et qu'elle doit vérifier de temps à autre que son portable fonctionne. Cette recommandation n'est pourtant plus nécessaire, car sa sœur qui, d'habitude, ne répond pas toujours aux appels téléphoniques, décroche à présent dès la première sonnerie. Il se dirige vers la station de taxis. Sa mère se faisait du souci à propos de sa fille, encore célibataire à bientôt quarante ans. Elle appelait son fils dès le petit matin :

— Hyŏngch'ŏl ! Va voir Chihŏn ! Je n'arrive pas à la joindre. Elle ne répond pas, elle ne me téléphone pas non plus... Ça fait un mois que je n'ai pas entendu le son de sa voix !

Il lui répondait que sa sœur s'était sûrement isolée pour écrire ou bien qu'elle était en voyage, mais sa mère insistait pour qu'il lui rende visite à son petit appartement.

— Elle vit seule, tu sais. Elle est peut-être malade, ou bien elle est tombée dans sa salle de bains et n'a pas réussi à se relever…

Quand elle énumérait ainsi tout ce qui pouvait arriver à une personne isolée, il finissait par se dire qu'elle avait peut-être raison. Il allait alors chez Chihŏn, avant son travail ou pendant la pause déjeuner, pour découvrir souvent devant sa porte une pile de journaux qui indiquait qu'elle était absente. Il repartait alors après les avoir jetés dans une poubelle. Quand il ne trouvait ni imprimés ni packs de lait, il sonnait longuement pour lui signifier qu'il savait qu'elle était là. Elle finissait par se montrer, les cheveux en bataille, et lui lançait sèchement :

— Qu'est-ce qu'il y a encore ?

Un jour, il se trouvait ainsi sur le palier, occupé à carillonner, quand était apparu un homme qui, visiblement, venait voir sa sœur et qui l'avait salué, l'air gêné. Avant que Hyŏngch'ŏl ait pu s'enquérir de son identité, l'autre avait déclaré :

— Vous lui ressemblez tellement, je n'ai même pas besoin de vous demander qui vous êtes.

Il avait ajouté qu'il était là, lui aussi, parce qu'il n'avait pas de nouvelles.

Quand il faisait son rapport à sa mère, en lui affirmant que sa fille allait bien ou qu'elle était probablement partie en voyage, elle soupirait :

— Si un jour elle meurt, on ne le saura même pas…

Puis elle lui demandait :

— Mais au fait, c'est quoi, son travail ?

Le travail de sa sœur, qui l'amenait à se couper du monde pendant quinze jours ou même un mois, consistait à écrire des romans. Quand il lui demandait si tout ce cirque était vraiment nécessaire, elle bougonnait comme pour elle-même :

— La prochaine fois, je donnerai de mes nouvelles à maman.

Ce qui restait un vœu pieux. En dépit des inquiétudes maternelles, elle continuait à se couper régulièrement du reste de la famille. À deux ou trois reprises, il avait négligé de réagir au désir de sa mère qui, du coup, ne lui avait plus demandé d'aller s'informer.

— Je vois que tu n'as pas le temps de m'écouter, avait été son seul commentaire.

Mais elle avait sûrement confié cette mission à un autre membre de la famille, sa sœur ayant persévéré dans ses habitudes. Un jour, après la disparition de leur mère, elle avait murmuré :

— Je crois que je suis punie...

La circulation est complètement bloquée entre la gare de Séoul et l'université Sookmyung. À travers la vitre, il dévisage les passants un à un. Sa mère est peut-être dans cette foule.

— Monsieur ! Vous avez bien dit « la mairie du quartier Yongsan-2 » ? lui demande le chauffeur de taxi alors qu'il bifurque en direction du lycée Yongsan.

Plongé dans ses réflexions, il ne répond pas.

Bien qu'il ait emprunté cette rue tous les jours quand il avait vingt ans, le décor lui paraît étranger.

Il se demande même si c'est le bon endroit, avant d'admettre que, trente années s'étant écoulées, il aurait été étonnant que rien n'ait changé.

— Monsieur !

— Oui ?

— Vous avez bien dit « devant la mairie du quartier Yongsan-2 » ?

— Oui.

— On est samedi. Elle doit être fermée, la mairie.

— J'imagine.

Le chauffeur ayant renoncé, après hésitation, à poursuivre la conversation, il en profite pour sortir un des tracts de sa poche et le lui tendre.

— Si vous tombez sur cette personne, pourriez-vous me contacter ?

L'homme jette un coup d'œil sur la feuille.

— C'est votre mère ?

— Oui.

— Comment cela s'est-il...

L'automne précédent, sa sœur l'avait appelé pour l'informer de l'état alarmant de leur mère, mais il n'avait rien fait, pensant qu'elle était arrivée à un âge où, de toute façon, on souffre de différents problèmes de santé. Comme elle insistait sur le fait qu'elle perdait conscience à cause de sa migraine, il avait entrepris de l'appeler de temps à autre pour prendre de ses nouvelles. C'était toujours sur un ton enjoué qu'elle s'écriait :

— C'est toi, Hyŏngch'ŏl !

Quand il lui demandait si elle n'avait pas quelque chose de spécial à lui signaler, elle répliquait en riant :

— J'aimerais bien qu'il se passe quelque chose de spécial ! Ne t'inquiète pas pour nous. Que veux-tu qu'il arrive dans une maison où vivent deux vieux ? Faites plutôt attention à vous.

— Venez nous voir à Séoul !

Elle noyait le poisson et assurait :

— D'accord... Je vais venir.

Sa sœur, excédée par son indifférence, était venue le voir un jour près de son lieu de travail, avec la radiographie du cerveau de leur mère. Elle lui avait répété le diagnostic du médecin, à savoir qu'elle avait été plus ou moins inconsciemment victime d'un accident vasculaire cérébral. Comme il ne réagissait pas, sa sœur l'avait fustigé du regard en demandant :

— Tu es bien mon frère, Yun Hyŏngch'ŏl ?

— Mais elle m'a dit qu'il ne s'était rien passé de spécial !

— Et tu la crois ? Elle dit toujours ça ! C'est sa façon de parler. Tu le sais bien, pourtant ! C'est parce qu'elle se sent coupable à ton égard.

— Pourquoi se sentirait-elle coupable à mon égard ?

— Comment veux-tu que je le sache ? Pourquoi éprouve-t-elle un sentiment de culpabilité à cause de toi ?

— Mais qu'est-ce que j'ai fait ?

— Il y a très longtemps qu'elle dit à tout bout de champ, en parlant de toi, qu'elle est désolée. J'aimerais bien savoir pourquoi. Pourquoi donc maman se sent-elle tellement fautive à ton sujet ?

Trente ans auparavant, lorsqu'il avait réussi le concours de la fonction publique, il avait été affecté à la mairie du quartier Yongsan-2. Quand, à la fin du lycée, il avait échoué à l'examen d'entrée à l'université, sa mère avait eu du mal à le croire. Du primaire au secondaire, il avait toujours caracolé en tête de sa classe. C'était lui qui obtenait les meilleures notes. Cela avait été le cas, par exemple, quand il avait passé l'examen d'entrée au collège, ce qui lui avait permis d'être exonéré des frais d'inscription. Durant ses trois années de collège, il était resté le meilleur et, de ce fait, ses parents n'avaient jamais rien eu à payer. Il en était allé de même au lycée.

— J'aimerais bien payer au moins une fois les frais d'inscription pour Hyŏngch'ŏl, aimait plaisanter sa mère, fière de son aîné.

Elle rechignait à admettre qu'après avoir été si longtemps le premier, il ait pu échouer à l'examen d'entrée à l'université. Quand elle avait appris qu'au lieu d'avoir triomphé, il avait été recalé, elle était demeurée incrédule :

— Si toi tu n'y vas pas, qui ira ?

Il s'était promis qu'une fois à l'université, il étudierait avec acharnement pour être dans le peloton de tête. En fait, il n'avait pas le choix : il avait absolument besoin d'obtenir une bourse. Mais comme il avait été recalé et qu'il n'avait pas les moyens financiers de passer une année supplémentaire à préparer l'examen, il avait dû trouver rapidement une solution de rechange. Il avait passé avec succès deux concours administratifs. Puis, dès sa première affectation, il était parti du domicile familial. Quelques mois plus tard, apprenant qu'une faculté de droit de Séoul dispensait des cours du soir, il avait voulu s'inscrire. Pour cela, il avait besoin de son certificat de fin d'études. S'il écrivait pour qu'on le lui envoie par la poste, il risquait de ne pas le recevoir à temps, avant la date limite de dépôt des dossiers. Il avait alors demandé par courrier à son père de le confier, à la gare routière locale, à un voyageur partant pour Séoul, puis de se rendre au bureau de poste pour le lui confirmer en lui téléphonant sur son lieu de travail, à la mairie. S'il lui indiquait l'heure de départ de l'autocar, il pourrait l'attendre à l'arrivée. Il avait guetté toute une journée l'appel de son père, en vain. Il ne pouvait même pas essayer de savoir ce qui s'était passé, car, à l'époque, ses parents n'avaient pas le téléphone. Il se demandait ce qu'il pouvait faire, le dossier devant impérativement être déposé le lendemain, quand, en pleine nuit, il avait entendu quelqu'un frapper à la porte de la mairie, où il était alors domicilié. Les employés devaient à tour de rôle garder les locaux pendant la nuit et, comme il n'avait pas de logement, il s'était porté volontaire pour assurer quotidiennement ce service.

On tambourinait à la porte comme pour la fracasser. Lorsqu'il l'avait ouverte, il avait distingué un jeune homme dans la pénombre.

— C'est votre mère ?

C'était en effet elle qui se tenait derrière lui, tremblante de froid. Avant qu'il ait eu le temps de dire quoi que ce soit, elle s'était rapprochée.

— Hyŏngch'ŏl ! C'est moi, c'est ta maman !

Consultant sa montre, le jeune homme avait déclaré :

— Dans sept minutes, c'est le couvre-feu [1] !

Puis, après avoir salué sa mère, il avait foncé dans la nuit, car il ne lui restait que peu de temps avant que toute circulation soit interdite.

Voilà ce qui s'était passé. Son père n'étant pas chez lui quand la lettre était arrivée, sa petite sœur l'avait lue à sa mère qui, sans attendre, avait foncé vers le lycée où elle avait obtenu le certificat de fin d'études et, dans la foulée, était montée dans le train. C'était son premier voyage ferroviaire ! Arrivée à la gare de Séoul, elle s'était mise à interpeller les passants pour leur demander où se trouvait la mairie du quartier Yongsan-2. Quand elle lui avait expliqué qu'elle devait absolument remettre un document à son fils avant le lendemain, le jeune homme s'était senti obligé de la conduire jusqu'à sa destination. Elle portait des sandales bleues, alors qu'on était en plein hiver. Lors des dernières récoltes, elle s'était blessée au cou-de-pied avec une faucille, près du gros orteil. La blessure cicatrisant mal, elle avait cherché des chaussures qui ne frotteraient pas et avait adopté cette paire de sandales, ouvertes sur le devant. Elle les avait enlevées, puis, une fois entrée

1. Instauré en 1945 au lendemain de la libération de la colonisation japonaise, le couvre-feu ne sera abrogé qu'en 1982.

dans la pièce où son fils dormait, lui avait tendu le papier en disant :

— J'espère que je n'arrive pas trop tard.

Il avait pris ses mains dans les siennes. Elles étaient glacées. Il s'était alors dit qu'il aurait fait n'importe quoi pour lui faire plaisir. Au lieu de quoi, il s'était entendu lui reprocher d'avoir suivi un inconnu. Elle avait riposté :

— Comment peut-on vivre dans ce monde si on ne fait pas confiance aux gens ?

Elle avait ajouté avec le sourire paisible qui la caractérisait :

— Il y a beaucoup plus de gentils que de méchants.

Il scrute de haut en bas la façade de la mairie, qui est en effet fermée. Il lui paraît impossible que sa mère soit venue ici. Si elle avait été capable de retrouver cet endroit, elle aurait à plus forte raison pu rentrer chez elle. La passante qui avait vu là une femme qui lui ressemblait disait se souvenir d'elle à cause de ses yeux. Elle avait aussi parlé de sandales – des sandales bleues. Mais d'après son père, sa mère portait ce jour-là des chaussures beiges à talons, même si ces derniers n'étaient pas très hauts. Et puis la femme avait bel et bien précisé : « des sandales bleues », qui lui semblaient avoir causé une plaie près du gros orteil, probablement consécutive à une très longue marche. Il lui revient seulement maintenant que les chaussures que sa mère portait ce jour-là ne correspondent pas à cette description. Après avoir essayé de regarder à l'intérieur du bâtiment hermétiquement clos, il va jeter un coup d'œil du côté du lycée de jeunes filles Posŏng, ainsi que du chemin menant à l'église Unsŏng.

La pièce réservée dans cette mairie au veilleur de nuit existe-t-elle encore ?

Cette pièce où il avait dormi à côté de sa mère, qui était montée dans le train de Séoul rien que pour apporter le certificat de fin d'études à son fils de vingt ans. Depuis ce jour, il ne lui est plus jamais arrivé de s'allonger à ses côtés. La fenêtre laissait passer de l'air froid.

— Je dors mieux contre le mur, avait-elle dit en se soulevant, pour qu'il lui laisse sa place.

— Mais il y a des courants d'air !

Il s'était levé pour empiler des sacs et des livres contre la paroi. Des vêtements aussi.

— C'est inutile ! avait-elle protesté en le tirant par la main. Viens te coucher ! Tu travailles demain.

Il s'était allongé sur le dos et lui avait demandé :

— Alors, qu'est-ce que tu penses de cette ville que tu vois pour la première fois ?

Elle avait déclaré en riant :

— Ça n'a rien d'extraordinaire !

Elle s'était alors lancée dans un long monologue :

— Tu es mon aîné. Tu m'as souvent fait faire des choses dont je n'avais pas l'habitude. Tout ce qui te concerne est toujours nouveau pour moi. Avec toi, j'ai tout vécu pour la première fois. Je n'avais jamais été enceinte, je n'avais jamais allaité. Quand tu es né, j'avais exactement l'âge que tu as maintenant. Quand j'ai vu ton visage rouge couvert de mucus et tes yeux fermés... Il paraît que les femmes sont émerveillées par leur premier bébé, mais moi, je crois que j'étais triste. « C'est moi qui ai mis au monde ce nouveau-né... Qu'est-ce que je vais en faire, maintenant ? » J'avais une de ces trouilles ! Au début, je n'osais même pas toucher tes petits doigts. Comme tu les serrais fort ! Quand on les dépliait un par un, tu souriais... Ils étaient si minuscules que j'avais peur de les faire fondre à force de les caresser. J'étais totalement ignorante. Je m'étais mariée à dix-sept ans et, comme je n'avais toujours pas d'enfant à dix-neuf ans, ta tante paternelle m'accusait d'être stérile. Quand j'avais appris que j'étais enceinte, j'avais surtout été contente, parce que je me disais que, dorénavant, elle allait me ficher la paix. Plus tard, mon plaisir, c'était de voir comme tes mains et tes pieds se développaient. Quand j'avais un coup de fatigue, j'entrais dans la chambre et j'ouvrais tes petits doigts. Je touchais tes orteils. Ça me donnait de la force. Quand je t'ai mis des chaussures pour la première fois, j'étais tout excitée ! Quand tu venais vers moi en titubant, je n'aurais pas voulu de tout l'or du monde à la place ! Ne parlons même pas de ton premier jour à l'école ! J'étais tellement fière quand j'ai accroché sur ta poitrine le badge où était écrit ton nom, ainsi qu'un mouchoir ! À quoi pourrais-je comparer la joie que j'ai éprouvée en voyant grossir tes mollets ? « Pousse, pousse, mon petit ! » Je chantais tout le temps. Un jour, je me suis aperçue que tu étais plus grand que moi.

Elle s'était redressée et tournée vers lui. Elle lui avait caressé les cheveux.

— Je voulais que tu grandisses, mais, avec le temps, j'ai commencé à avoir peur de toi, de mon fils... Tu n'étais pas comme les autres ! Je n'avais jamais à te réprimander. Tu te débrouillais tout seul. Tu étais si beau, tu travaillais si bien à l'école ! Je suis tellement fière de toi qu'il m'arrive de me demander si c'est vraiment moi qui t'ai mis au monde... Regarde ! Sans toi, je n'aurais jamais mis les pieds à Séoul !

Il s'était alors promis de gagner beaucoup d'argent pour pouvoir loger dignement cette femme quand elle viendrait le voir, pour ne plus jamais la laisser dormir dans le froid. Combien de temps s'était-il ainsi écoulé ?

— Hyŏngch'ŏl ! avait-elle appelé à voix basse.

Dans son sommeil, la voix avait semblé lui parvenir de très loin. Elle était assise, à le regarder dormir. Elle avait doucement tendu la main pour lui caresser les cheveux, puis le front.

— Ta mère est désolée...

Elle avait retiré sa main pour essuyer les larmes qui tombaient sur le visage de son fils.

À son réveil à l'aube, il l'avait trouvée en train de balayer le sol de la mairie. Il avait tenté de l'en empêcher, mais la réponse avait fusé :

— Pourquoi je resterais les bras ballants ?

Comme si elle risquait d'être punie si elle ne faisait rien, elle avait passé une serpillière mouillée sur le sol et épousseté les bureaux un par un. De la buée s'échappait de sa bouche. Une de ses sandales laissait voir un pied enflé. Tandis qu'ils attendaient l'heure d'ouverture d'une gargote du voisinage dont la spécialité était la soupe au soja, les locaux de la mairie livrés à la poigne de sa mère étaient devenus de plus en plus rutilants.

Elle est encore debout, cette maison ! Il n'en revient pas. Alors qu'il cherchait sa mère dans chaque ruelle, il est tombé sur l'endroit où il avait loué une chambre trente ans auparavant. Les flèches pointues surmontant le portail sont intactes. La femme qui l'avait un temps aimé, mais qui n'avait pas pu l'attendre, laissait accroché là un sac plastique contenant du pain farci aux haricots. Cette demeure est la seule dans le quartier à ne pas avoir été remplacée par un immeuble d'appartements empilés.

«Caution : 10 millions. Loyer : 100 000 wons.»

Il lit ce qui est écrit sur le portail.

«Avec une caution de 5 millions, possibilité d'un loyer de 150 000 wons.
8 *p'yŏngs*[1]. Coin cuisine, douche.

Proximité d'un parcours sportif à Namsan, 20 min de la rive sud, seulement 10 min de Chongro. Inconvénient : douche exiguë (mais vous n'allez pas y passer votre vie !). Vous aurez du mal à trouver une location aussi

1. Mesure de surface de 1,80 m x 1,80 m.

bon marché à Yongsan. Cause du départ : j'ai besoin d'un parking. Veuillez m'envoyer un SMS ou un mail. C'est pour économiser les frais d'agence que je loue directement. »

Après avoir lu les coordonnées du propriétaire, il entrouvre le portail, qui n'oppose pas plus de résistance que trente ans auparavant. Il examine la maison, disposée en fer à cheval autour d'une cour. Tous les logements ont une issue donnant sur l'extérieur. Celui où il a habité est cadenassé.

— Il y a quelqu'un ? crie-t-il.

Trois portes s'ouvrent. Deux jeunes filles aux cheveux courts et un garçon qui ne doit pas avoir plus dix-sept ans apparaissent. Il s'approche et tend d'abord les tracts aux jeunes filles.

— Avez-vous déjà vu cette dame ?

Il en donne un également au garçon. Dans la pièce dont celui-ci est sorti, il aperçoit deux autres filles, qui paraissent avoir le même âge que lui. Vu de l'extérieur, rien n'a changé, mais l'intérieur a été aménagé en un studio dont il distingue le coin cuisine. Conscient de la curiosité de Hyŏngch'ŏl, le jeune homme rentre chez lui et claque la porte.

— Je ne sais pas...

Les deux filles lui rendent les feuillets. Vu leur regard embrumé, elles devaient dormir. Elles l'observent tandis qu'il gagne la sortie. Le garçon réapparaît et l'interpelle :

— Attendez ! Je crois que j'ai vu cette vieille assise devant le portail, l'autre jour...

Alors qu'il revient vers lui, un autre garçon se montre.

— Je te dis que ce n'est pas elle ! Elle est jeune, celle-ci. L'autre était très abîmée. La coiffure aussi était différente... C'était une mendiante.

— Oui, mais les yeux... Regarde juste les yeux ! Elle avait ces yeux-là... Si on la retrouve, vous nous filez vraiment cinq millions ?

— Même si vous ne la retrouvez pas, je vous donnerai une récompense si vous me dites exactement ce que vous savez.

Les deux jeunes le rejoignent dehors. Les jeunes filles en font autant.

— Celle que tu as vue habite dans la brasserie du bas. On l'enferme parce qu'elle n'a pas toute sa tête, mais elle a dû réussir à sortir en cachette et se perdre. Son fils l'a ramenée chez elle.

— Je ne parle pas de celle-là ! L'autre femme, je l'ai vue aussi... Elle avait été piquée au pied, il était couvert de pus. Ça attirait des mouches, alors elle les chassait... Elle était si sale et elle puait tellement que je ne me suis pas attardé à la regarder !

— Mais encore ? Tu as vu par où elle partait ? lui demande-t-il impatiemment.

— Ma foi, non, je suis rentré. Elle voulait me suivre, alors, j'ai claqué le portail...

Les autres n'ont vu aucune personne ressemblant à sa mère. Le garçon le suit dehors en répétant :

— C'est vraiment elle que j'ai vue !

Ensemble, ils jettent un coup d'œil dans les ruelles voisines. En partant, il lui donne un billet de cent mille wons. Les yeux du jeune homme brillent à la vue de l'argent. Il lui demande, s'il la revoit, de retenir la dame et de le contacter. Sans trop prêter attention à ce qu'il dit, l'autre lui demande :

— Si je fais ça, vous me donnerez les cinq millions ?

Il hoche la tête. Le garçon lui réclame quelques autres exemplaires du tract pour les coller, dit-il, à la station-service où il travaille. Il ajoute que si ça permet de retrouver sa mère, ce sera grâce à lui, et qu'il méritera donc les cinq millions. Hyŏngch'ŏl les lui promet.

Toutes ses bonnes résolutions à l'égard de sa mère, qui voulait changer de place en disant : « Je dors mieux contre le mur », pour le protéger des courants d'air… Sa promesse de la faire dormir au chaud, quand elle reviendrait le voir…

Il sort un paquet de cigarettes de sa poche et en met une entre ses lèvres. Depuis Dieu sait quand, il a changé. Depuis Dieu sait quand, il ne pensait plus tellement à sa mère. Qu'était-il en train de faire au moment où elle est restée seule sur le quai du métro ? Il lance un dernier coup d'œil à la façade de la mairie, puis il s'éloigne. Que faisait-il ? Il baisse la tête. Il avait la gueule de bois suite à une beuverie, la veille, avec ses collègues. K., un homme d'habitude courtois, qui était chargé de la vente des appartements de Yongin, alors que son secteur à lui était plutôt Songdo, à Inch'ŏn, lui avait déclaré sur un ton ironique qu'il était un petit malin. Il faisait allusion au fait que Hyŏngch'ŏl avait eu l'idée d'offrir aux clientes qui venaient visiter l'appartement-témoin un ticket pour le concert d'un chanteur qui avait la cote auprès des gens d'âge mûr. En fait, cette idée n'était pas de lui, mais de sa sœur, la romancière. Quand sa femme lui avait donné, alors qu'elle était en visite chez eux, un des tapis de bain qui avaient servi de cadeau lors d'une précédente vente, elle avait eu ce commentaire :

— Je ne comprends pas pourquoi les entreprises pensent que les ménagères aiment recevoir ce genre d'objet !

Comme lui-même cherchait à ce moment-là l'inspiration pour le choix d'un cadeau efficace, il lui avait demandé son avis. Elle avait répondu :

— Je ne sais pas... Mais ce genre de truc, on l'a vite oublié. Pourquoi pas un stylo-plume ? Réfléchis un peu. Si, pour l'anniversaire de ta femme, tu te fends d'un ustensile ménager, tu crois que ça va lui faire plaisir ? Si tu offres une serpillière à d'éventuelles acheteuses, ça ne va pas les faire sauter de joie ! En revanche, si c'est un livre, ou une place de cinéma, elles vont y jeter un regard plus attentif. Elles vont se dire : « Tiens... » Elles vont s'imaginer en train d'en profiter et, du coup, ça va leur rester en mémoire. Enfin, ça se passerait comme ça avec moi.

Quand elle était repartie, elle avait oublié le tapis de bain.

Lors d'une réunion où il était question de cette prime, il avait donc proposé un produit culturel, et il n'y avait pas eu d'objection. Comme un chanteur très apprécié des ménagères donnait une série de concerts, il s'était procuré un grand nombre d'entrées. Il avait reçu les félicitations de son supérieur – peut-être était-ce un artiste qu'il aimait bien. Un sondage avait montré que ce cadeau avait contribué à améliorer l'image de marque de la société. Enfin, même s'il n'y avait pas eu de lien évident de cause à effet, les objectifs de vente à Songdo, son secteur, avaient été atteints presque à cent pour cent, alors que K. avait dû se contenter de soixante pour cent à Yongin, et en était probablement très préoccupé. Hyŏngch'ŏl lui avait répondu en riant qu'il avait eu de la chance, mais K. avait lancé, après quelques verres, que si Hyŏngch'ŏl avait mieux utilisé son intelligence, il serait devenu au moins procureur général. C'était une allusion au fait que Hyŏngch'ŏl avait fait des études de droit et qu'il avait un temps préparé le concours d'État pour entrer dans la magistrature. C'était aussi une manière sournoise de lui demander comment il avait réussi une ascension aussi rapide dans leur compagnie, alors qu'à la différence de la plupart des cadres de l'entreprise, il n'était issu d'aucune grande université. Hyŏngch'ŏl avait fini par quitter les lieux, après avoir volontairement renversé le verre que K. venait de lui remplir. Quand, le lendemain matin, sa femme lui avait annoncé qu'elle n'irait pas chercher ses beaux-parents à la gare parce qu'elle allait rendre visite à leur fille Chin, il s'était dit qu'il le ferait à sa place. Son père voulait visiter l'appartement dans lequel son cadet avait récemment emménagé. Hyŏngch'ŏl avait vraiment eu l'intention d'aller le chercher à la descente du train et de l'accompagner chez son frère, mais lorsqu'il était arrivé au bureau, il ne se sentait pas bien, il avait très mal à la tête. Alors, au lieu d'aller à la gare – après tout, son père lui avait dit qu'il était capable de trouver l'adresse tout seul –, il s'était rendu dans un sauna situé près du bureau, qu'il avait l'habitude de fréquenter les lendemains de ribote. À l'heure où son père montait seul dans la rame de métro, il était occupé à transpirer.

S'il avait rêvé de devenir procureur, lui, le petit campagnard, c'était pour faire revenir sa mère qui, déçue par son mari, avait quitté le domicile conjugal. La femme que son père avait introduite chez eux avait la peau très pâle et sentait la poudre de riz. Lorsqu'elle était entrée par le portail, sa mère était partie par une porte de derrière. Pour amadouer Hyŏngch'ŏl qui se montrait glacial à son égard, la nouvelle venue préparait tous les jours un œuf au plat qu'elle glissait dans la gamelle qu'il emportait à l'école. Il partait avec le ballot où se trouvait son déjeuner, qu'elle avait préparé avec soin et qu'il abandonnait sur le couvercle d'une jarre dans l'arrière-cour. Son frère cadet et l'aînée de ses sœurs emportaient les leurs tout en l'observant du coin de l'œil. Un jour, il les avait réunis devant le cimetière, qui se trouvait sur le chemin de l'école. Il leur avait ordonné de creuser un trou et d'y enterrer leurs gamelles. Son petit frère avait tenté de s'enfuir, mais il l'avait rattrapé et frappé. Sa sœur avait obéi. Il s'était dit que comme ça, la femme ne pourrait plus leur donner leur déjeuner. Mais elle était allée au bourg pour en acheter des neuves. Non plus des récipients en métal jaune, mais des Thermos qui gardaient les plats chauds. Un jour, sa mère, ayant appris on ne sait comment qu'il ne mangeait pas ce que lui préparait cette femme, avait surgi à l'école. Cela faisait une dizaine de jours qu'elle s'était enfuie.

— Maman !

Il avait fondu en larmes. Sa mère l'avait emmené sur la colline qui était derrière l'établissement. Elle avait retroussé les jambes de son pantalon pour dénuder ses mollets. Elle avait alors sorti de sous les pans de sa veste une baguette qu'elle avait brandie et avait commencé à l'en cingler.

— Pourquoi tu ne manges pas ? Tu penses que je suis contente, si tu ne manges pas ?

Elle ne frappait pas pour rire ! Déjà exaspéré par l'attitude de son frère et de sa sœur qui ne suivaient pas son exemple, il n'arrivait pas à comprendre le comportement de sa mère, qu'il trouvait totalement injuste, ni à s'expliquer pourquoi elle était à ce point en colère.

— Tu vas prendre cette gamelle, oui ou non ?

— Non !

— Mais tu fais la forte tête !

Elle l'avait fouetté avec une vigueur redoublée. Il n'avait proféré aucune plainte, et elle avait fini par s'arrêter, épuisée. Loin de chercher à les éviter, il avait encaissé les coups sans broncher, les dents serrées.

— Même comme ça ?

Les zébrures sur ses mollets commençaient à saigner.

— Jamais ! avait-il crié.

Elle avait alors jeté au loin la baguette, puis fondant en larmes, elle l'avait pris dans ses bras en répétant son prénom. Après s'être calmée, elle avait entrepris de le consoler, lui expliquant qu'il devait se nourrir et que peu importait qui préparait ses repas.

— Comme ça, je serai moins triste, avait-elle ajouté.

La tristesse... C'était la première fois qu'il entendait sa mère dire qu'elle était triste, et il ne comprenait pas pourquoi le fait de bien manger pouvait alléger sa peine. Comme elle était partie à cause de cette femme, il était persuadé qu'il augmenterait sa souffrance s'il avalait ce qu'elle lui donnait. Et voilà qu'elle lui affirmait le contraire ! Il était déconcerté, mais, ne voulant pas lui causer du chagrin, il avait lâché, sur un ton sec :

— Je vais manger !

— C'est bien, avait-elle dit alors, et l'expression de ses yeux pleins de larmes s'était adoucie.

— Mais en échange, tu dois me promettre de revenir !

Il avait vu son regard se troubler.

— Je n'en ai pas envie.

— Pourquoi ? Pourquoi ?

— Je ne veux plus revoir ton père.

À son tour, il avait fondu en larmes. Sa mère semblait résolue à ne plus rentrer. Ne lui avait-elle pas ordonné de prendre les repas, même si c'était quelqu'un d'autre qui les préparait ? La peur de la voir partir pour toujours l'avait saisi.

— Maman ! Je ferai tout ce que tu voudras. Je travaillerai dans les rizières, dans les champs, je balaierai la cour, j'irai puiser de l'eau... Je vais broyer le riz et faire du feu. Je chasserai les rats et je tuerai les poulets. Je veux que tu reviennes !

Lors des fêtes traditionnelles et des cérémonies en l'honneur des ancêtres, sa mère suppliait en effet son mari et les autres mâles de la famille pour qu'ils tuent eux-mêmes le poulet destiné à l'autel. C'était la seule chose qu'elle ne savait pas faire, alors qu'elle pouvait passer des journées entières à redresser les supports pour les haricots après le passage d'une forte pluie, rentrer en portant sur son dos son mari ivre mort et donner des claques sur les fesses des cochons pour les obliger à réintégrer la porcherie. Quand Hyŏngch'ŏl lui apportait des carassins qu'il avait attrapés dans un cours d'eau, elle était incapable de les toucher vivants. Les jours de chasse aux rats, on demandait aux enfants d'apporter les queues à l'école pour prouver qu'ils en avaient vraiment attrapé. Les autres mères tuaient les rongeurs, coupaient les queues qu'elles roulaient dans du papier, mais la sienne tremblait, rien qu'à en entendre parler. Elle était assez costaude, mais, quand elle apercevait une souris dans la grange où elle était allée prendre du riz, au lieu de l'attraper, elle ressortait en hurlant : « Maman ! »

— Regardez-moi ça ! grognait la tante de Hyŏngch'ŏl en toisant sa belle-sœur qui, le visage cramoisi sous l'effet de la panique, jaillissait du hangar.

C'est pourquoi il lui avait promis de tuer des poulets et de chasser les rats à sa place, mais elle ne cédait pas.

— Je vais réussir dans la vie.

— Qu'est-ce que tu veux être ?

— Procureur !

Les yeux de sa mère avaient brillé.

— Si tu veux être procureur, tu dois travailler beaucoup. Encore plus que tu ne le crois. Je connais quelqu'un qui a étudié jour et nuit, qui a échoué et qui est devenu fou.

— Je ferai tout ce qu'il faut pour réussir, si tu reviens.

Sa mère avait alors considéré son regard fiévreux, puis elle avait souri.

— Sûr que tu vas y arriver ! Tu as dit « maman » quand tu n'avais pas encore cent jours. Je ne t'ai jamais appris, mais tu as su lire dès que tu as commencé à aller à l'école et tu as été le meilleur de la classe. Pourquoi suis-je partie de la maison où tu vis ? Je n'avais pas vu les choses comme ça... Il y a toi, dans cette maison.

Après avoir examiné les marques que la baguette avait laissées sur ses mollets, elle lui avait montré son dos pour qu'il monte dessus.

— Grimpe ! On rentre.

Sa mère s'était rendue directement à leur domicile, d'où elle avait chassé l'intruse. Puis elle s'était mise à préparer le repas. Quand son père et sa maîtresse s'étaient trouvé un autre toit dans le village, elle s'y était ruée, manches retroussées, s'était emparée de la marmite destinée à la cuisson du riz qui était accrochée au-dessus de l'âtre et l'avait jetée dans le torrent. Elle semblait résolue à se battre pour récupérer sa place dans son foyer et tenir ainsi la promesse qu'elle avait faite à son fils. Quand son père et la femme, harcelés, s'étaient résignés à quitter le village, elle avait fait asseoir le gamin sur ses genoux. Il avait peur qu'elle ne lui annonce qu'elle aussi partait, mais elle lui avait demandé d'une voix calme :

— Tu as bien travaillé à l'école ?

Quand il lui avait tendu une feuille de contrôle avec la note cent sur cent, les yeux de sa mère, jusque-là tristes, s'étaient égayés. Après avoir examiné les cercles rouges qui entouraient les bonnes réponses, elle l'avait attiré contre sa poitrine.

— Mon enfant !

Tout le temps qu'avait duré l'absence de son père, il avait été chouchouté. Elle l'avait autorisé à se servir du vélo de son mari. Elle l'avait fait dormir dans ses draps. Elle lui avait servi du riz dans le bol réservé au chef de famille. C'était lui qu'elle servait en premier quand elle avait fait de la soupe. Quand ses frères et sœurs voulaient attaquer leur repas, sa mère leur disait :

— Attendez que votre grand frère lève sa cuillère !

Elle avait troqué du sésame, qu'elle avait fait sécher dans la cour, contre du raisin qu'une marchande transportait dans une bassine posée sur sa tête, et avait lancé à la cantonade :

— C'est pour votre grand frère !

Elle lui rappelait en toute occasion :
— Tu dois devenir procureur.
Et lui pensait que, pour la retenir chez elle, il fallait en effet qu'il le devienne.

Cet automne-là, qu'elle avait passé sans son mari, elle avait coupé les épis de riz, les avait égrenés et séchés. Quand Hyŏngch'ŏl lui proposait son aide, elle l'obligeait à s'asseoir devant le bureau où il faisait d'ordinaire ses devoirs, en disant :
— Toi, tu potasses !
Elle en faisait autant quand elle emmenait ses enfants arracher des patates douces. Ils ne revenaient que lorsque le soleil se couchait, tirant et poussant la charrette pleine. Un jour, son frère cadet, qui avait été réquisitionné alors qu'il voulait étudier, avait protesté, accroupi à côté du puits, tout en curant la terre qui s'était infiltrée sous ses ongles.
— Pour toi, il n'y a que mon frère qui compte !
— Sûr qu'il n'y a que lui qui compte ! avait-elle répliqué sans hésiter, et elle lui avait administré une claque sur la tête.
— Alors nous, tu peux t'en passer ?
— Sûr que je peux me passer de vous !
— Si c'est comme ça, on va aller rejoindre papa !
— Quoi ?
Elle était sur le point de lui donner une autre taloche, mais elle avait suspendu son geste.
— Toi aussi, tu es mon chéri ! Vous êtes tous mes chéris ! Allez, venez, mes chéris !

Un éclat de rire général avait retenti près du puits. Lorsqu'il avait entendu cet échange, assis dans la chambre devant son livre, Hyŏngch'ŏl avait esquissé un sourire.

Sa mère ne verrouillait plus le portail la nuit. Quand elle servait du riz, elle en mettait aussi dans un bol pour son mari et le gardait sur la partie chauffée du sol de sa chambre. Tout le temps qu'avait duré l'absence de son père, il avait étudié encore plus dur. Sa mère grondait les autres gosses quand ils avaient laissé sous la pluie les piments qui séchaient dans la cour, mais, se rappelant que son aîné travaillait, elle baissait la voix. Bien qu'écrasée sous le poids de la fatigue et des soucis, elle resplendissait comme si on l'avait maquillée, lorsqu'elle l'entendait lire à voix haute. Elle ouvrait et refermait discrètement la porte de la chambre de son fils, y déposait, toujours en silence, des patates douces ou des kakis. Cet hiver-là, un jour où il avait tant neigé que même le *maru* était blanc, son père avait franchi le portail que son épouse n'avait pas verrouillé. Il avait ôté ses chaussures, les avait cognées contre une marche pour les débarrasser de la neige, tout en faisant « hum, hum ! », puis était entré. Il faisait si froid que toute la famille dormait dans la même pièce. Hyŏngch'ŏl l'avait observé, les yeux mi-clos, tandis qu'il caressait l'un après l'autre les fronts de ses enfants, y compris le sien. Il avait vu sa mère prendre le bol de riz qu'elle avait gardé au chaud et le mettre sur la table basse avec des feuilles d'algues grillées à l'huile. Son père était parti en été et n'était revenu qu'en hiver, mais elle faisait comme s'il n'avait été absent que depuis le matin : sans un mot, elle était allée chercher du bouillon de riz qu'elle avait posé près du bol.

Lorsque, après ses études universitaires, Hyŏngch'ŏl avait réussi à intégrer l'entreprise où il travaille aujourd'hui, sa mère n'avait manifesté aucune joie. Les villageois l'avaient félicitée d'avoir un fils employé dans un des plus grands conglomérats du pays, mais cela ne lui avait même pas arraché un sourire. Quand il lui avait offert des sous-vêtements molletonnés qu'il avait achetés avec son premier salaire, elle lui avait lancé sur un ton agressif :

— Et tes projets, qu'est-ce que t'en as fait ?

Il avait répondu à cette mère peu accueillante qu'il allait économiser sur ses salaires pendant deux ans, puis qu'il retournerait à l'université.

C'est à partir du moment où elle lui avait amené l'aînée de ses sœurs qui venait de finir le collège qu'elle avait commencé à lui déclarer qu'elle était désolée. Il n'avait pas encore réuni la somme qu'il lui fallait pour reprendre ses études – celles qui lui permettraient de devenir magistrat. Elle n'arrivait pas à le regarder dans les yeux.

— C'est une fille... C'est pour ça qu'elle doit continuer à étudier. Arrange-toi pour qu'elle puisse aller au lycée. Je ne veux pas qu'elle ait la même vie que la mienne.

Devant la tour de l'horloge de la gare de Séoul, sa mère avait mis la main de sa sœur dans la sienne, puis avait proposé d'aller manger une soupe avant qu'elle reparte. Au restaurant, elle n'avait pas arrêté de transférer des morceaux de bœuf de son bol à celui de son fils. Il essayait de l'en dissuader en affirmant qu'il ne pourrait tout avaler, mais elle avait continué. C'était elle qui avait eu l'idée de ce repas, pourtant, elle n'y avait pas touché.

— Tu ne manges pas ? lui avait-il demandé.

— Si, si..., avait-elle répondu tout en pêchant un bout de viande qu'elle avait lâché dans la soupe de son fils.

— Mais toi alors... Comment tu vas faire ? avait-elle poursuivi.

Puis elle avait reposé sa cuillère avant d'ajouter :

— Je ne fais rien comme il faudrait... Je suis désolée, Hyŏngch'ŏl.

Elle était debout sur le quai de la gare, attendant le train qui devait la ramener chez elle, ses deux mains rugueuses aux ongles coupés court dans les poches. Ses yeux étaient humides. Il s'était dit alors, lui aussi, qu'ils faisaient penser à ceux d'une génisse.

Il téléphone à sa sœur qui se trouve à la gare de Séoul. Il commence à faire sombre. Ayant reconnu sa voix, elle reste silencieuse. Elle semble attendre qu'il dise quelque chose. Sur le tract, ils ont noté leurs numéros de portable à tous, mais c'est surtout sa sœur qui est sollicitée. La plupart du temps, il s'agit de plaisantins. Il y a même une femme qui a déclaré : « Je suis avec la vieille dame. Je vais vous dire où nous sommes... », puis elle a expliqué l'itinéraire. Sa sœur s'est précipitée en taxi, mais, sous la passerelle que son interlocutrice lui avait indiquée, elle n'a trouvé personne, à part un jeune ivrogne qui ronflait dans un sommeil si profond qu'il ne se serait pas réveillé quand bien même quelqu'un l'aurait chargé sur son dos.

— Je ne l'ai pas retrouvée.

Il entend sa sœur soupirer.

— Tu vas rester là encore longtemps ?

— Un peu... Il me reste des tracts.

— Je te rejoins. On ira dîner ensemble.

— Je n'ai pas faim.

— Alors, on ira boire un verre.

— Un verre ?

Après un moment de silence, elle reprend :

— J'ai reçu un appel... Un pharmacien qui a une officine en face du marché Sŏbu, dans le quartier Yŏkch'on. Il m'a dit que son fils lui avait apporté un des tracts. Il pense avoir vu quelqu'un qui ressemble à maman il y a deux jours, dans son quartier... Elle portait des sandales bleues. Elle avait tellement marché qu'elle avait au pied une plaie qui s'était infectée. Il y a appliqué de la pommade...

Des sandales bleues ? Il éloigne le téléphone de son oreille.

— Hyŏngch'ŏl !

Il rapproche à nouveau l'appareil.

— Je vais y aller. Tu veux venir avec moi ?

— Il a dit que c'était dans le quartier Yŏkch'on ? Le marché Sŏbu, n'est-ce pas celui qui était près de chez nous ?
— C'est ça.
— Je t'accompagne.

Il n'a pas envie de retourner chez lui. En fait, il n'avait pas grand-chose à dire à sa sœur. S'il l'a appelée, c'est juste parce qu'il ne veut pas rentrer. Elle a bien dit « Yŏkch'on » ? Il agite la main pour arrêter un taxi. C'est étrange. Parmi ceux qui ont appelé pour dire qu'ils avaient aperçu leur mère, plusieurs ont fait état de sandales bleues. Un autre point commun, c'est qu'ils mentionnent tous un endroit situé dans un des quartiers où il a vécu. Kaebong-dong, Taerim-dong, Oksu-dong, Tongsung-dong, au pied de l'ensemble d'appartements Naksan, Suyu-dong, Singil-dong, Chŏngrŏng... Il s'y rend, et les gens lui disent qu'ils l'ont vue trois jours ou une semaine auparavant. Il y en a même qui prétendent l'avoir rencontrée un mois plus tôt, c'est-à-dire avant sa disparition ! Chaque fois, il y va, seul ou avec un de ses frères, une de ses sœurs ou encore avec son père, mais nulle part il ne trouve cette dame aux sandales bleues que tant de personnes affirment avoir aperçue. Il a tout de même besoin d'entendre ces témoignages et continue à coller des tracts sur les poteaux télégraphiques, les arbres des parcs ou dans les cabines téléphoniques. Quand il passe devant un de ses anciens domiciles, il s'arrête pour lorgner de l'autre côté du portail. C'est seulement après qu'ils ont passé l'annonce dans les journaux et sur Internet et distribué les affichettes que Hyŏngch'ŏl a réalisé qu'il avait vécu dans douze logements différents ! Par ailleurs, sa mère n'est jamais venue le voir seule, dans aucun de ces endroits. Un membre de la famille allait toujours l'accueillir à la gare de Séoul ou à la gare routière. Une fois dans la capitale, elle ne se déplaçait jamais sans que quelqu'un l'accompagne. Quand elle se rendait chez son deuxième fils ou chez une de ses filles, ils allaient la chercher. Personne n'osait le dire, mais tous étaient persuadés qu'elle n'était pas capable de se diriger seule dans cette ville. C'est pourquoi il y avait toujours quelqu'un qui restait à ses côtés quand elle venait à Séoul.

Il se redresse, puis lève la tête vers le ciel. Yŏkch'on est dans le quartier où il a acheté pour la première fois un logement.

Dans le taxi qui les mène à Yŏkch'on, sa sœur se frotte les ongles.

— Dans quelques jours, c'est *Ch'usŏk*.

Il y pensait, lui aussi. Il fronce les sourcils et se racle la gorge. La période fériée va durer plusieurs jours. Les médias font état du nombre croissant de gens qui profitent des jours de congé de *Ch'usŏk* pour partir en voyage à l'étranger. Il y a quelques années encore, certains ne voyaient pas d'un bon œil ces vacanciers qu'ils jugeaient irrespectueux de la tradition, mais, à présent, ces derniers ne se cachent plus, saluent les esprits des ancêtres et se rendent à l'aéroport. Il fut un temps où on s'inquiétait des nouvelles mœurs, qui faisaient qu'une famille réunie dans une location de vacances se demandait comment les mânes pourraient la retrouver là. Alors qu'aujourd'hui, c'est carrément hors du pays que les gens passent leurs congés à cette période de l'année !

Un matin, la femme de Hyŏngch'ŏl, qui lisait le journal, lui avait annoncé, comme s'il s'agissait d'une nouvelle importante :

— Il paraît qu'à *Ch'usŏk*, plus d'un million de Coréens partent en vacances à l'étranger.

— Ils en ont, des sous ! avait-il répondu.

Sa femme avait marmonné :

— Les idiots, ce sont ceux qui n'en ont pas les moyens.

Le père de Hyŏngch'ŏl les observait en silence.

— À force de voir les autres partir, nos enfants disent qu'ils aimeraient bien en faire autant, avait-elle ajouté.

Comme son mari lui lançait un regard courroucé, elle avait commenté :

— C'est juste que les gosses sont sensibles à ce genre de choses...

Son père s'était levé de table et avait regagné sa chambre. Hyŏngch'ŏl s'était alors mis à blâmer sa femme :

— Tu es folle ? Est-ce le moment de parler de vacances ?

Et celle-ci de s'insurger :

— Qu'est-ce que j'ai dit ? Je ne fais que rapporter les propos des enfants ! C'est interdit ? Tu as l'intention de me coudre les lèvres ? J'étouffe, ici !

Elle s'était levée à son tour.

— Il faudra tout de même célébrer une cérémonie en l'honneur des ancêtres, tu ne crois pas ? interroge sa sœur.

— Ça t'intéresse, à présent ? Tu ne t'es jamais montrée dans ces occasions-là et c'est maintenant que tu te préoccupes de *Ch'usŏk* ?

— Je sais... Je n'aurais pas dû me conduire comme ça.

Il la regarde. Elle cesse de se frotter les ongles et glisse ses mains dans les poches de sa veste. C'est un tic qui se manifeste quand elle est stressée en sa présence. Il fait claquer sa langue. Cela fait si longtemps... Et elle ne s'est toujours pas débarrassée de cette habitude !

C'était au temps où ils cohabitaient, où il partageait l'unique et étroite chambre de son logement avec l'aînée de ses sœurs et son frère cadet. Ils s'allongeaient chacun contre un mur, et lui se casait entre eux. Il lui arrivait d'être réveillé par un coup sur le visage, en travers duquel son frère avait posé un bras. Il l'écartait et se rendormait. Puis c'était la main de sa sœur qui heurtait sa poitrine. Ils avaient pris l'habitude de gigoter ainsi quand ils dormaient dans une vaste chambre chez leurs parents. Une nuit qu'il avait reçu un coup dans l'œil, il avait poussé un hurlement qui avait réveillé les deux autres.

— Hé ! Toi ! Toi !

Prenant conscience de ce qui s'était passé, sa sœur s'était montrée confuse et avait caché ses deux mains dans ses poches.

— Si tu continues comme ça, tu retournes à la campagne !

Il n'aurait sans doute pas dû réagir ainsi, avait-il compris en la regardant. Le lendemain, elle était vraiment repartie en emportant ses affaires. Sa mère l'avait ramenée. Elle avait ordonné à sa fille de s'agenouiller devant son frère et de lui demander pardon. L'accusée était restée muette.

— Je te dis de lui demander pardon !

Elle ne réagissait toujours pas. C'était la docilité même, mais, quand elle se butait, personne ne pouvait la faire fléchir. Hyŏngch'ŏl était encore au collège, et elle en primaire, quand il lui avait un jour ordonné de nettoyer ses baskets. Elle avait refusé, alors qu'elle avait jusque-là exécuté cette besogne sans rechigner. Cette fois-là, rouge de colère, elle avait pris les chaussures en question, qui étaient relativement neuves, et les avait jetées dans le torrent ! Il avait dû courir le long de la berge pour les repêcher. Avec le recul, cet épisode lui apparaît comme un souvenir précieux, un de ceux qu'un fils unique ne peut pas avoir. Mais quand il avait dû faire demi-tour avec une seule basket, que des plantes aquatiques avaient d'ailleurs tachée de vert, il était tellement furieux qu'aussitôt rentré, il avait rapporté l'affaire à sa mère. Celle-ci, brandissant un tisonnier, avait demandé à sa fille où elle avait bien pu attraper ce fichu caractère, mais la gamine avait refusé de présenter ses excuses. Au contraire, elle avait protesté :

— Je n'en avais pas envie ! Je lui avais pourtant dit que je n'en avais pas envie ! Je ne ferai jamais quelque chose que je n'ai pas envie de faire !

— Je t'ai dit de lui demander pardon ! Ici, ton frère, c'est comme ton père. Alors, comme ça, tu prends tes cliques et tes claques parce qu'il t'a un peu grondée ! Si tu ne te corriges pas maintenant, tu vas traîner toute ta vie tes sales habitudes. Et plus tard, quand tu seras mariée, tu vas ficher le camp comme ça, au moindre truc qui t'aura déplu ?

Mais les mains qui auraient dû se joindre pour demander pardon ne faisaient que s'enfoncer de plus en plus dans ses poches. Sa mère avait fini par verser des larmes accompagnées de soupirs désolés :

— Même toi, tu ne m'obéis plus ! Tu me méprises parce que je n'ai ni argent ni éducation...

Ce n'est que lorsque les pleurs, d'abord retenus, s'étaient transformés en de véritables sanglots que sa sœur avait enfin desserré les dents :

— Ce n'est pas à cause de ça, maman !

Pour calmer sa mère qui ne cessait de pleurer, elle avait fini par concéder :

— D'accord, je vais demander pardon.

Puis, tournée vers lui, elle avait sorti les mains de ses poches pour les joindre en signe de repentir. À partir de ce jour, elle avait dormi les mains dans les poches et les y avait remises chaque fois qu'il haussait un peu la voix.

Depuis que leur mère avait disparu, cette même sœur, chaque fois qu'on lui faisait la moindre remarque, confessait d'une voix faible :
— C'est ma faute. Je n'aurais pas dû.

— Qui va nettoyer les carreaux de la maison ? lui demande Chihŏn.
— Qu'est-ce que tu veux dire ?
— Quand je lui téléphonais à cette période de l'année, elle était souvent en train de les nettoyer. Quand je lui demandais pourquoi elle se donnait cette peine, elle me répondait qu'elle ne pouvait quand même pas les laisser sales, alors que la famille au grand complet allait se réunir pour *Ch'usŏk*.
Il revoit les innombrables carreaux de la maison de ses parents. Lors de sa construction, ils avaient fait poser partout des portes vitrées.
— Je lui disais, poursuit-elle, d'engager quelqu'un pour le faire, mais elle me répondait : « Mais qui voudra venir laver ça au fin fond de la campagne ? »
Elle pousse un soupir et tend une main pour frotter la fenêtre du taxi. « Choisissait-elle vraiment cette période de l'année pour les nettoyer ? » se demande-t-il.
— Quand on était petits, elle démontait régulièrement toutes les portes... Tu te rappelles ?
— Oui.
— Tu te rappelles, c'est vrai ?
— Mais oui !
— Menteur !

— Pourquoi dis-tu ça ? Je m'en souviens ! On collait dessus des feuilles d'érable… On se faisait disputer par notre tante paternelle !

— Tu te rappelles vraiment ! Même que tu étais allé justement chez cette tante pour en cueillir.

— Je me rappelle.

C'était avant la construction de la nouvelle maison. À l'approche de *Ch'usŏk*, sa mère choisissait un jour ensoleillé et démontait toutes les portes sans exception. Elle les lavait à grande eau, les séchait au soleil, faisait bouillir de l'amidon et collait des feuilles de papier neuves sur les châssis. Il y avait beaucoup de portes et, quand on les voyait alignées contre le mur, on savait que c'était bientôt *Ch'usŏk*.

« Hum, hum. » Il se racle la gorge sans raison particulière.

Il y avait pourtant des hommes dans la famille. Pourquoi aucun d'eux ne l'aidait-il à faire ce travail ? Même Chihŏn ne faisait que jouer, lui semble-t-il, en trempant un doigt dans le seau plein de colle. Toute seule, sa mère en enduisait à l'aide d'une brosse le papier qu'elle appliquait ensuite avec habileté sur le panneau préalablement nettoyé. Ses gestes étaient pleins d'énergie et de gaieté. Comme si cela avait été aussi facile que de plier les doigts, elle exécutait des tâches qui lui semblent pourtant particulièrement ardues, bien qu'il soit plus âgé qu'elle ne l'était à l'époque. Parfois, quand elle effectuait ce travail, son côté romantique se réveillait : elle demandait alors à sa fille qui remuait la colle ou à son fils qui lui avait proposé son aide d'aller cueillir des feuilles d'érable. Ce n'étaient pourtant pas les arbres qui manquaient chez eux : plaqueminiers, pruniers, ailantes, jujubiers... Mais c'étaient des feuilles d'érable qu'elle voulait ! Se rendant un jour chez sa tante paternelle pour en récolter, il avait quitté leur ruelle, longé le torrent et marché sur la nouvelle route. Il cueillait des feuilles, quand sa tante lui avait demandé :

— C'est pour quoi faire ?

Pour ajouter aussitôt :

— C'est pour ta mère ? Mais quelle sentimentale, celle-là ! En plein hiver, ouvrir une porte sur laquelle on a collé des feuilles d'érable, c'est franchement sinistre ! Je lui ai déjà dit de laisser tomber cette manie, mais, apparemment, elle veut remettre ça !

Lorsqu'il rentrait les bras chargés de feuilles, sa mère en collait deux juste à côté de chaque poignée de porte, puis les couvrait d'un morceau de papier un peu transparent, renforçant ainsi la texture du support pour qu'on ne le déchire pas à force d'ouvrir et de fermer. Sur la porte de sa chambre, elle collait cinq feuilles déployées en forme de fleur et lui demandait :

— Alors, ça te plaît ?

Ça ressemblait aux doigts écartés d'une main d'enfant. Quoi qu'en dise sa tante, il trouvait cela joli. Il le lui disait et sa mère arborait un sourire satisfait. C'était sa façon d'accueillir l'automne ; elle ne voulait pas célébrer *Ch'usŏk* avec des panneaux déchirés et troués. C'était aussi pour empêcher les siens d'attraper froid à un moment où le vent devenait nettement plus frais. Par ailleurs, c'était peut-être la meilleure façon qu'elle avait trouvée d'exprimer son romantisme.

Sans s'en rendre compte, il glisse ses deux mains dans les poches de son pantalon, comme sa sœur. Les feuilles d'érable collées à côté des poignées survivaient en général à *Ch'usŏk*, à l'hiver, aux chutes de neige, au printemps et à l'arrivée de nouvelles pousses de feuilles d'érable. En fait, elles accompagnaient l'existence de sa famille.

La disparition de sa mère fait resurgir toutes sortes de détails qu'il croyait avoir oubliés, comme cette histoire de portes.

Pas plus que le reste de la ville, le quartier Yŏkch'on n'est demeuré ce qu'il était. Lorsqu'il y avait acheté une maison – la première qui fut bien à lui –, c'était un quartier résidentiel sillonné de nombreuses ruelles. À présent, on y trouve de grands immeubles d'habitation et des boutiques de mode. Incapables de retrouver le marché Sŏbu qui en constituait autrefois le centre, lui et sa sœur tournent en rond et se renseignent finalement auprès d'une jeune fille. La direction qu'elle leur indique est à l'opposé de celle qu'ils croyaient être la bonne. Là où il y avait une cabine téléphonique devant laquelle il passait tous les jours s'est implanté un supermarché. Il ne voit plus non plus l'échoppe du marchand de laine chez qui sa femme allait apprendre le tricot, dans le but de confectionner un pull pour leur fille qui venait de naître.

— Je crois que c'est là-bas, Hyŏngch'ŏl !

Le marché qui, dans leur mémoire, donnait sur une avenue est à présent relégué en retrait des nouveaux grands axes, si bien qu'il est difficile d'apercevoir le panneau d'entrée.

— Il a dit que c'était en face du marché...

Elle traverse la rue en courant, puis se retourne pour examiner les enseignes des magasins qui sont sur le trottoir où il est resté.

— C'est là !

Regardant dans la direction qu'elle lui désigne, il découvre la Pharmacie Sŏbu, entre une gargote et un cybercafé. Sa sœur interroge le pharmacien, un quinquagénaire :

— C'est vous qui avez téléphoné après avoir vu l'avis de recherche que votre fils vous a rapporté, n'est-ce pas ?

L'homme enlève ses lunettes.

— Mais comment avez-vous fait pour perdre votre mère ?

C'est la question embarrassante qu'on leur pose régulièrement depuis sa disparition, alors que leur souci n'est pas d'exposer le contexte de l'incident, mais de retrouver la disparue. Ils y décèlent à la fois de la curiosité et de la réprobation. Au début, ils avaient pris la peine de fournir des détails : la gare de Séoul, le métro... À présent, ils se contentent de répondre : « Que voulez-vous... » en arborant une expression morose. C'est la seule façon d'éluder l'interrogatoire.

— Ne serait-elle pas atteinte de la maladie d'Alzheimer ?

Sa sœur reste silencieuse. Lui affirme que ce n'est pas le cas.

— Je ne vous comprends pas ! Vous en avez mis du temps, à réagir à mon coup de fil !

Le pharmacien parle comme s'ils avaient raté de peu leur mère.

— Quand l'avez-vous vue ? Vous êtes sûr que c'était elle ?

Sa sœur lui tend le tract et l'homme explique qu'il l'a vue six jours plus tôt. Ce matin-là, il était descendu du second étage où il habite pour lever le store de sa boutique et il avait aperçu une vieille femme endormie près de la poubelle du restaurant d'à côté. Elle portait des sandales bleues. Elle avait tellement marché qu'un de ses cous-de-pied portait une blessure près du gros orteil, si profonde qu'on pouvait apercevoir l'os. Infectée, à vif, la plaie semblait parvenue à un stade irrémédiable.

— En tant que pharmacien, je ne pouvais faire comme si je n'avais rien vu... Il m'a semblé avant tout urgent de désinfecter la plaie. Je suis rentré dans la pharmacie pour prendre un antiseptique et du coton. Quand je suis ressorti, elle était réveillée. Elle était amorphe et laissait un inconnu soigner son pied sans broncher. Même que cette absence de réaction m'a surpris, car quand on nettoie une pareille blessure, normalement ça arrache des cris. L'infection était trop ancienne, le pus continuait à couler. L'odeur aussi, c'était quelque chose ! Après avoir tamponné plusieurs fois la plaie et y avoir mis de la pommade, j'ai bandé son pied, car un simple pansement adhésif n'aurait pas suffi. Jugeant qu'elle avait besoin d'aide, je suis revenu à l'intérieur dans l'intention d'appeler la police, mais j'ai fait demi-tour pour lui demander s'il y avait quelqu'un qu'elle voulait que je contacte. Elle était en train de manger des rouleaux de riz qu'elle avait trouvés dans la poubelle ! Je lui ai conseillé de les jeter en lui proposant de lui offrir quelque chose de plus comestible, mais elle n'a pas voulu et j'ai dû les lui arracher des mains. Elle n'a pas protesté. Je l'ai invitée à entrer dans ma pharmacie, mais elle n'a pas réagi, comme si elle ne comprenait pas ce que je lui disais. Est-elle sourde ?

Sa sœur ne dit rien. Lui répond à nouveau par la négative.

— Je lui disais : « Où habitez-vous ? Pouvez-vous me donner le nom d'un proche ? Si vous m'indiquez un numéro de téléphone, je vais le composer pour vous... » Mais elle se contentait de cligner les yeux... Je suis finalement reparti à l'intérieur et j'ai appelé la police. Mais, quand j'ai voulu la rejoindre, elle n'était plus là. C'est étrange... Je ne me suis absenté que le temps de passer un simple coup de fil, et elle s'est éclipsée.

— Ma mère ne portait pas de sandales bleues, mais des chaussures beiges. Êtes-vous sûr qu'il s'agissait de sandales bleues ?

— Certain ! Elle portait aussi un chemisier bleu clair et une veste qui était tellement sale qu'il était difficile de savoir si elle était blanche ou jaune. Sa jupe plissée était beige – ou peut-être blanche ? En tout cas, elle était souillée. Ses mollets étaient couverts de piqûres de moustiques.

Les sandales bleues mises à part, la description des vêtements correspond à ceux de la disparue.

— Sur la photo, maman porte un costume traditionnel. Elle n'a pas la même coiffure non plus... Le cliché n'a pas été pris juste avant sa disparition, mais un jour où elle s'était mise sur son trente et un. Qu'est-ce qui vous fait dire que c'est la même femme ?

Le tableau que vient de brosser le pharmacien est si lamentable que sa sœur semble espérer qu'il ne s'agit pas de leur mère.

— C'est bien elle ! Les yeux sont les mêmes. J'en avais vu, des comme ça, quand j'étais gamin et que je donnais à manger à nos génisses. Avec ces yeux-là, impossible de ne pas la reconnaître, même dans l'état où elle était !

Elle se laisse tomber sur une chaise.

— La police est venue ?

— Je les ai rappelés tout de suite après, pour leur dire que ce n'était plus la peine qu'ils se dérangent.

Sa sœur, qui l'attendait sur un banc sur une aire de jeux, se lève en le voyant arriver à pas lents, les épaules affaissées. Il est tard, les enfants sont partis. Il ne reste que quelques personnes âgées en promenade qui se sont assises pour se reposer. En quittant la pharmacie, ils se sont séparés en se donnant rendez-vous à cet endroit deux heures plus tard. Lui est parti du côté des immeubles d'habitation qui ont envahi son ancien quartier ; elle est restée dans les environs du marché, où subsistent encore quelques-unes des anciennes rues. Se rappelant que la femme avait mangé des rouleaux de riz trouvés parmi les déchets, il a cherché plus particulièrement à proximité des poubelles et des points de collecte sélective des ordures ménagères. Il a aussi essayé de localiser l'emplacement exact de la maison où il avait habité et qui était alors située dans la plus longue ruelle du quartier, l'avant-dernier bâtiment avant son extrémité.

Sa mère était-elle venue dans cette partie de la ville dans l'espoir de la retrouver ?

Le jour où elle devait la visiter pour la première fois, elle était montée de sa province avec une grande bouilloire en maillechort remplie de bouillie de haricots rouges ! Il était allé l'accueillir à la gare de Séoul et comme, à l'époque, il n'avait pas de voiture, la perspective de devoir transporter cet objet encombrant l'avait profondément agacé, mais sa mère, elle, était radieuse. Dès qu'ils étaient arrivés dans sa rue, elle lui avait demandé :

— C'est cette maison ?

Elle en avait fait autant pour chacune des suivantes. Lorsqu'il s'était enfin arrêté devant chez lui et qu'il lui avait annoncé : « C'est celle-ci ! », un sourire avait illuminé son visage. Elle avait poussé doucement le portail, telle une petite fille découvrant un royaume inconnu.

— Ah, il y a même une cour ! Un plaqueminier ! Et ça, ce n'est pas de la vigne ?

Aussitôt, elle s'était emparée de sa bouilloire et avait entrepris d'asperger tous les recoins de bouillie de haricots rouges !

— C'est pour empêcher le mauvais sort d'entrer ! avait-elle expliqué.

Sa femme, dont c'était aussi la première maison, avait ouvert la porte d'une des trois chambres et avait déclaré d'une voix excitée :

— C'est votre chambre, mère ! Désormais, quand vous monterez à Séoul, vous vous reposerez ici.

Jetant un coup d'œil à l'intérieur, sa mère s'était exclamée, l'air gêné :

— Il y a même une pièce pour moi !

À minuit passé, le même jour, entendant du bruit à l'extérieur, il avait jeté un coup d'œil par la fenêtre de sa chambre. Sa mère se promenait dans la cour. Elle caressait le portail et la vigne, s'asseyait sur la marche menant à l'entrée. Craignant qu'elle n'y passe la nuit, il avait ouvert la fenêtre et l'avait interpellée :

— Viens dormir maintenant !

Elle lui avait répliqué :

— Mais pourquoi n'es-tu pas encore couché, toi ?, avant de l'appeler par son prénom, en articulant soigneusement, comme si c'était la première fois qu'elle le prononçait :

— Hyŏngch'ŏl ! Tu peux venir une seconde ?

Il l'avait rejointe et elle avait alors sorti de sa poche une enveloppe qu'elle lui avait tendue.

— Il ne te reste plus qu'à faire faire une plaque pour le portail. Je veux que cet argent serve à ça.

Comme il la fixait en silence après avoir pris l'enveloppe, elle avait joint ses deux mains.

— Ta maman est désolée... Elle n'a pas pu t'aider pour l'achat de cette maison.

À l'aube, alors qu'il revenait des toilettes, il avait écarté doucement la porte de la chambre où elle dormait avec Chihŏn. Toutes deux étaient plongées dans un profond sommeil. La bouche entrouverte de sa mère esquissait un sourire. Dans un mouvement d'abandon, sa sœur, en dormant, avait écarté les bras.

Après cette première nuit passée à Séoul dans une mairie, aux côtés de son fils de vingt ans, sa mère n'avait jusque-là jamais pu se reposer convenablement dans cette ville. Il lui arrivait d'y monter, pour assister au mariage d'un proche, dans un autocar loué collectivement par les invités à la noce. Son frère, sa sœur ou lui-même la rejoignait sur le lieu de la fête où ils la trouvaient, comme d'habitude, à proximité d'une montagne de ballots. Elle décidait de partir aussitôt, même si la cérémonie n'était pas terminée, pour se rendre à la chambre que partageaient alors ses enfants. Une fois arrivée là, elle se débarrassait vite du tailleur qu'elle avait endossé pour cette occasion solennelle. De ses paquets surgissaient une multitude d'objets emballés dans du papier journal, des sacs plastique ou même des feuilles de courge ! Il ne lui fallait pas plus d'une minute pour enfiler le T-shirt ample et le pantalon à motifs floraux serré aux chevilles qu'elle avait fourrés dans un balluchon. Elle transférait les petits plats qu'elle venait de déballer dans des récipients, qu'elle rangeait sur l'étagère. Après s'être essuyé les mains, elle décousait les housses des couettes et des couvertures et les lavait. Elle préparait du *kimch'i* avec les choux de son jardin, salés et égouttés ; elle frottait à l'aide d'une brosse métallique la marmite noircie par le feu de briquettes ou par le poêle, jusqu'à ce qu'elle rutile ; elle recousait les housses qui avaient séché entre-temps ; elle dressait la table tout en faisant cuire du riz et une soupe à la pâte de soja. Elle avait apporté une grande quantité de mets : viande mijotée dans de la sauce de soja, anchois séchés et poêlés, feuilles de sésame assaisonnées... Elle déposait un morceau de viande sur les cuillères pleines de riz de ses enfants. Quand ils lui disaient de manger, elle répondait :

— Je n'ai plus faim...

Elle débarrassait la table, allait acheter une pastèque qu'elle plongeait dans une bassine remplie d'eau fraîche, sous le robinet, se changeait à nouveau à toute vitesse pour endosser son unique tailleur et ordonnait :

— Conduis-moi à la gare !

Il faisait nuit. On lui disait d'attendre le matin, mais elle répondait :

— Je dois partir. J'ai un tas de choses à faire, demain.

« Un tas de choses à faire » signifiait en l'occurrence du travail dans les champs ou dans les rizières, rien qui ne puisse attendre un jour de plus, mais elle prenait toujours le train en pleine nuit – parce qu'il n'y avait qu'une seule pièce dans laquelle ses trois grands enfants devaient dormir en se recroquevillant pour ne pas se cogner les uns contre les autres. Alors, elle affirmait :

— Je dois partir. J'ai un tas de choses à faire, demain.

À la gare de Séoul, sa mère, soulagée de tout bagage, attendait le train qui devait la ramener chez elle. Hyŏngch'ŏl, en la voyant si fatiguée, se répétait ses bonnes résolutions. Il se promettait de vite gagner de l'argent pour emménager dans un deux-pièces, pour pouvoir verser un dépôt de garantie qui lui assurerait un bail de longue durée, puis pour acheter sa propre maison, afin d'offrir à cette femme une chambre où elle pourrait dormir confortablement avant de repartir. Chaque fois qu'elle prenait ainsi un train de nuit, il l'accompagnait jusqu'au convoi avec un ticket de quai. Il lui trouvait une place, lui achetait du lait à la banane ou des clémentines.

— Ne t'endors pas et n'oublie pas de descendre à la gare de J.

De son côté, elle lui rappelait avec un air tantôt sévère, tantôt triste :

— Ici, tu es à la fois le père et la mère pour ton frère et ta sœur.

En voyant son fils, qui avait à peine vingt ans, se frotter nerveusement les mains, elle se levait pour les immobiliser entre les siennes et pour l'obliger à se redresser.

— L'aîné doit se conduire comme un adulte. Il doit donner l'exemple. S'il déraille, ses cadets en font autant.

Quand le train était sur le point de s'ébranler, elle avait les larmes aux yeux. Mais elle lui souriait. Elle disait encore :

— Maman est désolée, Hyŏngch'ŏl !

Elle devait arriver à la gare de la ville de J. à l'aube. Comme les bus à destination de son village ne circulaient pas avant six heures du matin, il est probable qu'elle regagnait son domicile à pied.

— On aurait dû prendre plus d'affichettes pour les placarder.

— Je reviendrai demain pour le faire.

Le lendemain, il doit quant à lui accompagner son directeur général et ses collaborateurs à l'appartement-témoin, à Hongch'ŏn. Impossible d'y couper.

— Tu veux que je demande à ma femme ?

— Laisse-la tranquille. Elle doit déjà s'occuper de notre père.

— Ou bien tu appelles notre cadet.

— *Il* va m'aider.

— *Il* ?

— Si on retrouve maman, je vais me marier. C'est ce qu'elle souhaite.

— Si c'est une décision aussi facile à prendre, tu aurais dû le faire plus tôt !

— Depuis qu'elle a disparu, les choses me paraissent plus claires. J'aurais pu faire tout ce qu'elle voulait, ce n'était pas si difficile. Je ne sais pas pourquoi je l'ai tourmentée comme ça. Et je ne prendrai plus jamais l'avion.

Sentant la morosité le gagner, il tapote l'épaule de sa sœur. Leur mère n'aimait pas qu'elle prenne l'avion pour aller à l'étranger. Elle lui demandait si ça ne lui faisait pas peur de monter dans un appareil qui faisait deux cents morts en cas d'accident ! Sa théorie était qu'il y avait des situations, la guerre par exemple, où on était dépassé par les événements, mais qu'en dehors de ça, il ne fallait pas jouer avec sa propre vie. Comme elle la tarabustait à ce sujet, sa sœur prenait l'avion en catimini. Quand elle y était obligée, pour son travail ou ses vacances, elle n'en prévenait jamais sa mère.

— Il y avait de si belles roses dans cette maison...

Il jette un coup d'œil à sa sœur dans l'obscurité. Il était précisément en train de penser aux roses ! Au premier printemps qu'il avait connu dans sa nouvelle maison, sa mère lui avait proposé d'aller acheter des rosiers.

— Des rosiers ?

Le mot sonnait de manière si étrange dans sa bouche qu'il l'avait répété comme s'il n'était pas sûr d'avoir bien entendu :

— Tu as dit des rosiers ?

— Oui, avec des fleurs rouges. Pourquoi ? On n'en trouve pas ici ?

— Si, si.

Dans le quartier Kup'abal, où il l'avait emmenée parce qu'on y trouvait un tas de fleuristes spécialisés dans les plants, elle avait déclaré :

— C'est ma fleur préférée !

Elle avait acheté beaucoup plus de pieds de rosiers qu'il ne l'avait supposé et les avait plantés contre le mur d'enceinte, courbant le dos pour creuser le sol. Chez elle, elle cultivait surtout des haricots, des pommes de terre, du sésame, des choux, des radis, des piments – bref, des végétaux comestibles. Un peu abasourdi, il lui avait demandé si elle ne les plaçait pas trop près du mur. Elle avait répondu :

— Faut en faire profiter les passants aussi !

Jusqu'à ce qu'ils quittent cette maison, chaque printemps, ils avaient eu droit à une avalanche de roses. Comme l'avait souhaité sa mère, les gens dans la rue s'arrêtaient pour humer leur parfum. Après la pluie, le sol à cet endroit était jonché de pétales rouges.

Après avoir, en guise de dîner, bu deux chopes de bière dans une brasserie située à l'intérieur d'un hypermarché, sa sœur sort son agenda de son sac, l'ouvre et le lui tend. Son teint a rougi sous l'effet de ce qu'elle vient d'avaler à jeun. Il lit ce qu'elle a écrit :

« Je vais lire des livres aux enfants malvoyants.

Je vais apprendre le chinois.

Je voudrais posséder un petit théâtre, si un jour je deviens riche.

J'aimerais aller au pôle Sud.

Je veux faire un pèlerinage à Santiago... »

Il y avait en tout plus de trente lignes commençant par « Je ».

— C'est quoi, ça ?

— Le 31 décembre dernier, j'ai noté pour m'amuser tout ce que j'avais envie de faire, en plus de mon travail. Tout ce que j'aimerais et devrais réaliser dans les dix années à venir. Aucun de ces projets ne concerne maman. Je ne m'en suis pas rendu compte lorsque j'ai établi cette liste, mais seulement après sa disparition.

Ses yeux mouillés brillent.

Il est ivre. Il sort de l'ascenseur, appuie sur la sonnette, mais personne ne lui ouvre. Chancelant, il prend la clé dans sa poche et déverrouille la porte. Après avoir quitté Chihŏn, il a fait une halte dans deux autres bars, sur le chemin de son domicile. Chaque fois que surgissait devant ses yeux l'image de cette femme qui était peut-être sa mère, qui portait des sandales bleues et avait au pied une plaie si profonde qu'elle laissait voir l'os, il reprenait un verre. Le silence règne dans la salle de séjour, qui est éclairée. La statuette de la Vierge que sa mère lui avait offerte le regarde. Il se dirige en titubant vers sa chambre, s'arrête, puis va pousser discrètement la porte de celle de sa fille, où dort son père. Celui-ci est couché sur le côté sur une couette posée par terre, près du lit vide de l'adolescente. Il entre, tire la couverture pour couvrir le vieil homme et ressort sans faire de bruit. Il se rend dans la cuisine, prend une bouteille posée sur la table et se sert un verre d'eau. Il promène son regard autour de lui. Rien n'a changé. Le réfrigérateur ronronne toujours, l'évier est envahi par la vaisselle sale que sa femme préfère accumuler avant de se décider à la laver. Tête basse, il se glisse dans leur chambre et toise le corps de son épouse endormie. Son collier scintille. Il arrache d'un geste violent le drap qui la couvre. Elle s'assied en se frottant les yeux.

— Quand es-tu rentré ?

Elle comprend que son geste brutal est l'expression d'un reproche : comment peut-elle trouver le sommeil dans une situation pareille ? Elle pousse un soupir. Depuis que sa mère s'est égarée, il se met facilement en colère contre elle. C'est chez lui qu'il se montre le plus irritable. Quand son plus jeune frère l'a appelé pour lui demander où il en était, il lui a donné deux ou trois éléments de réponse, avant de s'emporter :

— Et toi, tu n'as rien à m'apprendre ? Mais qu'est-ce que tu fais, toi ?

Il a même haussé le ton quand son père lui a annoncé qu'il repartirait à la campagne, vu que sa présence à Séoul ne servait à rien :

— Mais qu'est-ce que tu vas faire là-bas ?

Il part souvent au travail sans même jeter un coup d'œil au petit déjeuner qu'elle lui a préparé.

— Tu as bu ?

Elle tire sur le drap qu'il tient encore et l'étale sur le lit.

— Comment arrives-tu à dormir ?

Elle réajuste sa chemise de nuit.

— Je t'ai demandé comment tu arrivais à dormir !

— Qu'est-ce que tu veux que je fasse d'autre ? s'écrie-t-elle finalement.

— Tout ça, c'est ta faute, dit-il, tout en sachant que ce n'est pas vrai.

— Comment ça, c'est ma faute ?

— Tu aurais dû aller les accueillir !

— Je t'ai dit qu'il fallait que je ravitaille Chin.

— Pourquoi ce jour-là et pas un autre ? Pourquoi y es-tu allée justement le jour où mes parents montaient de la campagne, et pour fêter l'anniversaire de mon père par-dessus le marché !

— Ton père avait dit qu'ils pouvaient se débrouiller seuls pour se rendre chez ton frère ! Il n'y a que nous, à Séoul ? Ce jour-là, c'est chez ton frère qu'ils devaient aller ! Ils ne peuvent pas s'en occuper, tes frères et sœurs ? Il y a une loi qui dit que c'est toujours chez nous que tes parents doivent dormir et que c'est toujours moi qui dois aller les chercher ? Il fallait que j'aille voir Chin parce que ça faisait deux semaines que je ne l'avais pas fait et qu'elle n'avait plus rien à manger. Ce n'est pas pour le plaisir que je fais ces allers et retours ! De plus, elle prépare son examen... Tu sais combien c'est important pour elle ?

— Elle est grande maintenant et tu continues à faire le livreur ! Une gamine qui ne daigne même pas se montrer alors que sa grand-mère a disparu !

— Que veux-tu qu'elle y fasse ? C'est moi qui lui ai dit de ne pas venir. On a fait tout ce qu'on a pu ! Même la police met les pouces ! Qu'est-ce qu'on peut faire de plus ? Est-ce qu'on va sonner à chacune des portes de Séoul pour demander si ta mère est là ?

Nous, les adultes, on ne sait plus quoi faire. Alors, qu'est-ce que tu attends d'elle ? Elle fait ses études, c'est ça, son devoir ! À moins que tu veuilles qu'on laisse tous tomber notre boulot parce que ta mère n'est pas là ?

— Ce n'est pas qu'elle ne soit pas là, le problème ! Le problème, c'est qu'elle s'est perdue !

— Alors, qu'est-ce que tu me demandes ? Toi-même, tu continues à aller au bureau !

— Quoi ?

Enragé, il saisit son sac de clubs de golf et s'apprête à le lui jeter à la tête.

— Hyŏngch'ŏl !

C'est son père, qu'il croyait endormi et qui se tient dans l'encadrement de la porte restée ouverte. Hyŏngch'ŏl repose les clubs de golf. Après les avoir regardés fixement, l'un après l'autre, sa femme et lui, le vieil homme fait demi-tour. Il était venu à Séoul pour éviter à ses enfants de se déranger à l'occasion de son anniversaire. Si tout s'était passé comme prévu, sa mère aurait déclaré dans le restaurant de cuisine traditionnelle où sa belle-fille avait fait une réservation :

— Considérez qu'on célèbre mon anniversaire par la même occasion, d'accord ?

À cause de sa disparition, ils n'ont rien fait pour celui de leur père. Quant à la cérémonie en l'honneur des morts, qui tombait peu après cette date, leur tante paternelle et un cousin s'en sont chargés.

Hyŏngch'ŏl suit son père, qui se retourne au moment où il s'apprêtait à ouvrir la porte de sa chambre.

— Tout ça, c'est ma faute... Ta mère est quelqu'un de bien, mais elle a eu le malheur de me rencontrer. Ne vous disputez pas. Je comprends ce que tu ressens, mais ça ne changera rien. Elle doit être en vie quelque part. Et si c'est le cas, on finira bien par avoir de ses nouvelles… Moi, je vais rentrer chez moi.

Il fixe un moment son fils en silence, puis s'enferme dans la chambre. Devant la porte fermée, Hyŏngch'ŏl se mord les lèvres. Une fièvre lui monte du fond du cœur. Il passe la main sur sa poitrine. Sur le point de se frotter les mains, selon son tic habituel, il revoit celles de sa mère, rugueuses et pourtant si chaleureuses, et il suspend son geste. Elle n'aimait pas qu'il se frotte les mains ou se tienne le dos courbé et, s'il le faisait, il avait aussitôt droit à des remontrances. Quand il baissait la tête, elle lui donnait une tape dans le dos.

— Un homme doit toujours se montrer digne, disait-elle.

Il n'avait pas réussi à devenir procureur. Sa mère lui parlait de ce qu'« il » voulait être, mais il n'avait pas compris qu'il s'agissait aussi de son ambition à elle. Qu'il n'avait pas seulement trahi son rêve à lui, mais qu'il avait aussi brisé le sien. Il vient enfin de réaliser qu'elle avait passé sa vie à se sentir coupable de l'avoir empêché de réussir. « C'est moi qui suis désolé, car c'est moi qui n'ai pas tenu ma parole », se dit-il. Il sent son cœur se tordre sous la pression du désir qui l'envahit de ne plus se soucier que de sa mère – si seulement il pouvait la retrouver. Mais, en même temps, il sait qu'il est trop tard.

Il tombe à genoux sur le sol du séjour.

Chapitre 3

Je suis rentré

Une jeune femme essaie de regarder de l'autre côté du portail bleu fermé.

— Qu'est-ce que vous voulez ?

Tu toussotes, elle se retourne. Ses cheveux sont ramenés en queue-de-cheval, son front est large et lisse. Elle semble contente de te voir :

— Bonjour !

Tu la dévisages, elle te sourit.

— C'est bien ici qu'habite Mme Pak Sonyŏ ?

La plaque fixée près de l'entrée ne porte que ton nom. Pak Sonyŏ, ton épouse... Cela faisait longtemps que tu n'avais pas entendu quelqu'un l'appeler « madame ».

— Qu'est-ce que vous... ?

— Elle n'est pas là ? Elle a vraiment disparu ?

Il la regarde.

— Qui êtes-vous ?

— Pardon ! Je m'appelle Hong T'aehi. Je travaille près d'ici au centre L'Espoir, dans le quartier Namsan.

Hong T'aehi ? L'Espoir ?

— C'est un orphelinat. Comme ça fait longtemps qu'on ne l'a pas vue, je commençais à m'inquiéter. Et puis, un jour, je suis tombée sur ça.

Elle lui tend l'annonce que son fils a fait paraître dans les journaux.

— Je suis venue plusieurs fois pour prendre des nouvelles, mais il n'y avait personne. J'allais repartir bredouille aujourd'hui encore... J'avais besoin de savoir... Je devais lui lire un livre...

Tu soulèves une pierre posée devant le portail. En dessous, il y a la clé avec laquelle tu l'ouvres. Tu le pousses et entres en tendant l'oreille. On ne sait jamais... Mais tout est silencieux.

Tu fais signe à la dénommée Hong T'aehi de te suivre. Elle a bien dit qu'elle devait lui lire un livre ? À ta femme ? Tu ne l'as pourtant jamais entendu mentionner le nom de cette personne, ni celui de l'orphelinat. Une fois dans la cour, la jeune femme crie en direction de la maison : « Madame ! » Elle a visiblement du mal à croire à sa disparition. N'ayant obtenu aucune réponse, elle semble soudain embarrassée :

— A-t-elle fait une fugue ?

— Non, on l'a perdue.

— Pardon ?

— Je l'ai perdue à Séoul.

— Vous l'avez *perdue* ?

Elle écarquille les yeux. Elle explique que, depuis dix ans, ton épouse venait à l'orphelinat pour faire la toilette des enfants, laver leur linge et cultiver le jardin.

Ton épouse ?

Hong T'aehi ajoute que c'est quelqu'un d'admirable, qui leur donne tous les mois quatre cent cinquante mille wons, et que, depuis des années, elle n'a jamais manqué à cette habitude.

Quatre cent cinquante mille wons ?

Une fois par mois, tes enfants envoient à ta femme six cent mille wons – une somme dont ils ont l'air de penser qu'elle suffit pour deux vieillards vivant à la campagne. Ce n'est certes pas un montant négligeable. Au début, elle partageait l'argent avec toi, jusqu'au jour où elle avait déclaré que, désormais, elle le garderait pour elle. Tu avais été un peu surpris par cette soudaine manifestation de rapacité, mais elle t'avait conseillé de ne pas essayer d'en savoir plus sur l'usage qu'elle en ferait. Elle s'estimait être en droit, après avoir élevé vos enfants, de disposer librement de cet argent. Elle devait avoir préparé son discours longtemps à l'avance, sinon elle n'aurait jamais eu recours à une tournure comme « en droit de disposer librement de cet argent » ! Ce n'était pas sa façon habituelle de parler. Peut-être avait-elle trouvé son inspiration dans une série télévisée ? En tout cas, il était évident qu'elle s'était longtemps entraînée à prononcer cette phrase.

Un jour, elle t'avait demandé de transférer à son nom trois parcelles de rizières. Comme tu voulais savoir pourquoi, elle t'avait répondu que c'était parce que sa vie était vide. Qu'elle se sentait inutile depuis que vos fils et vos filles étaient partis. C'était au mois de mai, quelques jours après la fête des parents, à l'occasion de laquelle aucun de vos enfants ne s'était manifesté. Elle était allée acheter chez un fournisseur de matériel scolaire du bourg deux œillets artificiels ornés d'un ruban sur lequel était écrit : « Merci de nous avoir mis au monde et de nous avoir élevés ! »

— On va nous voir ! avait-elle dit, alors que tu te tenais sur la nouvelle route, et elle t'avait exhorté à rentrer.

Elle t'avait entraîné dans votre chambre, avait refermé la porte et épinglé un des œillets sur ton blouson.

— Qu'est-ce que les gens vont dire, s'ils nous voient nous promener sans une seule fleur un jour comme aujourd'hui, avec tous les enfants qu'on a ? C'est pour ça que je les ai achetés, ces œillets !

Puis elle avait accroché le second sur sa blouse. Comme il pendouillait de travers, elle s'y était prise à deux fois avant qu'il garde une position satisfaisante. Tu t'en étais débarrassé une fois dehors. Elle, par contre, avait gardé le sien toute la journée. Le lendemain, elle s'était alitée.

C'est après plusieurs nuits d'insomnie qu'elle s'était brusquement redressée sur sa couche pour te demander de mettre ces trois parcelles au nom de Pak Sonyŏ. Tu lui avais alors expliqué qu'en fait, c'était la totalité de vos rizières qui lui revenait de droit et que ne s'en approprier ainsi qu'une partie n'était vraiment pas une affaire pour elle. Elle avait concédé, l'air morose :

— Tu as sans doute raison.

Mais lorsqu'elle avait revendiqué l'intégralité de l'argent envoyé par vos enfants, elle s'était montrée intransigeante. Tu n'avais pas eu envie de la contredire, car tu avais senti que t'opposer à sa décision pouvait entraîner une sévère dispute. Tu avais donc préféré poser une condition : elle pouvait garder cet argent, mais il ne fallait pas qu'elle t'en demande davantage. Elle avait accepté sans discuter. Elle ne semblait pourtant pas s'acheter des vêtements, ni d'ailleurs autre chose, mais en consultant en cachette son livret bancaire, tu avais pu constater que tous les mois, le même jour, quatre cent cinquante mille wons étaient débités. Si jamais les enfants tardaient à lui envoyer l'argent, elle allait jusqu'à le réclamer en téléphonant à sa fille qui était chargée de centraliser l'opération au nom de ses frères et sœur. Cela ne lui ressemblait pas. Comme tu le lui avais promis, tu ne lui demandais pas d'explications sur l'usage qu'elle faisait de cette somme. Tu te disais qu'elle avait peut-être ouvert un compte d'épargne. Tu avais même fouillé partout pour retrouver l'éventuel livret, mais sans succès. À en croire Hong T'aehi, elle faisait don de ces quatre cent cinquante mille wons au centre L'Espoir. Tu as l'impression d'avoir reçu un coup derrière la tête.

La jeune femme explique que ce sont surtout les enfants qui la réclament. En particulier un gamin appelé Kyun, qui la considère comme sa propre mère et qui est désespéré de ne plus la voir. C'est un enfant dont on ignore l'identité et qui a été abandonné à l'orphelinat alors qu'il n'avait même pas six mois. C'était ta femme qui lui avait donné ce prénom.

— Vous avez dit « Kyun » ?

— Oui, Kyun.

Comme le garçon doit entrer au collège l'année suivante, elle lui avait promis un uniforme et un cartable. Kyun... Tu as un pincement au cœur, mais tu te contentes d'écouter ce que ta visiteuse te raconte. Ton épouse fréquente cet orphelinat depuis dix ans, et tu n'étais même pas au courant ! Tu en arrives à te demander si vous parlez bien de la même personne. Mais à quels moments y allait-elle ? Pourquoi ne lui en avait-elle pas soufflé mot ? Tu fixes longuement la photo publiée dans le journal, puis tu vas dans ta chambre. Tu extrais un album de photos du fond d'un tiroir, tu le feuillettes et en détaches un cliché sur lequel on voit mieux le visage de ton épouse. Elle est sur une digue avec une de ses filles, tenant les pans de son vêtement à cause du vent. Tu le places sous les yeux de Hong T'aehi.

— C'est bien elle ?

— Oh, madame !

L'image, d'une grande netteté, lui a arraché ce cri, comme si elle avait vu ta femme en personne. Le front plissé, sans doute à cause du soleil, ton épouse sur la photo semble te regarder.

— Vous avez dit que vous deviez lui lire un livre ? Qu'est-ce que vous entendiez par là ?

— Elle se chargeait d'un tas de besognes chez nous. Ce qu'elle préférait, c'était la toilette des enfants. Elle se démenait tellement qu'après son passage, tout le centre reluisait. Je ne savais pas comment la remercier. Je lui demandais de temps à autre s'il y avait quelque chose que j'aurais pu faire pour elle, mais elle me répondait toujours non. Et puis un jour, elle est arrivée avec un livre et m'a demandé de le lui lire pendant une heure à chacune de ses visites. Elle a dit que c'était une œuvre qu'elle aimait bien, mais qu'elle n'arrivait plus à lire parce que sa vue avait baissé.

— …

— C'est celui que je lui lisais encore dernièrement.

Tu regardes ce que la visiteuse vient de sortir de son sac. C'est un roman écrit par ta fille.

— L'auteur est de la région. Il paraît qu'elle a fréquenté le collège local. Votre femme a l'air de l'apprécier à cause de ça… C'est le deuxième ouvrage de cet écrivain que je lui lis.

Tu prends le volume : *Pour accomplir l'amour*. Ainsi, ta femme s'intéressait à ce qu'écrivait sa fille. Elle ne te l'avait jamais dit et tu n'avais jamais pensé à lui en faire la lecture. Tes enfants savent-ils que leur mère est illettrée ? Lorsque tu l'avais découvert, elle avait paru humiliée. Tes errances de jeunesse, les reproches que tu lui adressais de temps à autre, les « Tu n'as pas besoin de savoir ! » que tu lui lançais en haussant le ton… Elle interprétait tout cela comme des signes du mépris que tu avais pour elle parce qu'elle ne savait pas lire. Ce n'était pas vrai, mais plus tu niais, plus elle en était convaincue. À présent, tu te dis qu'elle avait peut-être raison, même s'il n'y avait là aucune mauvaise intention de ta part. Tu n'avais jamais imaginé que quelqu'un d'autre pourrait lui lire un jour les histoires écrites par votre fille. Comme elle avait dû se donner du mal pour cacher à cette jeune femme qu'elle était illettrée ! Quel puissant désir de découvrir les écrits de sa fille avait dû l'habiter pour qu'elle ait sollicité une étrangère en prétextant une mauvaise vue, sans même oser lui révéler son lien de parenté avec l'auteur ? Comment ta femme avait-elle pu étouffer son envie de crier haut et fort que c'était sa propre fille ? Tes yeux soudain te font mal.

— C'était vraiment... pas gentil...

— Pardon ?

Hong T'aehi te regarde, perplexe. Si elle en avait tellement envie, elle aurait pu s'adresser à toi... Tu passes tes mains sur ton visage à la peau sèche et rugueuse. Mais si elle l'avait fait, aurais-tu accepté ? Tu avais quasiment oublié son existence jusqu'à ce que tu la perdes. Tu te la rappelais seulement pour lui demander de faire quelque chose pour toi ou pour la réprimander. C'est terrible, les habitudes. Tu parlais poliment aux autres, et à elle sèchement. Il t'arrivait même de lancer un des jurons qui n'ont cours que dans cette région. Tu faisais comme s'il était écrit quelque part que les règles de courtoisie ne s'appliquent pas à sa propre femme. Oui, vraiment.

Resté seul après le départ de Hong T'aehi, tu murmures :

— Je suis rentré.

Quand tu étais jeune, quand tu t'étais retrouvé marié et même quand tu avais eu des enfants, tu avais souvent eu envie de prendre le large. Tu te sentais accablé d'ennui à la perspective de vieillir et de mourir dans ce village anonyme du Sud où tu étais né. Alors, tu partais sans rien dire et tu sillonnais le pays. Puis, comme programmé par tes gènes, tu rentrais pour assister à une des cérémonies dédiées à tes ancêtres. Tu repartais pour ne revenir que quand tu tombais malade et que tu avais du mal à te déplacer. Un jour, après t'être rétabli, tu avais appris à conduire une moto. Tu avais de nouveau pris la route avec en croupe une femme que tout, physiquement, opposait à ton épouse. Il t'était arrivé de penser que tu ne reviendrais plus jamais. Tu rêvais de vivre une autre vie, d'oublier complètement cette maison. Mais, en général, tu ne tenais pas trois saisons ! À peine venais-tu de t'habituer à une nouvelle réalité que te revenait à l'esprit tout ce dont ta femme s'occupait inlassablement : les chiots, les poulets, les pommes de terre... Vos enfants.

Jusqu'à ce que tu la perdes sur le quai du métro, elle était pour toi « la mère de Hyŏngch'ŏl ». Jusqu'à ce que se fasse jour en toi l'idée que, peut-être, tu ne la reverrais plus jamais, elle était pour toi comme un arbre : immuable, à moins qu'on l'abatte. Maintenant qu'elle n'est plus là, tu commences à penser à elle comme à une épouse et non plus comme à la mère de ton fils – une épouse que tu as négligée pendant cinquante ans et qui commence seulement à prendre sa place dans ton cœur. Elle vient vers toi, de manière presque charnelle, comme si sa disparition l'avait enfin rendue réelle.

Ce n'est que maintenant que tu deviens assez lucide pour comprendre dans quel état elle a vécu ces trois dernières années, plongée dans une sorte d'apathie. Il lui arrivait de ne plus se souvenir de rien. Elle restait prostrée dans une rue du voisinage qu'elle connaissait depuis toujours, incapable de retrouver le chemin de son domicile. Elle regardait fixement une marmite ou une jarre qu'elle avait sous les yeux depuis un demi-siècle, avec l'air de se dire : « Mais qu'est-ce que c'est ? » Sur le sol de la maison traînaient les cheveux qu'elle perdait. Parfois, elle n'arrivait plus à suivre l'intrigue d'une série télévisée qu'elle regardait pourtant tous les jours. Elle oubliait aussi les paroles d'une chanson qu'elle fredonnait depuis plusieurs décennies et qui commençait par : « *Si vous me demandez ce qu'est l'amour...* » Tu avais quelquefois l'impression qu'elle avait même effacé de sa mémoire ton existence – et la sienne.

Pourtant, tout n'était pas mort en elle.

Il lui arrivait de se rappeler un détail, comme on découvre un objet qu'on cherchait depuis longtemps, lorsque le niveau d'un cours d'eau le fait apparaître en baissant. Par exemple, le papier journal dans lequel tu avais enroulé des billets avant de décamper et que tu avais coincé à son intention dans un interstice de la porte de la grange. Elle t'avait déclaré que, même si elle ne te l'avait jamais avoué, elle t'avait été reconnaissante de lui avoir laissé cet argent en partant. Qu'elle ne savait pas comment elle aurait survécu sans cela à cette époque. Elle avait dit aussi qu'il fallait faire faire une nouvelle photo de famille, car sur celles qu'ils avaient, il manquait le petit dernier que sa fille cadette avait mis au monde aux États-Unis.

Tu t'aperçois avec consternation que tu l'as laissée seule avec sa peine.

Lorsqu'elle était évanouie, la tête bandée à cause de la migraine, tu te disais qu'elle était simplement endormie, qu'elle aurait dû éviter de sommeiller comme ça n'importe où. Quand elle en était arrivée à avoir du mal à ouvrir la porte de la chambre, tu lui disais de faire un peu attention à ce qu'elle faisait. Toi qui n'avais jamais eu l'habitude de te soucier d'elle, tu ne comprenais pas que la notion du temps était chamboulée dans sa tête. Quand tu l'avais vue remplir l'auge de la porcherie à présent déserte, appeler par son nom une truie que vous aviez élevée quand vous étiez jeunes et s'accroupir devant la mangeoire en marmonnant, comme elle l'avait fait dans le passé : « Cette fois-ci, tu vas nous donner au moins trois petits... Ce serait vraiment gentil de ta part... », tu avais d'abord cru qu'elle plaisantait. L'année où tu l'avais entendue adresser cette requête à une truie, la bête avait mis bas trois porcelets. L'argent provenant de la vente leur avait permis d'acheter une bicyclette à Hyŏngch'ŏl.

— Tu es là ? Je suis rentré ! as-tu crié en direction de ta maison vide.

Tu espérais entendre la voix de ta femme répondre :

— Ah, te voilà !

Mais le silence règne. Quand tu revenais, tu disais toujours : « Je suis rentré ! », et elle apparaissait.

— Pourquoi n'arrives-tu pas à arrêter de boire ? Tu peux vivre sans moi, mais pas sans boisson ! Tes enfants s'inquiètent à ton sujet chaque fois qu'ils téléphonent et toi, tu n'es pas capable de laisser tomber la gnôle ?

Tout en lui tendant du jus de raisinier, elle continuait à le sermonner :

— Si tu rentres encore soûl, je vais te laisser tomber... Le médecin te l'a dit : l'alcool, c'est ton pire ennemi ! Il y a des tas de choses qui changent dans le monde, mais si tu ne veux pas le voir, t'as qu'à continuer à picoler !

Les rares fois où tu rentrais après un déjeuner arrosé, tu avais droit à ces récriminations, comme si ta conduite risquait d'entraîner la fin du monde. Tu n'imaginais pas alors qu'un jour, cette litanie que tu n'écoutais que d'une oreille distraite allait te manquer à ce point... C'est avec l'espoir de l'entendre à nouveau qu'avant de rentrer, tu t'es rendu dans un restaurant de soupe aux *sundae* [1] pour t'envoyer quelques verres. Mais c'est le silence qui t'a accueilli.

1. Intestins de porc farcis aux vermicelles.

Tu regardes du côté de la niche, placée près de la petite porte de derrière et un peu cachée par la maison. Tu devrais au moins capter des bruits faits par le chien, mais ce n'est pas le cas. On ne voit même pas sa chaîne. Ta sœur a dû l'installer chez elle pour ne pas avoir à revenir tout le temps pour le nourrir. Au lieu de fermer le portail, tu le laisses grand ouvert. Tu traverses la cour et tu t'assieds sur le *maru*. C'était ta position préférée quand tu te retrouvais tout seul parce que ta femme était partie à Séoul. Elle t'appelait de là-bas :

— Tu as mangé ?

— Tu reviens quand ? lui demandais-tu.

— Pourquoi ? Je te manque ?

— Tu parles ! Oublie-moi et reste à Séoul autant que tu veux !

Mais dès qu'elle t'avait entendu dire : « Tu reviens quand ? », elle reprenait sur-le-champ le train du retour, quel qu'ait été le but de son séjour dans la capitale. Alors, tu la rabrouais :

— Mais pourquoi es-tu rentrée ? Je t'avais dit de rester autant que tu voulais !

Elle te répondait en te regardant de travers :

— Ce n'est pas à cause de toi que je suis revenue. C'est pour donner à manger au chien...

Tu renonçais à tout ce que tu avais découvert au gré de tes errances pour retrouver ce que ta femme te donnait. Quand tu repassais le portail, elle était en train de déterrer des patates douces ou de faire du levain, une serviette sale autour de la tête, après avoir fait asseoir Hyŏngch'ŏl devant son bureau.

Un des leitmotive de ta sœur, c'était que tu avais contracté cette manie du vagabondage pendant la guerre, période durant laquelle il t'était impossible de dormir chez toi parce que tu fuyais la mobilisation. Peut-être... Las de la cavale, tu t'étais volontairement rendu à la police où ton oncle, le frère cadet de ton père, qui n'avait que cinq ans de plus que toi, était inspecteur. Il t'avait laissé filer. En tant que fils aîné, t'avait-il dit, tu devais survivre, même si ta famille s'était disloquée. Ta présence était nécessaire pour la protection des tombes des ancêtres et les cérémonies en leur honneur. Dommage qu'avant de te relâcher, il ait jugé indispensable de te couper la première phalange de l'index pour qu'on ne puisse t'enrôler... De toute façon, ce n'était pas toi, mais ta femme qui avait par la suite veillé sur les tombes et pourvu aux célébrations. Ta sœur avait-elle raison ? Était-ce le fait d'avoir dû un temps dormir dans la rosée qui avait fait de toi un vagabond ? Possible. Peut-être était-ce une sorte d'accoutumance à l'état de sans-abri qui avait fait de toi un nomade. Il t'arrivait de sortir en courant en pleine nuit, tremblant de peur qu'on vienne t'arrêter.

Un hiver, en rentrant chez toi, tu avais trouvé tes enfants grandis. Ils dormaient tous dans une même pièce à cause du froid. Ta femme avait sorti un bol de riz qu'elle avait gardé au chaud dans votre chambre, tiré la table basse qu'elle avait recouverte d'un tissu pour protéger les petits plats et l'avait installée devant toi. Dehors, une tempête de neige soufflait dans la nuit. Elle avait fait griller des feuilles d'algue sur le feu du poêle. L'odeur agréable de l'huile de sésame sauvage avait réveillé les enfants, qui s'étaient approchés de toi. Tu roulais du riz dans les feuilles que ta femme te tendait et tu leur donnais la becquée. Une dans la bouche du grand, une dans celle du deuxième, une dans celle de ta fille. Tu n'avais pas encore régalé ta cadette, ni ton petit dernier, que l'aîné qui avait fini sa part attendait déjà le deuxième service ! Tu étais trop lent, vu la vitesse à laquelle ils mangeaient. Soudain, ces bouches t'avaient fait peur. « Comment vais-je faire pour les nourrir ? » t'étais-tu demandé. Puis tu t'étais promis de renoncer au monde extérieur et à l'errance.

— Je suis rentré !

Tu ouvres la porte de la chambre. Elle est vide. Tu distingues dans un coin quelques serviettes que ta femme a pliées avant que vous quittiez la maison. Le verre d'eau que tu as utilisé ce matin-là pour prendre tes médicaments est encore sur le sol, sec à présent. L'horloge indique trois heures de l'après-midi et les bambous projettent leurs ombres par la fenêtre qui donne sur l'arrière-cour.

— Je te dis que je suis rentré ! grognes-tu encore, les épaules affaissées, en direction de la chambre vide.

Qu'est-ce qui t'a pris ? Ton fils a tout fait pour te dissuader de retourner chez toi – « Mais qu'est-ce que tu vas faire là-bas, tout seul ? » Pourtant, ce matin-là, tu as quand même pris le train. Au fond de ton cœur se cachait l'espoir de voir ta femme, qui serait en train d'essuyer le sol de la chambre, de préparer des légumes ou encore de laver du riz dans la cuisine, venir t'accueillir en disant : « Te voilà ! » Tu avais l'impression que les choses allaient se passer comme ça. Mais la maison est vide, et ce vide la rend assez sinistre.

Tu te lèves et tu ouvres toutes les portes. « Tu es là ? » Tu écartes celle d'une chambre, de la cuisine ou de la chaufferie. « Tu es là ? » C'est la première fois que tu recherches ta femme avec autant de persévérance. Faisait-elle la même chose quand tu vaguais à travers le pays ? En clignant tes yeux secs, tu ouvres la fenêtre de la cuisine pour regarder du côté de la grange. « Tu es là ? » Personne sur le lit de repos. Depuis cette même place, tu la regardais s'affairer dans ce bâtiment. Sans que tu aies eu besoin de l'appeler, elle finissait par se retourner. Elle t'observait, puis elle te demandait :

— Qu'est-ce qu'il y a ? Tu as besoin de quelque chose ?

— Je vais au bourg. Où as-tu mis mes chaussettes ?

Elle enlevait alors immédiatement ses gants en caoutchouc et allait chercher tes vêtements de sortie dans votre chambre. Tu contemples la grange, l'air absent.

— Hé... J'ai faim. Je mangerais bien quelque chose, marmonnes-tu encore en direction du lit.

Quand tu disais cela, alors qu'elle était en train d'enlever les queues des piments, de cueillir des feuilles de sésame ou de saler des choux, elle laissait tout tomber. Elle te rejoignait.

— J'ai cueilli quelques aralies dans la montagne. Tu veux que je te prépare des beignets ? Ça te tente ?

À l'époque, tu ne savais pas apprécier cette paix, ces petits bonheurs quotidiens. Comment as-tu pu accepter, comme si cela avait été ton dû, tout ce qu'elle t'offrait, toi qui pas une seule fois ne lui as préparé une soupe aux algues ? Un jour, en revenant du bourg, elle t'avait dit :

— Tu vois la boucherie du marché où tu vas souvent ? Je passais devant et la patronne a insisté pour que je rentre. Elle était en train de manger une soupe aux algues. Paraît que son mari lui avait préparé ça ce matin, pour son anniversaire.

Comme tu l'écoutais sans réagir, elle avait ajouté :

— Pour dire la vérité, ce n'était pas fameux ! Mais, pour la première fois, je l'ai enviée, cette femme.

Tu t'étais contenté de cligner tes yeux que rien n'embuait jamais. Aujourd'hui, il te semble que tu serais prêt à lui préparer une soupe, et même à lui confectionner des beignets !

— Mais où es-tu ? Tu veux me punir ?

Tes yeux se mouillent.

Tu partais et tu revenais à ta fantaisie, mais tu n'avais jamais imaginé que ta femme aussi pourrait s'en aller.

Ce n'est qu'après sa disparition que votre première rencontre t'est revenue en mémoire. Votre mariage avait été célébré alors que vous ne vous connaissiez pas. C'était juste après la guerre. Un armistice avait été signé en juillet 1953 entre le commandant en chef des forces alliées et son homologue de l'armée communiste, mais l'époque était encore plus troublée que pendant le conflit. La nuit, des soldats du Nord, affamés, descendaient de la montagne pour fouiller le village. Les gens qui avaient des filles pubères s'empressaient de les cacher, car la rumeur courait partout qu'ils enlevaient les jeunes filles. Certains les dissimulaient dans un trou qu'ils avaient creusé près de la voie ferrée. D'autres se regroupaient dans une maison pour veiller la nuit durant. D'autres encore les mariaient dans la précipitation. Ta femme était née dans un village appelé Chinmoe, où elle avait toujours vécu jusqu'alors. Tu avais vingt ans quand ta sœur t'avait annoncé que tu allais épouser une fille de Chinmoe. Elle disait que vos dates et heures de naissance respectives présageaient une belle harmonie. Son village était encore plus isolé que le tien, dont il était distant d'une dizaine de lieues. À l'époque, les gens se mariaient sans s'être préalablement rencontrés. Ta sœur t'avait dit que la cérémonie aurait lieu dans la cour du domicile de ta promise en octobre, après la récolte du riz. Une fois la date fixée, tu ne pouvais esquisser un sourire sans que quelqu'un se moque de toi en disant : « On dirait que tu es content de te marier ! » En réalité, tu n'étais ni content ni mécontent. Tout le monde disait que tu devais le faire pour soulager ta sœur qui avait pris ta famille en charge. Tu étais d'accord, mais tu regimbais à l'idée de te mettre en ménage avec une femme que tu n'avais jamais vue ! Tu n'avais pas non plus l'intention de finir paysan dans ce trou. À cause du manque de main-d'œuvre, on mobilisait même les enfants pour le travail dans les rizières. Toi, pendant ce temps, tu allais faire la fête au bourg avec tes copains. Tu avais par ailleurs le projet de t'établir en ville avec deux d'entre eux et d'y monter une distillerie. Pour cela, il te fallait réunir un capital et, à l'époque, c'était ce qui te préoccupait, bien plus que le mariage. Mais qu'est-ce qui t'avait poussé à te rendre un jour à Chinmoe ? La jeune fille que tu devais épouser en octobre vivait dans une chaumière dont l'arrière-cour était bordée par un bois de bambous. Vêtue d'une veste en coton, elle était assise sur le *maru* et brodait sur un canevas posé devant elle. L'expression sombre de son visage contrastait avec l'ensoleillement du toit et de la cour. De temps à autre, elle levait les yeux vers le ciel. Un moment, elle avait observé un vol d'oies sauvages jusqu'à ce qu'elles soient hors de vue. Elle s'était levée et était sortie de chez elle. Tu l'avais suivie jusqu'à un champ de coton où ta future belle-mère travaillait. De loin, sa fille avait appelé : « Maman ! » Celle-ci lui avait répondu sans même se retourner :

— Qu'est-ce que tu veux ?

Entre elles, les fleurs de cotonnier s'agitaient dans le vent.

— Maman !

— Qu'est-ce que tu veux ? avait répété sa mère, toujours sans la regarder.

— Et si je ne me mariais pas ?

Tu avais retenu ton souffle.
— Qu'est-ce que tu racontes ?
— Je ne peux pas rester vivre avec toi ?
Les cotonniers avaient de nouveau ondulé.
— Non !
— Pourquoi ?
Elle semblait au bord des larmes.
— Tu as envie d'être enlevée par ceux de la montagne ?
Après un moment de silence, la jeune fille s'était laissée tomber sur place et, assise par terre, les jambes tendues devant elle, elle s'était mise à sangloter. L'image qu'elle présentait n'était plus celle de la belle brodeuse. Il émanait d'elle une telle détresse que tu avais presque envie de pleurer, toi aussi. Sa mère s'était enfin approchée d'elle.
— Écoute ! Je sais que tu es encore trop jeune. Sans la guerre, je t'aurais bien gardée deux ou trois ans de plus, mais les temps sont difficiles. C'est pas si terrible que ça, de se marier ! De toute manière, on n'a pas le choix quand on est née dans une vallée aussi perdue. Déjà que je n'ai pas pu t'envoyer à l'école, si en plus tu ne te maries pas, ta vie est fichue. J'ai consulté un voyant. Il m'a dit que vous seriez très heureux. Même si vous avez plein d'enfants, vous n'en perdrez pas un seul et ils vont tous faire leur chemin dans la vie ! Que demander de plus ? Une fois qu'elle est venue au monde, une femme doit trouver sa moitié, vivre en paix, avoir des gosses et les allaiter… Avec ce coton, je vais te confectionner des couvertures. Arrête de pleurer !

Mais comme la jeune fille continuait à geindre, elle lui avait donné une grande claque dans le dos.

— Arrête !

Rien n'y faisait. À son tour, la mère avait fondu en larmes.

Si tu ne les avais pas vues ainsi pleurer en s'étreignant, tu serais peut-être parti de chez toi sans attendre le mois d'octobre. Mais à l'idée que cette jeune fille, qui brodait un Phénix sur un canevas et qui avait éclaté en sanglots dans le champ de coton en implorant sa mère, pourrait être emmenée une nuit par des soudards descendus de la montagne, tu t'étais désormais senti incapable de te dérober.

Après être rentré chez toi, tu n'as fait que dormir pendant deux nuits et trois jours. Chez ton fils, tu restais les yeux fermés dans l'obscurité, incapable de trouver le sommeil. Tu les ouvrais chaque fois que quelqu'un se rendait aux toilettes. Tu n'avais pas d'appétit, mais tu t'asseyais quand même à table pour ne pas inquiéter tes proches. Revenu chez toi, tu n'as fait que sommeiller, sans te nourrir.

Tu n'éprouvais pas de grands sentiments pour celle que tu avais épousée après l'avoir aperçue une seule fois, brodant un Phénix sur un *maru* ou sanglotant dans un champ de coton. Cependant, chaque fois que tu délaissais le domicile conjugal, elle ne tardait pas à surgir dans ton esprit. Ses mains dispensaient la vie. Avant qu'elle ne la rejoigne, ta famille n'avait pas de chance avec les animaux. Un de vos chiens était mort noyé dans les latrines après avoir avalé de la mort-aux-rats. Un autre s'était, Dieu sait pourquoi, caché sous la maison et, comme on avait allumé du feu dans l'âtre, c'était l'odeur de brûlé qui vous avait alertés. Il était déjà mort au moment où vous aviez pu le récupérer après avoir ôté les pierres. Quand on vous offrait une chienne, elle mourait avant même d'avoir eu une portée. Malgré la mise en garde de ta sœur qui lui avait dit que ces bêtes-là ne survivaient pas sous ce toit, un jour, ta femme avait rapporté on ne savait d'où un chiot, une femelle, qui venait de naître et dont elle avait bandé les yeux. Elle était persuadée que les chiens étaient tellement intelligents que, si on ne procédait pas ainsi lorsqu'on prenait un petit, il retournait auprès de sa mère. Elle avait installé le chiot sous le *maru*, il avait prospéré grâce à ses soins et mis bas par la suite cinq ou six portées. Il y avait eu jusqu'à dix-huit chiots grouillant sous le *maru* ! Au printemps, ta femme faisait couver les poules et obtenait entre trente et quarante poussins qui, à l'exception de quelques-uns que des milans avaient emportés dans les airs, survivaient tous. Quand elle semait des graines dans le potager, il venait tant de jeunes pousses qu'il était difficile de tout consommer. Sans répit, elle plantait et récoltait des pommes de terre, des carottes, des patates douces. Elle cultivait aussi des aubergines qui, l'été, offraient à la vue leur teinte violette. Sous sa main, tout poussait à profusion. Elle ne trouvait pas le temps d'enlever la serviette trempée de sueur qui lui couvrait la tête. Les mauvaises herbes étaient arrachées aussitôt qu'apparues. Les restes des repas étaient hachés pour être versés dans les gamelles des chiens. Elle attrapait des grenouilles, les faisait bouillir et les déchiquetait pour en nourrir les volailles, dont les excrétions servaient d'engrais dans le potager. Quand elle la travaillait, la terre devenait fertile ; bourgeons et baies se multipliaient. Même ta sœur, qui ne lui ménageait pas ses critiques, la faisait venir chez elle pour qu'elle sème ou repique.

Au cours de la troisième nuit qui suit ton retour, tu te réveilles. Tu restes allongé, ton regard parcourant la pièce. « Qu'est-ce que c'est, déjà ? » te demandes-tu en apercevant, posée au-dessus d'une armoire, une boîte sur laquelle est dessiné le *taiji*, le symbole du yin et du yang. Tu te redresses d'un seul coup. Tu te souviens de l'aube où, prématurément sortie du sommeil, se tournant et se retournant sur sa couche, ta femme avait fini par t'appeler. Tu ne dormais pas, mais tu n'avais pas envie de lui répondre.

— Tu dors ?

Elle avait poussé un profond soupir et poursuivi :

— Ne vis pas plus longtemps que moi.

— ...

— J'ai préparé tes habits mortuaires. C'est dans cette boîte avec un *taiji*, là-haut, sur l'armoire. Il y en a aussi pour moi. Si je meurs avant toi, ne panique pas et pense avant tout à les prendre. Je nous ai payé du luxe ! Je les ai fait faire avec du chanvre de première qualité, que le tailleur qui me les a vendus avait fait pousser et tissé lui-même. Quand tu les verras, tu seras épaté! Ils sont superbes, avait-elle monologué sans se soucier de savoir si tu l'écoutais ou non.

« L'autre jour, quand la femme du cousin de ton père est morte à Tamyang, son mari n'arrivait pas à sécher ses larmes. Elle lui avait fait promettre de ne pas débourser une fortune dans le suaire, de la revêtir du costume traditionnel qu'elle portait le jour de leur mariage et qu'elle avait mis de côté, lavé et repassé. Elle ne voulait pas qu'il dépense de l'argent pour elle, d'autant qu'elle était désolée de lui laisser sur les bras leur fille, qu'elle n'avait pas encore mariée. Il pleurait tellement en me racontant tout ça que mes vêtements en étaient mouillés! Il disait qu'il ne lui avait apporté que de la peine; qu'elle était méchante de partir comme ça, alors qu'il avait enfin les moyens de lui offrir une vie plus confortable, en ne voulant même pas qu'il lui fasse confectionner de beaux habits. Je ne suis pas comme elle. Je partirai dans de jolis vêtements. Tu veux les voir?

Comme tu ne bougeais toujours pas, elle avait à nouveau soupiré:

— Tu partiras avant moi, c'est mieux! On dit que les gens ne quittent pas ce monde dans l'ordre d'arrivée, mais nous, c'est ce qu'on va faire. Tu as trois ans de plus que moi, alors tu mourras trois ans plus tôt... Enfin, trois jours plus tôt, si tu préfères. Je peux rester seule dans cette maison et, si j'en ai assez, je n'aurai qu'à aller vivre chez notre fils; j'éplucherai de l'ail et je passerai la serpillière pour eux. Mais toi, comment te rendrais-tu utile ? Toute ta vie, tu t'es fait servir ! Tu ne sais rien faire de tes dix doigts ! Je te vois comme si j'y étais ! Tu serais une charge pour nos enfants. Personne n'aura envie d'héberger un vieux qui n'est pas causant et qui pue, par-dessus le marché. Il paraît qu'on reconnaît une maison où il y a un vieillard dès qu'on aborde l'entrée. À cause de l'odeur. Les femmes encore, elles s'en tirent, mais les veufs sont tellement perdus que c'en est une pitié ! Même si tu en as envie, ne vis pas plus vieux que moi. Je t'enterrerai bien comme il faut, et puis je te rejoindrai… En attendant ce jour-là, ne te fais pas de souci.

Tu montes sur une chaise pour attraper la boîte. En fait, il y en a deux. Vu leurs dimensions respectives, celle de devant doit être pour toi et l'autre, pour ta femme. Elles sont plus volumineuses que tu l'avais cru en en voyant une d'en bas. Tu les ouvres. Leur contenu est enveloppé dans un linge en coton d'un blanc immaculé. Tu défais les nœuds un par un. Tu découvres successivement des pièces de tissu en chanvre pour envelopper la couette, la couverture, les pieds, les mains… Ta femme disait qu'elle n'avait jamais vu un chanvre aussi beau, qu'elle avait fait du chemin pour le trouver. Tu contemples en clignant les yeux des poches destinées à recueillir vos ongles des mains et des pieds après votre mort.

Deux fillettes entrées dans la cour par la porte de derrière se ruent sur toi en braillant : « Papi ! » Ce sont les enfants du voisin, T'aesŏp, qui habitent près du torrent. Elles se détachent rapidement de toi, puis regardent autour d'elles. Elles cherchent probablement ta femme. Leur père, qui, paraît-il, aurait un restaurant chinois à Taejŏn, les a confiées pour une raison que tu ignores à sa vieille mère plus ou moins invalide et ne se montre jamais. Ta femme faisait claquer sa langue chaque fois qu'elle les voyait, en grognant :

— Admettons, pour ce qui concerne T'aesŏp, mais leur mère ! Je ne comprends pas quel genre de bonne femme c'est !

Les villageois racontent qu'elle s'est entichée du cuisinier, avec lequel elle a pris le large. C'était ta femme, et non leur grand-mère, qui s'occupait de nourrir ces enfants. Un jour, apprenant que ces gamines n'avaient rien à manger, elle les avait amenées chez vous pour leur offrir un petit déjeuner. Le lendemain matin, elles étaient revenues, les yeux encore tout ensommeillés. Elle les avait fait asseoir et avait ajouté deux couverts. Depuis, elles venaient à chaque repas. Il arrivait même qu'elles soient déjà là alors que rien n'était prêt ; alors, elles s'amusaient, couchées sur le ventre sur le *maru*, et se précipitaient à table dès qu'elle était mise. Elles se goinfraient à s'en faire exploser les joues ! Tu n'en revenais pas. Comme s'il s'était agi de ses propres petites filles, ta femme prenait leur défense :

— Elles doivent être affamées. Nous, on ne crève plus la faim comme autrefois... Et puis, on est moins seuls, avec ces gosses qui viennent nous voir.

Depuis que les enfants venaient se restaurer chez vous, il y avait pour le petit déjeuner des aubergines qui venaient d'être cuites et assaisonnées, ou encore des maquereaux qui grésillaient sur le gril de la gazinière. Ta femme conservait soigneusement les fruits et les gâteaux que vos enfants vous apportaient de Séoul et les servait aux fillettes quand elles apparaissaient à la porte de derrière sur le coup de quatre heures de l'après-midi. Après avoir une ou deux fois bénéficié de ces largesses, elles s'étaient mises à attendre le goûter, en plus des trois repas quotidiens, et ta femme répondait à leur désir comme si la chose allait de soi. C'est à cette époque-là qu'un jour où elle s'était rendue au bourg, elle avait été ramenée par Pyŏngsik, le papetier, qui l'avait découverte assise à l'arrêt du bus. Une autre fois, alors qu'elle était partie cueillir des navets dans le potager, Okch'ŏl, un voisin, l'avait trouvée, assise cette fois au bord d'une rizière, de l'autre côté de la voie dc chemin de fer. Elle avait successivement déclaré qu'elle ne savait plus quel bus elle devait prendre, puis qu'elle n'aurait pas pu expliquer pourquoi elle était allée du côté des rizières. Tu te demandes aujourd'hui comment elle pouvait s'occuper si bien des repas des deux filles. Que mangeaient-elles, à présent ? Pendant ton séjour à Séoul, elles étaient sorties de ton esprit.

— Et mamie, où est-elle ? te demande la plus grande, après l'avoir cherchée en vain près du puits, dans la grange, dans l'arrière-cour et dans les chambres.

Mais c'est la cadette, debout tout près de toi, qui semble attendre le plus ardemment ta réponse. La même question que celle que tu te poses : où est-elle ?

Est-elle encore de ce monde ? Tu leur dis d'attendre un peu, tu vas prendre du riz, tu le laves et tu le mets dans l'autocuiseur. Au lieu de patienter sagement, les enfants circulent entre les pièces. Elles espèrent peut-être que ta femme va surgir de l'une d'entre elles. Comme c'est la première fois que tu fais cuire du riz, c'est un peu au hasard que tu verses dessus une quantité d'eau. Après quelques hésitations, tu en rajoutes la moitié d'un bol et tu appuies sur le bouton de mise en marche de l'appareil.

Ce jour-là, dans le métro qui venait de quitter la station Gare de Séoul, combien de temps t'avait-il fallu pour te rendre compte qu'il se passait quelque chose d'anormal ? Que ta femme n'était pas avec toi ? Tu pensais qu'elle t'avait suivi, naturellement. Au moment où la rame s'était arrêtée à Namyŏng, la station suivante, tu avais ressenti comme un choc sur la tête. Avant même que tu aies pu t'interroger, tu avais eu l'intuition que tu venais de commettre une faute irrémédiable et le désespoir s'était emparé de toi. Ton cœur battait si fort que tu pouvais presque l'entendre. Tu avais peur de te retourner. Quand tu t'étais décidé à le faire, en bousculant ton voisin, quand tu avais constaté que tu avais parcouru seul le trajet entre les deux stations, il ne t'avait pas fallu une minute pour comprendre que ton existence venait de basculer. Tout ça parce que tu avais marché trop vite. Cela faisait cinquante années, qui allaient de votre jeunesse à votre vieillesse, que tu la précédais ainsi. Si seulement tu avais jeté un coup d'œil par-dessus ton épaule après être monté dans le wagon, l'accident ne se serait pas produit. Tu t'étais rappelé ce qu'elle te disait depuis toujours. Quand vous alliez ensemble quelque part, comme elle ne marchait pas vite, elle était toujours à la traîne et, tout en te suivant, le front couvert de sueur, elle se plaignait :

— Et si on arrêtait de cavaler comme ça ? Et si on marchait côte à côte ? Pourquoi es-tu si pressé ?

Si, à contrecœur, tu l'attendais, elle t'adressait un sourire gêné.

— Je suis trop lente, hein ? Désolée... Mais que vont penser les gens en nous voyant ? S'il y en a un qui marche loin devant l'autre, ils vont se dire : « Ils se détestent tellement qu'ils ne veulent même pas faire route ensemble ! » Ça n'est pas bon qu'on nous voie comme ça. Je ne te demande pas de me donner la main, juste de ralentir ! Tu seras bien avancé si tu me perds !

Aujourd'hui, tu as l'impression que ta femme savait que cela finirait par se produire. « Marche moins vite ! », c'est la phrase qu'elle t'avait le plus souvent répétée au cours des cinquante années qu'elle avait passées avec toi après t'avoir rencontré quand elle avait dix-sept ans. Pourquoi, malgré cela, n'avais-tu jamais eu la gentillesse d'accéder à sa demande ? Il t'arrivait de l'attendre après avoir parcouru une certaine distance, mais tu n'avais jamais cheminé à ses côtés en bavardant avec elle, comme elle l'aurait tant souhaité.

Chaque fois qu'à présent, tu penses au train rapide que tu avais coutume d'adopter, une chape de plomb tombe sur ton cœur.

Pendant toute votre vie commune, tu avais marché devant elle. Quelquefois, tu tournais au bout d'une rue sans avoir regardé derrière toi où elle en était. Si elle t'appelait, tu lui reprochais de lambiner. Cinquante ans se sont écoulés ainsi. Certes, elle traînassait un peu, mais, quand tu l'attendais, elle te rejoignait, les joues rougies par l'effort, et répétait encore une fois, tout en souriant :

— Ce serait bien d'avancer un peu moins vite.

Tu pensais que les choses continueraient à se passer comme ça le reste de votre vie. Mais depuis que la rame de métro a démarré en la laissant sur le quai de la gare de Séoul parce qu'elle était en retard de un ou deux pas, plus rien ne peut être comme avant.

Tout en regardant les enfants piocher frénétiquement dans le riz mal cuit avec du *kimch'i* en guise d'accompagnement, tu poses sur le *maru* ta jambe gauche, celle dont on a opéré la rotule. La douleur a disparu, mais tu ne peux plus la plier pour t'asseoir.

— Tu veux que je te mette une compresse ? te semble-t-il entendre.

Même si tu ne répondais pas, elle faisait chauffer de l'eau dans une cuvette, y trempait une serviette qu'elle essorait et posait sur ton genou. Quand tu regardais ses mains couvertes de taches brunes appuyer sur la compresse, tu souhaitais, toi aussi, qu'elle vive plus longtemps que toi, ne serait-ce qu'un jour de plus. Que ces mains te ferment les yeux après ta mort, lavent devant vos enfants ton corps refroidi et te parent de ton habit mortuaire.

Une fois rassasiées, les gamines sont parties comme deux flèches.

— Mais où es-tu ? as-tu crié, la jambe toujours étendue sur le *maru*, toi qui te sens abandonné dans ta maison.

Cet appel, c'était pour soulager la tension qui t'habite depuis qu'elle a disparu, depuis que tu essaies de réprimer les gémissements qui te montent tout le temps à la gorge. Ta colère, ou peut-être une sorte de frustration qui t'a envahi parce que tu ne voulais ni gémir ni pleurer devant vos enfants, se traduit enfin par un flot de larmes. Elles n'avaient même pas coulé quand on avait enterré dans la montagne ton père et ta mère, morts à deux jours d'intervalle du choléra. Tu voulais pleurer, mais tu ne pouvais pas. C'étaient le froid et la peur qui te faisaient trembler, quand tu étais redescendu, après les funérailles. Tu n'en avais pas versé non plus pendant la guerre. Il y avait eu ce bœuf... Dans la journée, l'armée sud-coréenne occupait le village et les gens labouraient les rizières. Mais la nuit, les soldats du Nord surgissaient et emmenaient les gens et le bétail. Alors, après le coucher du soleil, tu partais pour le bourg avec ton bœuf, tu l'attachais devant le commissariat de police et tu dormais, la tête appuyée contre son ventre. À l'aube, tu revenais au village et tu reprenais le labour. Une nuit où tu étais resté chez toi, persuadé que les rouges s'étaient éloignés, ils avaient déferlé dans les rues. Ils avaient voulu s'emparer de ton bœuf, auquel tu te cramponnais malgré les coups de pied. Tu n'avais pas pleuré, même quand ils t'avaient frappé avec la crosse de leurs fusils alors que tu essayais de suivre ta bête, tout en repoussant ta sœur qui cherchait désespérément à te retenir. Tu n'avais pas pleuré quand, parce que tu avais un oncle inspecteur de police, les communistes t'avaient enfoncé la tête dans la boue de la rizière, en même temps que celles de quelques autres villageois, ni quand ils t'avaient fiché une tige de bambou dans la gorge.

À présent, tu pleures bruyamment. Tu comprends que ton souhait qu'elle te survive était l'expression de ton égoïsme et qu'il t'a empêché d'admettre qu'elle était gravement malade. Lorsque, rentrant chez toi, tu la trouvais plongée dans un sommeil qui ressemblait à la mort, tu savais bien qu'elle avait fermé les yeux à cause de la migraine. Mais tu ne voulais pas en parler. Tu savais bien que, depuis longtemps déjà, lorsqu'elle annonçait qu'elle allait nourrir le chien, elle se dirigeait vers le puits au lieu d'aller vers la niche ; que lorsqu'elle s'apprêtait à partir pour une destination précise, elle hésitait un moment devant le portail, puis faisait demi-tour. Tu te contentais de la regarder quand elle revenait en marchant avec difficulté, tant elle était épuisée, allait chercher un oreiller et s'allongeait en plissant le front. Tu étais le seul à avoir le droit d'être malade et elle était là pour s'occuper de toi. Quand d'aventure elle se hasardait à se plaindre d'une douleur au ventre, tu répliquais que toi, c'était au dos que tu avais un problème. Quand tu souffrais, elle touchait ton front, tapotait ton ventre, allait acheter des médicaments, préparait une bouillie de lentilles vertes ; mais quand c'était elle qui avait mal, tu te contentais de lui dire d'aller voir le pharmacien.

Tu prends conscience enfin de ce que, pas une seule fois, même quand elle n'avait pas mangé depuis plusieurs jours à cause de la colique, tu ne lui avais apporté un malheureux bol d'eau chaude.

C'était une époque où tu sillonnais le pays, mû par la passion du *puk*, le tambour traditionnel. Rentrant après quinze jours d'absence, tu avais découvert que ta femme avait mis au monde une fille. D'après ta sœur qui avait servi de sage-femme, l'accouchement s'était déroulé sans problème, mais elle était en proie à des diarrhées. Son visage était livide, si émacié qu'on devinait les os du crâne, radicalement différent de celui ordinairement bouffi d'une femme qui vient d'accoucher. Tu avais jugé qu'on ne pouvait pas la laisser dans cet état, et tu avais donné de l'argent à ta sœur en lui demandant d'aller acheter une médication traditionnelle et de la lui préparer.

Tes pleurs résonnent de plus en plus fort dans la maison vide.

Tu te dis que cela avait été la première et la dernière fois que tu déboursais de l'argent pour acheter des médicaments pour ta femme. Ta sœur était allée acheter trois sachets d'un remède à base de plantes médicinales qu'elle avait fait infuser et elle avait fait boire la décoction à ta femme. Par la suite, chaque fois qu'elle s'était sentie fatiguée à cause de la résurgence de ce mal, elle avait évoqué cet épisode devant toi :

— Si j'avais pris deux sachets de plus à l'époque, j'aurais été définitivement guérie !

La plupart de vos proches l'adoraient. S'ils vous rendaient souvent visite, alors que tu ne savais leur dire que « bonjour » et « au revoir », c'était entièrement pour elle. Les gens trouvaient vraiment conviviaux les repas pris en sa compagnie. Ils vidaient avec appétit leur bol de riz, uniquement accompagné d'une soupe à la pâte de soja agrémentée de tiges de mauve cueillies dans le potager, et de feuilles de chou fraîchement assaisonnées. La soupe était salée juste comme il fallait, le chou avait un arrière-goût agréable, disaient-ils. Vos neveux qui venaient passer leurs vacances chez vous se plaignaient en repartant d'avoir grossi : ils n'arrivaient plus à boutonner leur uniforme ! Tous disaient que les repas que ta femme préparait les faisaient engraisser. Quand arrivait la saison du repiquage du riz, elle apportait à ceux qui travaillaient dans les rizières une collation composée entre autres de sabre mijoté et de pommes de terre nouvelles qu'elle venait d'arracher. Les passants se faisaient inviter au festin. Les gens des villages voisins se portaient volontaires pour vous aider. Ils affirmaient que les casse-croûte de ta femme calaient bien l'estomac et qu'ils pouvaient travailler deux fois plus sans avoir faim. Si, lorsque vous déjeuniez sur le *maru*, un colporteur se présentait pour proposer des melons ou des vêtements, ta femme l'invitait à votre table. Il n'y avait qu'une personne au monde qu'elle regardait de travers, elle qui était capable de sympathiser avec des inconnus : c'était ta sœur.

— Ça aurait été bien si, à l'époque, j'avais pu prendre deux sachets supplémentaires de remède... Même toi, qui n'es pourtant pas très attentionné, tu as dit qu'il fallait me guérir complètement parce que je venais d'accoucher et tu as demandé à ta sœur de m'en préparer deux autres. Mais toujours aussi dure que d'habitude, elle n'a rien voulu entendre. Elle a dit : « Ce n'est pas la peine ! C'est suffisant ! » Si elle t'avait écouté, je ne serais pas malade comme ça aujourd'hui.

Elle te ressortait cette histoire, dont tu n'avais gardé aucun souvenir, chaque fois que ses intestins la tourmentaient – mais tu n'allais pas pour autant lui acheter de quoi la soigner.

— C'est à ce moment-là que j'aurais dû en prendre plus. Maintenant, c'est trop tard...

Lorsqu'elle avait ce genre de crise, elle cessait de s'alimenter. Tu te demandais comment elle faisait pour tenir plusieurs jours durant sans rien se mettre sous la dent. Quand tu étais jeune, tu faisais semblant de n'avoir rien remarqué.

Par la suite, tu lui avais suggéré d'avaler quelque chose. Elle te regardait avec l'air de quelqu'un qui fait une chute la tête en bas.

— Tu vois les bêtes – les vaches, les cochons... Lorsqu'elles ne vont pas bien, elles arrêtent de manger. Même les poulets font pareil. Notre chien aussi. Quand il est malade, tu peux lui proposer tout ce dont il raffole, il ne le prend pas. Il préfère creuser un trou devant sa niche et se coucher dedans, sur le ventre. Il finit par se relever quelques jours après. Et il mange. Les êtres humains, ça ne doit pas être différent. Si ça bout dans tes entrailles, même une bonne nourriture peut t'empoisonner.

Quand les diarrhées persistaient, elle broyait du kaki séché et en prenait une cuillerée de temps à autre. Elle refusait d'aller voir un docteur. Tu lui disais que le kaki, ça ne servait à rien, qu'il fallait voir un médecin et prendre des médicaments, mais elle ne t'écoutait pas. Si tu insistais, elle sortait de ses gonds et déclarait :

— Je t'ai dit que je ne retournerais pas voir un docteur !

Tu n'osais plus lui en parler. Une année où tu étais revenu en hiver dans ce foyer que tu avais déserté en été, tu avais découvert une grosseur en palpant son sein gauche. Tu lui en avais fait part, mais ça n'avait pas semblé l'intéresser. Ce n'est que lorsque son mamelon avait commencé à s'affaisser et à suinter que tu l'avais traînée à l'hôpital, avec son éternelle serviette trempée de sueur sur la tête. Il s'était révélé impossible d'établir sur-le-champ un diagnostic. Quand on lui avait dit après les examens qu'elle aurait les résultats dix jours plus tard, elle avait poussé un profond soupir. Que s'était-il passé pendant ces dix jours ? Pourquoi n'étais-tu pas passé les prendre ? Pourquoi aviez-vous tant tardé à retourner à l'hôpital ? Lorsque tu l'y avais de nouveau menée, le mamelon avait pris l'aspect d'une sorte d'abcès. Le médecin avait déclaré que ta femme souffrait d'un cancer du sein.

— Un cancer ?

Elle lui avait répondu qu'il n'en était pas question, qu'elle n'avait pas de temps à perdre avec ça, qu'elle avait beaucoup trop de choses à faire ! Elle n'avait pas les antécédents qui l'auraient prédisposée à ce genre de maladie : elle n'avait pas eu d'accouchement tardif, elle avait allaité ses cinq enfants, elle n'avait eu ses règles que l'année de son mariage, elle ne mangeait pas beaucoup de viande – de toute façon, ils n'en avaient pas les moyens. Il n'empêche que des cellules cancéreuses étaient en train de se développer dans son sein gauche. Si vous étiez allés voir les résultats un peu plus tôt, elle aurait peut-être échappé à l'ablation. Après l'opération, la poitrine bandée, elle s'était remise à planter des pommes de terre – et ce, dans un champ qui ne vous appartenait plus, parce que vous aviez dû le vendre pour payer l'opération. Puis elle avait déclaré :

— Je ne retournerai plus jamais à l'hôpital !

En outre, elle t'avait interdit de l'approcher.

À l'époque où vous deviez monter à Séoul pour ton anniversaire, elle venait de subir une nouvelle attaque de coliques aiguës. Tu te demandais avec inquiétude si elle était en état de supporter le voyage. Tu ne sais pas ce qu'elle avait bien pu entendre dire, mais elle t'avait demandé d'aller au bourg lui acheter des bananes. Avant d'aller à Séoul, elle s'était nourrie chaque jour d'un mélange de deux kakis séchés et d'une moitié de banane, le tout passé au mixeur. Elle qui n'avait jamais gardé le lit plus d'une semaine, même après un accouchement, demeurait quelquefois alitée une dizaine de jours à cause de ces rechutes. Elle en oubliait jusqu'à la date de la cérémonie en l'honneur des morts. Elle restait assise dans la cuisine, perdue dans ses pensées, tout en préparant du *kimch'i*. Quand tu lui demandais ce qu'elle avait, elle te répondait d'une voix sourde :

— Ben... Je ne sais plus si j'ai mis de l'ail ou pas...

Elle se brûlait en soulevant imprudemment la marmite en fonte dans laquelle elle faisait bouillir une soupe. Dans ces cas-là, tu te disais que c'était parce qu'elle n'était plus très jeune. Toi-même, tu avais tout oublié des rythmes du tambour dont tu avais tant aimé jouer. À votre âge, il fallait s'accommoder de la maladie, philosophais-tu. Tu pensais que c'était ce que faisait ta femme.

— Tu es là ?

La voix de ta sœur te fait ouvrir les yeux. Tu sais qu'il n'y a qu'elle pour débarquer ainsi chez toi à une heure aussi matinale. Pendant un bref instant, tu as eu l'impression que c'était ta femme qui t'appelait.

— J'entre ! dit-elle, probablement déjà montée sur le *maru*, car, aussitôt après, la porte s'ouvre.

Elle porte un plateau sur lequel sont disposés différents récipients contenant du riz et des plats, le tout recouvert d'un tissu blanc. Elle le pose à l'extrémité non chauffée du sol de la chambre et te regarde. Depuis qu'elle avait quitté cette maison quarante ans auparavant pour emménager dans celle qu'elle venait de faire construire près de la nouvelle route, elle arrivait chez toi le matin, après avoir fumé une cigarette et s'être coiffée. Elle tournait autour de la maison, dans la lumière de l'aube, puis repartait. Ta femme avait le don de reconnaître ses pas, pourtant feutrés, dont le son parvenait à la réveiller.

— Zut ! gémissait-elle en se retournant dans le lit, avant de se redresser en marmonnant : « Et la revoilà ! »

Ta sœur faisait sa petite inspection, puis repartait. On aurait dit qu'elle voulait s'assurer que vous aviez passé une nuit tranquille. Dans son enfance, elle avait vu mourir simultanément ses deux frères aînés, ensuite ses deux parents, décédés à deux jours d'intervalle, et elle avait failli te perdre toi aussi pendant la guerre. Au lieu d'aller vivre dans la famille de son mari, elle s'était installée avec lui dans ce village, où il avait péri dans un incendie. Depuis, ces blessures étaient restées dans son âme, comme les racines d'un vieil arbre que personne ne pouvait arracher.

— Tu as dormi sans même déplier ta couette ?

Les yeux de ta sœur qui, quand elle était encore une jeune veuve sans enfant, semblaient si sérieux, presque sévères, sont à présent emprisonnés sous des paupières qui se sont affaissées à leurs extrémités. Son abondante chevelure, ramassée sur la nuque et fixée à l'aide d'une épingle, est toute blanche. Elle est de huit ans ton aînée, mais se tient plus droite. S'asseyant à côté de toi, elle sort une cigarette.

— Je croyais que tu avais arrêté ?

Au lieu de répondre, elle l'allume à l'aide d'un briquet sur lequel on peut lire le nom d'un bar du bourg voisin.

— Le chien est attaché chez moi. Tu peux le reprendre, si tu veux.

— Garde-le pour le moment... Il me faudra probablement retourner à Séoul.

— Et puis ?

— ...

— Tu aurais dû la retrouver et rentrer avec elle. Pourquoi es-tu revenu ?

— J'avais l'impression qu'elle m'attendait ici.

— Si ça avait été le cas, je te l'aurais fait savoir, tu ne crois pas ?

— ...

— Comment peut-on être comme ça ? Quel beau salaud tu fais ! Comment un homme peut-il égarer sa propre femme de cette façon ? Comment oses-tu revenir ici tout seul, sans avoir retrouvé cette pauvre créature ?

Tu regardes ta sœur aux cheveux blancs. C'est la première fois que tu l'entends parler ainsi de ton épouse. Elle faisait toujours claquer sa langue pour exprimer son mécontentement à son propos. Les deux premières années de votre mariage, elle l'avait harcelée sous prétexte qu'elle ne donnait pas de descendance à son mari et, quand votre fils était enfin venu au monde, elle s'était contentée de déclarer : « Il n'y a pas de quoi se vanter ! » En ce temps-là, avant de pouvoir faire cuire du riz, il fallait d'abord le décortiquer en le pilant dans un mortier ; bien que vivant alors sous le même toit que vous, pas une seule fois elle n'avait proposé de le faire à sa place. Par ailleurs, quand ta femme accouchait, elle l'assistait.

— Il y avait quelque chose que j'aurais voulu lui dire au moins une fois avant de mourir... Comme elle n'est plus là, je ne sais plus à qui le confier.

— Qu'est-ce que c'est ?

— En fait, plusieurs choses...

— Que tu t'es montrée méchante avec elle ?

— C'est elle qui t'a dit ça ?

N'était-ce pas la vérité ? Tu la dévisages, sans esquisser le moindre sourire. Personne n'ignorait que ta femme la considérait comme une belle-mère plutôt que comme une belle-sœur, et tout le monde partageait cette opinion. Ta sœur détestait plus que tout qu'on fasse des allusions à ce sujet. Elle se défendait en disant que sa mère n'étant plus de ce monde, elle était bien obligée de la remplacer. Après tout, c'est possible.

Elle prend une deuxième cigarette dans le paquet qu'elle a posé par terre. Tu la lui allumes. C'est apparemment la disparition de ta femme qui l'a poussée à recommencer à fumer. Cela dit, il était difficile de l'imaginer sans une cigarette aux lèvres. Quand elle se réveillait le matin, puis tout au long de la journée, avant d'entreprendre la moindre activité – s'apprêter pour sortir, manger, se coucher –, sa main en cherchait une. Tu penses qu'elle fume trop, mais tu ne lui as jamais conseillé d'arrêter. Tu ne peux pas. Ta sœur, quand tu l'avais retrouvée après le décès de son mari, carbonisé dans l'incendie qu'elle avait provoqué avec un mégot mal éteint, était en train de fumer tout en contemplant les ruines calcinées de sa maison. Le visage impassible, elle tirait sur sa cigarette. Elle n'avait plus dormi, plus mangé – elle fumait. Trois mois à peine après le sinistre, ses mains étaient tellement imprégnées de nicotine qu'on en sentait l'odeur, même à distance.

— De toute façon, combien de temps me reste-t-il encore à vivre ? avait-elle pris l'habitude de répéter après avoir passé le cap de la cinquantaine. Tout ce que j'ai vu depuis que je suis née... À l'époque, je pensais que le monde était désespérant et particulièrement cruel à mon égard... Que me reste-t-il ? Même pas un enfant... Quand mes frères sont morts, j'ai pensé que j'aurais dû mourir à leur place. Après avoir enterré mes parents, je me suis sentie perdue, mais au moins je vous avais, Kyun et toi. Je me disais que nous étions seuls au monde... Quant à celui qui a brûlé, de toute façon, l'amour ou l'affection n'avait pas eu le temps de s'installer entre nous... Tu n'as pas été seulement un petit frère pour moi, mais aussi un fils et un mari...

C'est probable.

S'il n'en avait pas été ainsi, quand tu étais resté alité, frappé dans ton âge mûr par une paralysie qui te déformait la bouche, elle n'aurait pas erré tous les jours pendant un an entre les rizières, au petit matin, pour recueillir la rosée dont on disait qu'un bol avalé chaque jour guérissait cette maladie. Comme il fallait qu'elle soit récoltée avant le lever du soleil, elle se levait très tôt, aux premières lueurs de l'aube. C'est à la suite de cet épisode que tu avais cessé de la critiquer et que ta femme s'était mise à la traiter comme une belle-mère, et non plus comme une belle-sœur. Son visage trahissant une sorte de frayeur, elle t'avait confié : « Je n'aurais pas été capable de faire ce qu'elle a fait pour toi... »

— Je voulais lui dire avant de mourir que j'étais désolée pour trois choses...

— Lesquelles ?

— Pour Kyun... Pour avoir fait toute une histoire en l'accusant d'avoir fait couper l'abricotier... Pour ne pas lui avoir acheté de remède quand elle souffrait des intestins...

Kyun... Tu restes silencieux. Ta sœur se lève.

— Je t'ai apporté du riz, au cas où tu aurais faim. Tu veux le manger tout de suite ?

Elle montre le plateau recouvert d'un tissu blanc.

— Non. Je viens de me réveiller, ça ne me dit rien.

Tu te lèves aussi. Elle fait le tour de la maison, tu la suis. En l'absence de ta femme, la poussière s'est accumulée partout. Ta sœur passe une main sur les couvercles des jarres pour la chasser.

— Tu crois que Kyun est dans un monde meilleur ? lui demande-t-elle soudain.

— Pourquoi parles-tu de lui ?

— Je crois qu'il cherche aussi la mère de Hyŏngch'ŏl. Il m'est apparu en rêve. Que serait-il devenu, s'il était resté en vie ?

— Il serait devenu vieux, comme toi et moi... Qu'aurait-il pu devenir d'autre selon toi ?

Lorsque ta femme t'a épousé, elle avait dix-sept ans, toi vingt. Kyun était en dernière année de primaire. Il se distinguait de ses camarades par son intelligence. Il comprenait vite, il était très aimable et travailleur et il avait des traits admirables. Quiconque le voyait passer se retournait en se demandant qui avait la chance d'avoir un tel fils. Quand il avait su qu'il ne pourrait pas poursuivre ses études au collège, il s'était accroché à vous, ta sœur et toi. Tu l'entends encore aujourd'hui : « Envoie-moi au collège, grand frère ! Envoie-moi au collège, grande sœur ! » Chaque jour, il recommençait à vous implorer, en larmes. La guerre avait laissé des séquelles durables, même après plusieurs années. Comme ils étaient pauvres ! Quelquefois, quand tu penses à cette période, tu as l'impression d'avoir traversé un cauchemar. Tu avais survécu aux hostilités, même après qu'on t'avait enfoncé une tige de bambou dans la gorge, mais en tant que fils aîné d'une famille orpheline, il t'incombait d'en nourrir toutes les bouches. C'était peut-être parce que tu avais du mal à assumer cette situation que tu aspirais tellement à t'enfuir. L'urgence, c'était toujours de trouver quelque chose à manger ; envoyer ton frère au collège ne constituait donc pas une priorité. Comme il n'arrivait pas à vous amadouer, ta sœur et toi, Kyun avait supplié ta femme :

— Belle-sœur, envoie-moi à l'école ! Envoie-moi au collège ! Je te revaudrai ça toute ma vie.

Elle t'avait demandé d'accéder à un désir aussi ardent, mais tu lui avais répondu :

— Est-ce que j'ai pu faire des études, moi ? Lui, au moins, il a fréquenté l'école primaire !

C'était la faute de ton père, si tu n'y étais pas allé. Il pratiquait la médecine traditionnelle. Après qu'une épidémie avait fauché ses deux premiers fils, il t'avait interdit les endroits où il y avait du monde – y compris l'école. Il te faisait t'asseoir à côté de lui et t'enseignait les caractères chinois.

— Chéri... On va envoyer ton frère au collège.

— Avec quel argent ?

— On n'a qu'à vendre le petit champ !

Lorsqu'elle avait entendu cette suggestion, ta sœur avait renvoyé ta femme chez sa mère : « Cette idiote va nous mener à la ruine ! » C'est seulement dix jours plus tard qu'une nuit, après quelques verres, tes pas s'étaient dirigés vers la maison de ta belle-mère. Arrivé à la chaumière après avoir emprunté un sentier de montagne très sinueux, tu t'étais arrêté devant une fenêtre scellée donnant sur l'arrière-cour que délimitait le bois de bambous. Tu n'étais pas précisément venu pour ramener ta femme chez toi. C'était l'effet de l'alcool qu'on t'avait offert en échange d'un travail à la charrue qui t'avait poussé à faire toute cette route. Tu étais resté là, sans oser entrer chez ta belle-mère comme si de rien n'était alors que vous aviez chassé sa fille – même si cela ne s'était pas fait à ton initiative. Tu avais prêté l'oreille à leur conversation. À la fin d'une phrase, sa mère avait haussé le ton : « T'as qu'à faire ta valise pour de bon et laisser tomber leur saleté de maison ! » Ta femme avait protesté en pleurnichant : « Même si je dois en mourir, j'y retournerai ! Et pourquoi je m'en irais ? C'est chez moi, là-bas ! » Tu étais resté là, appuyé contre le mur, à écouter attentivement son plaidoyer, jusqu'à ce que les premières lueurs du jour filtrent à travers le bois de bambous. Quand elle était sortie, sans doute pour aller faire cuire du riz, tu l'avais agrippée. Elle avait tellement pleuré que ses yeux, d'ordinaire plutôt ronds, n'étaient plus que deux fentes et ne s'étaient même pas agrandis sous l'effet de la surprise quand elle t'avait vu. Vous aviez aussitôt pris le chemin du retour. Lâchant sa main une fois le bois de bambous franchi, tu t'étais mis à marcher loin devant elle. Des gouttes de rosée mouillaient le bas de ton pantalon. À ce moment-là déjà, elle t'avait crié, tout essoufflée : « Marche moins vite ! »

Quand vous étiez arrivés devant votre maison, Kyun avait couru vers elle.

— Belle-sœur ! Je n'irai pas au collège, mais ne t'en va plus jamais !

Des larmes de résignation mouillaient ses yeux. Faute de pouvoir poursuivre ses études, il donnait un fameux coup de main à ta femme. Il l'accompagnait dans les champs et les rizières. Quand il ne la voyait plus à cause des hautes tiges de sorgo, il l'appelait : « Belle-sœur ! » Elle lui répondait. Alors, il l'appelait à nouveau en souriant et elle répondait encore. Leur petit jeu se répétait un bon moment. À eux deux, ils abattaient tout le travail. Comparé à toi, qui n'étais jamais là, Kyun devait être pour elle un bon compagnon. Devenu plus costaud, il avait même labouré au printemps avec un bœuf. Quand venait le temps des récoltes, il était le premier à aller couper les épis. S'il fallait préparer une grande quantité de *kimch'i* en prévision de l'hiver, c'était lui qui se levait à l'aube pour aller cueillir les choux. À cette époque, on déployait une natte grossière dans la rizière pour installer dessus des décortiqueuses à main. Les femmes du village se réunissaient, chacune avec son appareil, sur les terres de la famille dont c'était le tour de récolter le riz, et travaillaient jusqu'au coucher du soleil. Quelle année était-ce ? Kyun s'était fait embaucher dans une distillerie du bourg. Avec l'argent qu'il avait gagné, il avait acheté une décortiqueuse qu'il avait rapportée à ta femme.

— D'où ça sort ? avait-elle demandé.

Il lui avait déclaré en souriant :

— Ta décortiqueuse est la plus vieille du village... Tu arrives à peine à la mettre debout !

En effet, elle avait un jour exprimé le souhait d'en avoir une neuve, car la sienne était usée et lui demandait deux fois plus d'efforts. Mais tu ne l'avais écoutée que d'une oreille distraite. « Puisqu'on en a déjà une, pourquoi en acheter une autre ? » avais-tu pensé. À la vue de l'instrument tout neuf, elle s'était mise en colère, contre toi ou contre ton frère, tu n'aurais su le dire :

— Pourquoi as-tu acheté ça ? On n'a même pas été capables de t'envoyer au collège !

Kyun avait murmuré en rougissant : « Arrête, belle-sœur ! » Il l'adorait. On avait quelquefois l'impression qu'il la considérait comme sa propre mère. Par la suite, il avait pris l'habitude de faire des achats pour la maison chaque fois qu'il gagnait de l'argent. Il s'agissait toujours d'un objet très utile à ta femme. C'est également Kyun qui lui avait offert la bassine en maillechort. « Les autres femmes en ont toutes une comme ça, il n'y a que toi qui continues avec ton antiquité qui pèse des tonnes… », avait-il expliqué timidement. Ta femme préparait le *kimch'i* dans sa nouvelle bassine, y mélangeait des morceaux de radis, y plaçait la collation qu'elle apportait à ceux qui travaillaient dans les rizières. Après s'en être servie, elle ne manquait jamais de la récurer jusqu'à ce qu'elle brille et de la ranger sur une étagère. Elle l'avait tant utilisée que l'usure avait rendu le maillechort blanc.

Tu te lèves soudain et tu te diriges vers la cuisine. Tu ouvres une porte qui donne sur un débarras où l'on range les tables basses dont on a replié les pieds. Tu inspectes les étagères. À l'extrémité de l'une d'elles, tu distingues la bassine en maillechort, vieille de quarante ans.

Tu n'étais pas non plus chez toi quand ta femme a eu votre deuxième enfant. Kyun était à ses côtés. C'était en hiver et ils n'avaient plus dc bois pour chauffer la maison. Tandis qu'elle restait allongée sur sa couette, sur le sol glacé de la chambre, après avoir accouché, Kyun avait scié le vieil abricotier de la cour. Avec les bûches, il avait fait du feu dans l'âtre. Quand elle l'avait appris, ta sœur avait violemment ouvert la porte de la chambre de sa belle-sœur et l'avait agonie d'injures en lui demandant comment elle avait pu échafauder un tel plan, sachant que couper un arbre chez soi entraîne la mort d'un membre de la famille. Kyun avait protesté avec véhémence : « Arrête de l'accuser, c'est moi qui ai fait ça ! » Ta sœur l'avait saisi au collet.

— C'est ta belle-sœur qui te l'a ordonné, hein ? Sale petit voyou !

— J'aurais dû la laisser mourir de froid après l'accouchement ? se défendait-il, à ce qu'on t'a raconté, en lui tenant tête.

C'est à l'endroit où se dressait l'abricotier que ça s'est passé. Cela faisait une vingtaine de jours que Kyun était rentré, après s'être absenté pour aller gagner de l'argent, avait-il dit. C'était surtout ta femme qui avait été heureuse de le revoir. Il avait beaucoup changé. Il ne souriait plus, même à sa belle-sœur pour qui il avait tant d'affection. Tu avais pensé qu'il avait dû avoir un sérieux problème durant son escapade. Un jour, alors que tu étais en train de jouer avec des voisins au jeu des quatre bâtons [1], devant une boutique, ta femme avait surgi. Elle te cherchait. Elle était essoufflée, son visage était blême. Elle t'avait demandé de venir vite, parce que ton frère n'allait pas bien. Absorbé par le jeu, tu lui avais enjoint de retourner chez vous et de t'attendre. Mais elle restait là, l'air égaré. Soudain, elle avait renversé la natte sur laquelle vous jouiez et s'était mise à hurler :

— Il est en train de crever ! Il faut faire vite !

1. Sorte de jeu de petits chevaux.

Son comportement, d'une violence inhabituelle, avait éveillé en toi un mauvais pressentiment et tu t'étais décidé à rentrer.

— Vite ! Vite !

Ta femme te devançait tout en t'exhortant à presser le pas. C'était bien la première fois que tu la voyais te précéder en courant. Kyun gisait sur l'emplacement de l'abricotier. Il écumait et se tordait de douleur. Sa langue distendue pendait hors de sa bouche.

— Qu'est-ce qu'il a ?

Tu avais regardé ta femme. Elle était hagarde.

C'était elle qui avait découvert Kyun dans cet état. Par la suite, elle devait être entendue plusieurs fois par la police. Avant même que la cause de la mort soit connue, une rumeur s'était répandue jusqu'au village voisin, selon laquelle c'était sa belle-sœur qui l'avait empoisonné avec du pesticide. Ta sœur, les yeux injectés de sang, vociférait à l'adresse de ta femme : « Tu as tué mon frère, sale garce ! » Pendant les interrogatoires, elle était restée calme :

— Si vous pensez que c'est moi qui l'ai tué, enfermez-moi, au lieu de me poser des questions !

Il était même arrivé qu'un agent la ramène chez elle de force, car, exigeant d'être incarcérée, elle ne voulait pas quitter le commissariat. Une fois rentrée, elle s'arrachait les cheveux, se martelait la poitrine. Elle ressortait et courait vers le puits pour avaler de l'eau froide. Elle avait presque perdu la tête. À l'époque où la police la convoquait ainsi, elle parcourait la montagne et les champs comme une folle en appelant le mort : « Kyun ! Kyun ! » Son cœur était en feu et elle ne supportait plus la fièvre qui la consumait. C'était un temps où les morts restaient silencieux et où les vivants devenaient fous.

La pauvre ! Tu réalises enfin combien tu as été lâche. Tu l'as laissée seule dans cette épreuve. Tu ne lui as pas dit un mot de consolation. Tu l'as précipitée dans une impasse.

Bien qu'elle fût sous le choc, c'était elle qui avait engagé des gens pour ensevelir Kyun. Comme, longtemps après, tu ne l'avais toujours pas interrogée sur l'emplacement de la tombe, elle t'avait demandé un jour :

— Tu n'as pas envie de savoir où on l'a enterré ?

Tu n'avais pas répondu. Non, tu ne voulais pas savoir.

— Faut pas lui en vouloir d'être parti comme ça... Puisqu'il n'avait plus de parents, tu devrais aller le voir de temps à autre... J'aimerais bien qu'on l'inhume comme il faut, auprès de ses ancêtres.

Tu t'étais mis en colère. Tu lui avais demandé pourquoi tu aurais dû savoir où avait été enterré cet ingrat. Un jour, alors que vous cheminiez ensemble, elle s'était arrêtée pour te dire : « La tombe de ton frère est à deux pas d'ici. Tu veux aller la voir ? » Tu avais fait semblant de n'avoir rien entendu. Pourquoi as-tu laissé tout ce fardeau sur ses épaules ? Jusqu'à l'année dernière, le jour anniversaire de la mort de ton frère, ta femme préparait des offrandes et se rendait sur sa tombe. Quand elle redescendait de la montagne, sa bouche sentait le *soju*[1] et ses yeux étaient rougis.

Après la mort de Kyun, elle avait changé. Elle qui était d'une nature optimiste ne riait plus. Quand elle était sur le point de le faire, elle se reprenait aussitôt. Elle qui était auparavant capable de s'endormir à l'instant même où elle posait son dos sur la couette, surtout quand le travail dans les rizières et les champs lui avait vidé la tête, passait dorénavant ses nuits dans un demi-sommeil. Jusqu'au jour où sa cadette, devenue pharmacienne, lui avait préparé un somnifère. Ta femme, insomniaque... Depuis l'époque de cette tragédie, vous aviez construit à deux reprises une nouvelle maison sur le même terrain. Vous en profitiez pour vous débarrasser des vieilleries. Ta femme prenait personnellement soin de s'occuper de la bassine en maillechort. Craignant qu'elle ne se perde dans le tas et ne devienne introuvable, elle la mettait avant toute autre chose sous la tente dressée pour protéger vos affaires de la pluie. Quand les travaux étaient achevés, c'était le premier objet qui trouvait sa place dans la nouvelle demeure.

Jusqu'à ce que tu aies perdu ta femme, tu n'avais pas imaginé à quel point ton silence, à propos de Kyun, avait pu lui être pénible. À quoi servirait d'évoquer aujourd'hui ce passé et de t'expliquer ? Quand

1. Eau-de-vie populaire à base de céréales ou de patates douces.

ta fille t'a déclaré : « Le médecin m'a demandé si maman avait reçu un choc. Y a-t-il quelque chose que j'ignore ? », tu as secoué la tête. « Il voulait qu'elle consulte un psychiatre », a-t-elle ajouté, mais tu as coupé court : « N'importe quoi ! » Tu pensais qu'il fallait, le temps aidant, oublier la mort de Kyun. Tu croyais même y être parvenu. Quand elle avait atteint la cinquantaine, même ta femme te disait : « Je ne vois plus ton frère dans mes rêves. Peut-être qu'il est enfin arrivé dans un monde meilleur... » Elle l'avait cru, tout comme toi. Mais, récemment, elle avait recommencé à te parler de ce frère que tu croyais effacé de votre mémoire.

Elle te réveillait en te secouant :

— Kyun... Si on l'avait envoyé au collège, il n'aurait pas fait ça..., marmonnait-elle, sans qu'il fût possible de savoir à qui elle parlait, à elle-même ou à toi.

— Quand je suis venue vivre chez toi, c'est lui qui s'est montré le plus gentil avec moi... J'étais sa belle-sœur, mais je n'ai même pas été fichue de l'envoyer au collège, alors qu'il désirait tellement y aller ! Il apparaît encore dans mes rêves... On dirait qu'il n'a toujours pas trouvé la paix.

Dans ces moments-là, tu te retournais en grognant, mais elle poursuivait son monologue, comme quelqu'un qui se remémore des paysages disparus :

— Pourquoi as-tu fait ça ? Pourquoi tu ne l'as pas envoyé au collège ? Il ne te faisait pas pitié, quand il te suppliait ? Il t'assurait pourtant qu'une fois inscrit, il se débrouillerait pour la suite !

S'agissant de Kyun, tu n'avais envie de discuter avec personne. Il t'avait laissé une blessure, à toi aussi. Il n'y avait plus trace de l'abricotier, mais tu te souvenais avec précision de l'endroit où il se dressait, celui que Kyun avait choisi pour mourir. Tu savais aussi que ta femme regardait fixement cet emplacement, comme quelqu'un qui n'avait plus toute sa tête. Tu n'avais pas envie de remuer le couteau dans la plaie. On rencontrait au cours de la vie des choses bien plus horribles. Tu toussotais. Depuis la disparition de ta femme, tu te dis que tu aurais dû prendre le temps de parler de Kyun avec elle, en toute franchise. Car il était encore dans sa tête, qui était pourtant en train de se vider. Elle se réveillait en pleine nuit, courait jusqu'aux toilettes et s'accroupissait à côté. Agitant les mains comme si on l'accusait de quelque chose, elle criait : « C'est pas moi ! C'est pas moi ! » Tu lui demandais si elle avait fait un cauchemar et elle se contentait de te regarder en clignant les yeux, comme si elle avait oublié ce qu'elle venait de faire. Ces incidents se produisaient de plus en plus souvent.

Comment se fait-il que tu ne te sois pas rappelé que ta femme avait été inquiétée par la police à cause de la mort de Kyun ? Que la rumeur publique l'avait désignée comme la coupable ? Pourquoi est-ce seulement maintenant que tu fais le rapprochement entre cette mort et les terribles maux de tête de ta femme ? Tu aurais dû l'écouter au moins une fois. Tu aurais dû la laisser exprimer tout ce qu'elle avait sur le cœur au lieu de la laisser seule dans son impasse. Mais tout ce temps, tu étais resté muré dans le silence, sans jamais chercher à dissiper son amertume. Peut-être était-ce cette tension qui l'avait précipitée dans la souffrance. Elle montrait de plus en plus souvent un air égaré. « Je ne sais plus ce que je voulais faire », expliquait-elle. Sa migraine était si forte qu'elle l'empêchait même de marcher, mais elle refusait d'aller à l'hôpital. Elle t'interdisait aussi d'en parler à vos enfants :

— Ça ne servirait à rien de les mettre au courant ! Ils s'inquiéteraient pour rien.

Si l'un d'entre eux l'apprenait quand même et lui demandait de ses nouvelles, elle coupait court en déclarant : « J'avais mal hier, mais aujourd'hui ça va ! » Certaines nuits où elle veillait, assise dans le noir, elle t'interrogeait avec froideur, dès qu'elle te voyait remuer : « Pourquoi es-tu resté avec moi ? » Même dans son état, elle continuait à préparer les différentes sauces quand il le fallait et à aller cueillir des prunelles pour en extraire le jus. Le dimanche, tu la conduisais à la messe sur ta moto. Quelquefois, elle te suggérait d'aller déjeuner dans un restaurant qui proposait toute une gamme de mets d'accompagnement, parce que, disait-elle, elle avait envie d'être servie. Quand il avait été question de célébrer en une fois les différentes cérémonies en l'honneur des ancêtres qui étaient réparties sur les quatre saisons, elle avait déclaré qu'elle était d'accord, mais seulement le jour où elle passerait la main à sa belle-fille ; que, de son vivant, elle continuerait à procéder comme elle l'avait toujours fait. À cette époque-là, pour préparer une célébration, elle était obligée de retourner au bourg trois ou quatre fois, parce qu'elle oubliait toujours quelque chose. Mais tu n'y voyais rien d'anormal.

Le téléphone sonne à l'aube. Si tôt ? L'espoir te fait te précipiter vers l'appareil.

— Père ?

C'est ta fille aînée.

— Père ?

— Oui.

— Pourquoi ne réponds-tu pas quand on t'appelle ? J'ai même essayé sur ton portable !

— Qu'y a-t-il ?

— J'ai été surprise d'apprendre, en appelant Hyŏngch'ŏl hier, que tu étais reparti... Pourquoi es-tu retourné brusquement chez toi ? Tu aurais pu me prévenir ! Et puis, pourquoi ne réponds-tu pas au téléphone ?

— J'ai dormi.

— Dormi ? Si longtemps ?

— Apparemment.

— Qu'est-ce que tu vas faire là-bas, tout seul ?

— On ne sait jamais... Peut-être qu'elle va revenir ici.

Ta fille se tait. Tu avales ta salive.

— Tu veux que je vienne ?

De tous tes enfants, c'est elle qui se donne le plus de mal pour retrouver sa mère. C'est sans doute aussi parce qu'elle n'est pas mariée. Le pharmacien du quartier Yŏkch'on est le dernier témoin qui ait déclaré avoir vu une femme qui ressemblait à la disparue. Depuis, plus rien. Ton fils aîné a mis un deuxième avis de recherche dans les journaux – sans plus de résultats. Même la police a déclaré forfait, en assurant qu'elle avait fait tout ce qui était dans ses moyens et qu'il ne restait plus qu'à attendre. Mais ta fille aînée continue à faire le tour des urgences hospitalières tous les soirs pour vérifier la liste des patients amenés sans accompagnant.

— Pas la peine... Tiens-moi au courant quand tu auras du nouveau.

— Si tu te sens trop seul, remonte vite à Séoul, père. Ou bien tu n'as qu'à faire venir tante.

Prêtant un peu plus attention à sa voix, tu remarques qu'elle est bizarre. D'après sa diction, on dirait qu'elle est éméchée. Elle a la langue pâteuse.

— Tu as bu ?

— Juste quelques verres.

Elle a dû picoler jusqu'au petit matin ! Alors qu'elle s'apprête à raccrocher, tu l'interpelles précipitamment. « Oui ? » répond-elle d'une voix grave. Ta main qui tient le récepteur est moite. Tu sens tes jambes faiblir et tu te laisses tomber sur le sol.

— Ce jour-là, elle n'était pas en état de voyager. On n'aurait pas dû aller à Séoul... La veille, elle avait tellement mal à la tête qu'elle l'avait posée dans une cuvette remplie de glaçons. Elle n'entendait pas quand je l'appelais... La nuit, je l'avais retrouvée devant le congélateur... Elle avait engagé sa tête à l'intérieur ! Il fallait qu'elle souffre terriblement pour faire une chose pareille ! Elle avait même oublié de préparer le petit déjeuner. Mais, malgré tout, elle voulait aller à Séoul. Elle disait que vous nous attendiez... J'aurais dû l'en dissuader. Je me fais vieux, je deviens sourd. Je perds ma jugeote. Au fond de moi, j'avais l'idée d'en profiter pour la faire hospitaliser à Séoul... Enfin, j'aurais dû lui prêter plus d'attention... Elle n'allait pas bien, mais, au lieu de prendre soin d'elle, j'ai marché en la précédant dès que nous sommes descendus du train... Comme d'habitude, comme j'ai toujours fait. Et puis...

Les mots que tu n'avais pas osé prononcer en présence de tes enfants, voilà que tu viens enfin de les laisser jaillir. Au bout du fil, ta fille garde le silence, avant de dire :

— Père...

Tu la laisses poursuivre :

— On dirait que tout le monde a oublié maman. Je ne reçois plus aucun coup de fil. Tu sais pourquoi elle avait une telle migraine ce jour-là ? Elle m'avait dit que j'étais méchante...

Elle articule avec difficulté.

— Ta mère t'a dit ça ?

— Oui... Je ne pouvais pas venir à ton anniversaire, parce que j'étais en Chine. Alors, je l'ai appelée. Je lui ai demandé ce qu'elle était en train de faire. Elle m'a répondu qu'elle préparait de la liqueur pour son plus jeune fils. Tu sais qu'il est porté sur la boisson. Je ne sais pas pourquoi, mais sa réponse m'a agacée. Il faut qu'il arrête de boire, et maman continuait à lui fabriquer de l'alcool sous prétexte qu'il aimait bien ça ! Alors, je lui ai dit qu'elle ne devait pas l'apporter à Séoul. Est-ce qu'elle allait assumer les conséquences, s'il se soûlait avec ? Je l'ai sermonnée : « Réfléchis un peu ! » Elle était déçue, mais elle m'a donné raison. Elle a alors ajouté que, dans ce cas, elle allait plutôt faire confectionner un gâteau de riz au bourg. C'est vrai que vous en apportez toujours quand vous montez pour ton anniversaire. Mais, là encore, je lui ai conseillé de laisser tomber, parce qu'on se le partageait devant elle, mais qu'après chacun balançait sa part dans le congélateur sans jamais la manger. Qu'elle ferait mieux d'arriver les mains vides, ai-je ajouté, au lieu de se conduire comme une péquenaude. Maman m'a demandé si je m'étais vraiment débarrassée du gâteau dans mon congélateur. Je lui ai répondu que celui d'il y a trois ans y était encore ! Alors, elle s'est mise à pleurer. Je lui ai dit : « Tu pleures, maman ? » Elle m'a déclaré que j'étais méchante... Elle me traitait de méchante, alors que je lui avais expliqué tout ça pour qu'elle ne s'encombre pas de paquets ! Ça m'a fait monter le sang à la tête ! Il faisait si chaud à Pékin... J'étais tellement énervée que j'ai crié : « T'as raison, maman ! Ça te fait plaisir d'avoir une méchante comme fille ? C'est vrai, je suis une méchante ! » Après ça, j'ai raccroché.

— ...

— Maman déteste qu'on crie... Mais nous sommes toujours en train de lui crier dessus. Je voulais la rappeler pour lui demander pardon... Ensuite, j'ai déjeuné, je me suis baladée, j'ai discuté avec des gens... et ça m'est sorti de l'esprit. Si je l'avais fait, si je lui avais présenté mes excuses, elle n'aurait pas eu une telle migraine... Et elle t'aurait suivi sans te perdre de vue.

On dirait que ta fille pleure.

— Chihŏn !

— ...

— Ta mère est très fière de toi.

— Pardon ?

— Quand un journal publie ta photo, elle la découpe, elle la garde dans son sac et elle la sort à tout bout de champ... Quand elle va au bourg, elle la montre aux gens, ça la flatte.

— ...

— Quand on l'interroge sur ce que tu fais dans la vie, elle répond que tu es écrivain... Une dame qui travaille dans un centre qui s'appelle L'Espoir, dans le quartier Namsan, m'a raconté que ta mère lui avait demandé de lui lire tes livres. Donc, elle sait ce que tu écris. Quand on lui faisait la lecture, son visage s'éclairait et elle souriait, paraît-il. Quoi qu'il arrive, rappelle-toi que tu ne dois écrire que de belles choses.

— ...

— Les mots, il y a des moments précis pour les prononcer... Moi, toute ma vie, j'ai raté les occasions de les dire à ta mère. Je pensais que, de toute façon, elle me comprenait. À présent, j'ai l'impression que je serais enfin capable de lui parler, mais elle n'est plus là pour m'écouter !

— ...

— Chihŏn !

— Oui.

— Prends soin de ta maman.

Ta fille se met à sangloter au bout du fil. Le récepteur collé contre ton oreille, tu l'écoutes pleurer à fendre l'âme, de plus en plus fort. Tu as l'impression que ses larmes vont couler de l'appareil que tu tiens à la main. Ton visage aussi est mouillé. Même si tout le monde l'oublie, ta fille se rappellera sûrement que ta femme aimait la vie ; que tu aimais ta femme.

Chapitre 4

Une autre femme

Quels pins magnifiques !

Un village en pleine ville ! Il est bien caché. Quand a-t-il neigé ? Ces arbres sont tout blancs. Devant chez toi, il y en a, voyons... trois ! On dirait qu'*il* les a plantés là exprès afin que je puisse utiliser une de leurs branches pour me percher. Tiens, me voilà en train de parler de cet homme. Je pense que je vais aller le voir, après toi. Sans doute... Je pense qu'il le faut.

Pour moi, les appartements où habitent tes frères et sœur sont tous pareils. Je les confonds ! Comment font-ils pour vivre dans des logements qui se ressemblent tous ? Un peu de diversité, ça ne serait pas mieux ? Par exemple, c'est bon d'avoir une grange, et aussi un grenier. C'est bon de vivre dans une maison où les enfants ont des endroits pour se cacher, comme la soupente où tu te réfugiais afin d'échapper à tes grands frères qui te donnaient tout le temps quelque chose à faire. Maintenant, même à la campagne, tu vois pousser des immeubles. Tu es déjà montée sur la terrasse de chez nous ? De là, tu peux voir les nouveaux buildings du bourg. Quand j'étais petite, les bus ne venaient même pas jusqu'au village. Comme tout a changé, y compris au pays ! Alors, ici, n'en parlons pas ! J'aimerais juste que tout ne soit pas identique, parce que je m'y perds. J'étais incapable d'aller seule chez tes frères ou chez ta sœur. Enfin, ça, c'est mon problème... Toutes les entrées, toutes les portes, pour moi, ce sont les mêmes. Je ne sais pas comment font les gens, les enfants, pour retrouver leur domicile !

Mais toi, je t'ai retrouvée !

On est où ? Quartier Puam, arrondissement Chongro, Séoul... C'est donc ici, l'arrondissement Chongro ! Chongro... Chongro... Ah, oui ! C'est là qu'habitait ton frère aîné quand il s'est marié ! Quartier Tongsung, arrondissement Chongro. « Mère, ici, c'est l'arrondissement Chongro, disait-il. Je suis tout fier quand j'écris mon adresse, parce que Chongro, c'est vraiment le centre de Séoul. Et c'est là que j'habite ! Moi, le campagnard, j'ai réussi à me faire une place dans Chongro ! » Si ma mémoire est bonne, c'étaient de petites copropriétés qui avaient l'air collées les unes aux autres, en équilibre instable sur une pente assez raide qui s'appelle, je crois, Naksan. Qu'est-ce que j'étais essoufflée quand je la grimpais ! Je me disais : « Oh, là, là ! Comment ça se fait qu'on trouve un endroit pareil en pleine ville ? On se croirait dans un trou encore plus perdu que le nôtre ! » Ici aussi, d'ailleurs, ça me fait la même impression. C'est plutôt inattendu.

L'an dernier, quand tu es rentrée en Corée avec ta famille après avoir passé trois ans à l'étranger, tu m'as dit, l'air déçu, qu'avec l'argent dont vous disposiez, vous ne pourriez même pas louer un appartement comme celui que vous aviez avant de partir. Mais vous avez découvert ce quartier ! C'est un vrai village ! J'ai vu un café et un musée, ainsi qu'un moulin ! On y fabrique de longues pâtes de riz. Je suis restée longtemps à regarder, ça m'a rappelé le bon vieux temps. C'est bientôt le nouvel an ? Il y avait du monde qui attendait pour en faire préparer. Même dans cette ville, on peut trouver ce genre d'endroit où on les fabrique encore pour le nouvel an ! Moi aussi, quand la date approchait, je partais pour le moulin avec un boisseau de riz dans un chariot. Je soufflais dans mes mains gelées en attendant mon tour.

Mais ça ne doit pas être très commode de vivre là, avec trois enfants. Sans parler du trajet que ton mari doit parcourir chaque jour pour aller travailler jusqu'à Sŏnrŭng. Est-ce qu'il y a un marché dans le coin ?

— Quand je reviens du supermarché, j'ai l'impression d'avoir acheté des tas de choses, mais très vite il ne reste plus rien ! Un yaourt pour chaque enfant, ça fait déjà trois. Il en faut neuf pour trois jours. Ça me fait peur, maman ! J'en achète plein comme ça, et tout disparaît en un clin d'œil !

Tu ouvrais grands tes bras pour expliciter le « comme ça ». C'est normal, avec trois enfants !

Ton aîné s'apprête à garer sa bicyclette devant le portail. Il a les joues rouges. Il sursaute. « Maman ! » Il entre en courant. Tu sors, l'air interrogateur. Tu portes un gilet gris. Ton petit dernier est dans tes bras.

— Maman ! Un oiseau !

— Un oiseau ?

— Oui, devant le portail !

— Mais quel oiseau ?

Au lieu de t'expliquer, il te désigne l'endroit. Tu couvres la tête du bébé avec une capuche et tu sors dans la rue. Tu découvres effectivement un oiseau gisant sur le sol. Il est gris, avec des taches noires du crâne jusqu'aux ailes – qui sont gelées. Tes yeux se brouillent. Tu penses à moi. Mais c'est vrai, des oiseaux, il y en a plein autour de chez toi ! Qu'est-ce qu'il y en a ! Ils tournent autour de la maison, sans faire de bruit.

Il y a quelques jours, tu as trouvé une pie toute tremblante au pied du cognassier. Tu es allée chercher du pain que tes enfants n'avaient pas fini, et tu l'as émietté autour de l'arbre. Cette fois-là aussi, tu as eu une pensée pour moi, ta mère, qui approvisionnait en vieux riz les oiseaux qui, en hiver, se réfugiaient sur les branches nues du plaqueminier. Ce soir-là, il y en a eu plus de vingt à se réunir sous ton cognassier. Certains avaient des ailes aussi grandes que ta main. Depuis ce jour, tu as pris l'habitude de laisser quelques miettes de pain. Mais qu'est-ce qu'il fait devant ton portail, celui-là, au lieu d'être au pied de l'arbre ? Je connais son nom : c'est un pluvier argenté. C'est étrange...

Qu'est-ce qu'il fait ici, tout seul, alors que c'est une espèce qui se déplace en bande ? Il doit venir du bord de mer. J'en avais vu à Komso, l'endroit où *il* habite. Ils cherchaient leur pitance sur la plage, à marée basse.

Comme tu restes immobile, ton fils te secoue le bras.

— Maman !

— ...

— Il est mort ?

Tu ne réponds pas. Tu te contentes de contempler l'oiseau, le visage figé.

— Maman ! Il est mort ? demande ta fille, que le bruit de vos voix a attirée dehors.

Le bébé dans les bras, tu restes silencieuse.

Le téléphone sonne.

— Maman ! C'est tante !

C'est ta sœur qui t'appelle. Tu saisis le combiné que ta fille te tend.

— Qu'est-ce qu'on va faire, si tu pars ?

Apparemment, Chihŏn va encore prendre l'avion ! Tes yeux se mouillent. Tes lèvres semblent trembler. Soudain, tu te mets à crier dans le téléphone. Non, ma fille, ça ne te ressemble pas ! On ne parle pas comme ça à sa grande sœur !

— Vous exagérez... Vous exagérez tous !

Tu raccroches violemment. C'est plutôt la spécialité de ta sœur, avec toi ou avec moi ! La sonnerie retentit aussitôt. Tu fixes longuement l'appareil et, comme ça continue à sonner, tu décroches :

— Je suis désolée...

Ta voix est plus calme. Tu écoutes. Tu rougis et tu éclates à nouveau :

— Quoi ? À Santiago ? Un mois ?

Tu deviens écarlate.

— En somme, tu me demandes si tu peux y aller ? Mais tu as déjà pris ta décision, alors pourquoi veux-tu mon avis ? Comment peux-tu nous faire une chose pareille ?

Ta main tremble.

— J'ai trouvé un oiseau mort devant le portail... Ça ne me plaît pas. Je suis sûre qu'il est arrivé quelque chose à maman, tu comprends ? Comment se fait-il que vous ne l'ayez pas encore retrouvée ? Pourquoi ? Et maintenant tu dis que tu t'en vas ? Vous êtes tous pareils ! Toi y compris ! Vous allez continuer à faire tranquillement vos petites affaires, alors qu'on ne sait pas où se trouve maman par un froid pareil, hein ?

Calme-toi, ma fille. Tu dois comprendre ta sœur. Tu as pourtant vu dans quel état elle a été pendant les trois dernières saisons.

— Quoi ? Moi ? Qu'est-ce que je peux faire, à ton avis, avec trois enfants ? Tu te défiles, hein ? Tu n'en peux plus, alors tu te carapates ? C'est pas vrai ! Tu as toujours été comme ça !

Ma fille, qu'est-ce qui te prend ? Je croyais que tu avais repris le contrôle de tes nerfs, mais tu reposes brutalement le combiné et tu fonds en larmes. Ton bébé t'imite. Son nez rougit. Son front aussi. Maintenant, c'est au tour de ta fille. L'aîné sort de sa chambre et vous observe. Ça sonne à nouveau. Tu réponds tout de suite.

— Chihŏn...

Les larmes inondent ton visage.

— Ne pars pas ! Ne pars pas !

Ta sœur essaie de te consoler. Comme elle n'y arrive pas, elle te propose de venir te voir. Une fois la communication terminée, tu restes assise, tête basse. Ton bébé grimpe sur tes genoux. Tu le serres dans tes bras. La deuxième s'approche et caresse ta joue. Tu tends le bras et tu lui tapotes le dos. Pour te faire plaisir, ton fils se met ostensiblement à son devoir de maths, vautré devant toi sur le sol. Tu passes la main dans ses cheveux.

Ma fille aînée passe le portail. « Yun ! » s'exclame-t-elle en s'emparant du bébé quand tu lui ouvres la porte. Encore farouche avec les gens qu'il ne connaît pas bien, il gigote pour retourner dans tes bras.

— Attends un peu, dit sa tante, en essayant de frotter son visage contre le sien.

Résultat : l'enfant éclate en sanglots. Elle te le rend. Il sourit enfin à ta sœur, des larmes perlant à ses cils. Vous restez assises, sans dire un mot. Elle a fait tout ce chemin malgré la neige, parce qu'on ne peut rien résoudre au téléphone, mais elle reste muette. On voit à ses traits qu'elle souffre d'insomnie. Ses grands yeux ne sont plus que deux fentes.

— Tu vas y aller ?

Après un long silence, tu as fini par poser la question.

— Non, je n'irai pas.

Comme si elle venait de se débarrasser d'un lourd fardeau, ta sœur se laisse tomber sur le canapé. Elle a l'air épuisée, elle ne tient plus debout, la pauvre ! Elle fait semblant d'être forte, mais ce n'est qu'une apparence qu'elle se donne. Comment va-t-elle s'en sortir, si elle se torture comme ça ?

— Tu dors ?

Tu secoues son épaule, puis tu caresses son visage. Tu la regardes. Quand vous étiez petites, vous aviez de violentes disputes, mais vous vous calmiez d'un seul coup. L'instant d'avant, je m'apprêtais à vous gronder, et je vous retrouvais endormies, la main dans la main ! Tu vas chercher une couverture pour la couvrir. Elle fait une grimace. Quelle imprudente ! Prendre le volant quand on a tellement besoin de sommeil !

— Je suis désolée ! marmonnes-tu.

Elle ouvre les yeux.

Elle murmure comme pour elle-même :

— Hier, j'ai rencontré sa mère – ma future belle-mère. Elle vit avec sa fille, une célibataire qui tient un petit restaurant qui s'appelle *Le Suisse*. C'est une femme petite, avec une peau diaphane. Elle suit sa fille partout en l'appelant « grande sœur » ! Comme sa fille lui donnait à manger, la bordait, faisait sa toilette et lui disait : « Comme elle est jolie, ma petite maman ! », il paraît qu'elle a fini par l'appeler « grande sœur ». Sa fille m'a dit que si je n'avais pas encore épousé son petit frère à cause de sa mère, il ne fallait pas que je m'inquiète. Qu'elle continuerait à vivre avec elle en assumant le rôle de « grande sœur ». Qu'il me suffirait d'aller lui rendre visite dans l'établissement où elle passe le mois de janvier. Cela fait vingt ans que sa fille se réserve ce mois-là pour s'offrir un voyage grâce à ce que rapporte le restaurant. Elle paraît contente que sa propre mère l'appelle « grande sœur » ! Elle m'a dit en riant – et elle avait l'air sincère – que sa mère s'était occupée d'elle toute sa vie, qu'à présent, les rôles étaient inversés et que c'était justice.

Elle te regarde bien en face. Elle reprend :

— Parle-moi de maman.

— De maman ?

— Oui... Raconte-moi des histoires que tu es la seule à connaître.

— Elle s'appelle Pak Sonyŏ. Date de naissance : le 24 juillet 1938. Cheveux poivre et sel, courts et permanentés, pommettes saillantes, chemisier bleu clair, veste blanche, jupe plissée beige. Lieu de disparition...

Ma fille aînée, à nouveau gagnée par le sommeil, ferme complètement les yeux, qu'elle gardait mi-clos.

— Je ne sais plus qui est maman. Je sais simplement que je l'ai perdue.

Il faudrait que je m'en aille, mais je n'y arrive pas. J'ai passé une journée entière perchée ici.

Tiens !

Je le savais ! On croirait une scène de comédie. Ah ! quel chahut ! Tu arrives à rire ? Ton fils te parle tout en mettant son bonnet. Qu'est-ce qu'il dit ? Attends ! Ah, il veut aller à la montagne faire du ski. Tu lui dis non. Tu lui expliques qu'il a déjà du mal à suivre à l'école à cause du déménagement et qu'il doit profiter des vacances pour rattraper son retard, avec l'aide de son père. Que, sinon, ce sera de plus en plus difficile. Pendant que tu lui parles, le bébé, qui apprend à marcher, ramasse des grains de riz souillés tombés sous la table et les porte à sa bouche. Aurais-tu des yeux au bout des doigts ? Sans même le regarder, tu les lui reprends. Visiblement, il hésite à éclater en sanglots. Il s'accroche à ta jambe. Tu as le réflexe de le retenir pour l'empêcher de tomber. Tout cela en continuant à expliquer à ton fils pourquoi il doit étudier. Quant à lui, il promène son regard autour de lui, sans qu'on puisse savoir s'il t'écoute ou pas, puis il finit par crier : « Je veux retourner où on habitait avant ! Ici, je déteste ! » Ta fille jaillit de sa chambre en t'appelant : « Maman ! » Elle se plaint d'être mal coiffée. Elle te demande de lui faire des nattes, parce qu'elle doit aller à son cours particulier. Tu lisses ses cheveux, sans interrompre ton discours à ton aîné.

Ah, ces enfants sont vraiment scotchés à leur mère !

Ma fille ! Tu es à l'écoute des trois en même temps. Tu es tout entière à leur service. Tu fais asseoir ta fille sur une chaise et tu la coiffes. Comme ton fils veut toujours aller skier, tu conclus que tu en parleras avec son père et, quand le bébé trébuche, tu poses le peigne pour le relever, tu lui essuies le nez ; tu reprends le peigne et tu recommences à le passer dans les cheveux de ta fille...

Soudain, tu regardes par la fenêtre. Tu *me* regardes, moi, qui suis posée sur le cognassier. Nos regards se croisent. Tu murmures :

— Je n'avais jamais vu un oiseau comme ça.

Tes enfants jettent un coup d'œil dans la même direction.

— Peut-être qu'il fait partie de la famille de celui qu'on a retrouvé mort devant chez nous, maman ?

Ta fille a saisi ta main.

— Non... Il est différent.

— Si, j'ai raison !

Vous avez enterré la petite dépouille au pied du cognassier. Ton fils a creusé la terre, pendant que ta fille fabriquait une croix. Le bébé continuait à brailler, dans son univers personnel. Tu as pris l'oiseau, tu as replié ses ailes et tu l'as déposé dans le trou. Ta fille a dit : « Amen ! » Après cette cérémonie, elle a téléphoné à son père, à son bureau, pour lui raconter tout ça. « Je lui ai même fabriqué une croix, papa ! »

Le vent a fait tomber la croix.

Tout en prêtant l'oreille au babillage de tes enfants, tu t'approches de la fenêtre pour mieux m'observer. Tes enfants en font autant. Arrêtez de me regarder ! Je suis désolée pour vous, mes petiots... Quand vous êtes venus au monde, j'ai pensé à votre mère, plus qu'à vous.

Ta fille, que tu as fini de coiffer, me fixe.

Quand tu es née, ma petite fille, ta mère n'avait pas de lait. Pour ton grand frère, elle était sortie de l'hôpital à peine une semaine après l'accouchement, mais, pour toi, elle a dû y rester plus d'un mois. Je me suis occupée d'elle. Un jour, ta grand-mère paternelle est arrivée à l'hôpital. Comme tu pleurais beaucoup, elle a dit à ta mère de te mettre tout de suite au sein. En te voyant téter son mamelon desséché, je t'ai regardée de travers. J'ai poussé ta grand-mère à repartir rapidement, je t'ai arrachée des bras de ma fille et je t'ai donné une tape sur les fesses, à toi, un nouveau-né ! On dit que, quand un bébé pleure, sa grand-mère paternelle dit à la mère : « Le bébé pleure, donne-lui le sein ! », et que la grand-mère maternelle se lamente : « Mais quel braillard, ce petit ! Sa mère va être épuisée. » C'est exactement comme ça que ça s'est passé ! Tu ne pouvais pas te souvenir de cet épisode et, pourtant, tu préférais ton autre grand-mère. Quand tu me voyais, tu me saluais d'un : « Bonjour, mamie ! » Quand c'était elle, tu criais : « Mamiiiie ! » et tu te jetais dans ses bras. Chaque fois, comme je me sentais un peu coupable, je me disais que tu te souvenais peut-être de cette fessée.

Quelle jolie fillette tu es devenue !

Quelle abondante chevelure noire tu as ! Même quand tu portes des nattes, on devine qu'elle est fournie. Exactement comme ta maman quand elle était petite ! Elle n'a jamais pu se coiffer comme ça. Elle aurait voulu laisser pousser ses cheveux, mais je les faisais toujours couper court. Je n'avais pas le temps de l'asseoir sur mes genoux pour la peigner. Elle a transféré sur toi son rêve d'avoir de longs cheveux tressés. Tandis que ses mains caressent ta tête, elle ne me quitte pas des yeux. Ils se brouillent à nouveau. Elle pense encore à moi.

Ma fille, c'est ta mère. Je ne sais pas si tu peux m'entendre dans ce vacarme. Je suis venue te demander pardon.

Pardon pour l'accueil que je t'ai réservé quand tu es revenue au pays avec le troisième enfant que tu avais eu là-bas. Tu m'as fixée, surprise, en me disant : « Maman ? » J'ai des remords quand je pense à ce jour-là. Tu avais supporté seule ta grossesse, dans ce lointain pays, et tu avais attendu le dernier moment pour nous annoncer que tu allais avoir un nouvel enfant. Pourquoi ? Parce qu'un troisième enfant, ça ne faisait pas partie de tes plans ? Ou peut-être que tu te sentais gênée vis-à-vis de ta grande sœur, qui n'était pas encore mariée ? Quoi qu'il en soit, moi qui ne t'avais été d'aucune utilité à la naissance du petit, je t'ai dit en te voyant rentrer, le bébé dans les bras :

— Mais comment tu vas faire ? Comment tu vas faire avec trois enfants ?

Je suis désolée, ma fille. Je te demande pardon, ainsi qu'à ton bébé. C'est ta vie et, en plus, tu es capable d'une concentration étonnante quand il s'agit de trouver la réponse à une question. Et celle-ci est à ta portée. J'avais brièvement oublié quel genre de personne tu es. Pardonne-moi la tête que je faisais, involontairement, chaque fois que je te voyais, après votre retour des États-Unis. Tu étais très occupée. Quand j'allais chez toi, tu étais toujours en train de courir derrière tes enfants. Ranger les vêtements, préparer les repas, relever celui qui était tombé, prendre le cartable de celui qui rentrait de l'école, t'occuper de celle qui fonçait vers toi en t'appelant... Même la veille du jour où tu devais te faire opérer d'un fibrome utérin, tu t'affairais à préparer à manger pour tes petits. Tu ne peux pas imaginer combien j'ai été triste lorsque, venue chez toi pour m'occuper d'eux, j'ai ouvert le réfrigérateur. Il y avait là leurs repas pour quatre jours, empilés dans l'ordre. « Maman ! Demain, tu leur donnes ce qui est tout en haut, et, après-demain, ce qui est en dessous... », m'avais-tu expliqué, les yeux enfoncés dans leurs orbites. Tu es comme ça, tu dois tout faire toi-même. C'est d'ailleurs pour cette raison que je t'avais dit, en te voyant avec un troisième enfant : « Comment tu vas faire ? » Ce soir-là, après que tu es entrée dans la salle de bains pour prendre une douche, j'ai examiné les vêtements que tu venais d'enlever et de poser devant la porte. Les manches de ta chemise, tachée de jus de prune, étaient usées ; ton pantalon était déformé et décousu ; les bretelles de ton vieux soutien-gorge peluchaient ; le motif qui ornait ta culotte n'était plus reconnaissable. Des fleurs ? Des gouttes ? Des ours ? On devinait qu'il avait été coloré. Pourtant, tu étais une enfant très soigneuse, contrairement à ta sœur. À la moindre tache, tu lavais tes tennis blanches. Je me demandais en moi-même : « As-tu fait toutes ces études pour vivre comme ça ? » À la réflexion, toute petite déjà, à la différence de ta sœur, tu adorais les enfants. Tu n'hésitais pas à offrir quelque chose que tu aimais manger à un gosse du voisinage qui semblait en avoir envie. Si tu voyais pleurer un gamin, tu allais essuyer ses larmes et tu l'entourais de tes bras. J'avais oublié. Je n'étais pas très contente de te voir habillée de vieilles hardes, coiffée avec une queue-de-cheval et tellement accaparée par ta progéniture que tu n'envisageais pas de reprendre un emploi. Alors que tu étais accroupie pour nettoyer le sol de ta chambre, je t'ai dit : « C'est ça, ta vie ? » Pardonne-moi ! Même si tu n'as pas eu l'air de comprendre ce que je voulais dire. À dater de ce jour, je ne suis plus retournée chez toi. Je ne voulais pas voir ma fille, qui avait fait des études et qui savait des tas de choses, mener une vie si médiocre. Ma petite, si gentille ! Alors qu'en réalité, tu avançais en faisant face aux difficultés, j'étais exaspérée, me demandant pourquoi tu avais choisi cette existence.

Ma fille... Sache seulement que tu as toujours été une joie pour moi. Tu es mon quatrième enfant. Pour dire la vérité, que je n'ai jamais avouée à personne, tu es mon cinquième. Un autre, avant toi, était mort à la naissance. Ta tante qui l'avait recueilli dans ses bras m'avait dit que c'était un garçon, mais je ne l'entendais pas crier. Il n'ouvrait pas les yeux non plus. Il était mort. Ma belle-sœur voulait engager quelqu'un pour l'enterrer, mais j'avais refusé. Ton père n'était pas là, comme d'habitude. J'étais restée quatre jours couchée à côté du bébé mort. La nuit, je voyais à travers le papier de la porte l'ombre des flocons de neige qui tombaient. Le cinquième jour, je m'étais relevée. J'avais mis le bébé dans une jarre que j'avais portée jusqu'à la montagne et enterrée. Celui qui avait creusé un trou dans la terre gelée, ce n'était pas ton père, c'était *lui*. Si ce bébé n'était pas mort, tu aurais eu trois grands frères. Après, je t'ai mise au monde, toute seule. On m'avait abandonnée ? Non... Quand j'avais déclaré à ta tante que j'allais accoucher sans son aide, elle n'avait pas caché sa déception. Je peux bien te l'avouer maintenant : accoucher seule, ça ne me faisait pas peur ; ce dont j'avais peur, c'était de donner naissance à un autre enfant mort-né. Je ne voulais pas que quelqu'un voie ça. Je m'étais dit que si cela arrivait encore, je ne me ferais aider par personne, même pas par *lui*, mais que j'irais l'enterrer seule dans la montagne – et que je n'en redescendrais pas. Quand j'avais commencé à avoir des contractions, au lieu d'alerter ta tante, j'avais apporté de l'eau chaude dans la chambre et fait asseoir à mon chevet ta grande sœur, qui était encore très jeune. Je n'avais même pas crié, tellement j'étais obsédée par l'idée que l'accident pouvait se reproduire. Mais tu étais apparue, toute chaude, toute gigotante. Je t'avais donné une tape sur les fesses avant de t'essuyer, ce qui avait tout de suite déclenché un cri. Ta sœur avait éclaté de rire. Elle avait caressé tes joues en gazouillant : « Bébé ! » Ivre du bonheur de te voir en vie, je ne faisais pas attention à la douleur. Ce n'est que plus tard que je m'étais aperçue que ma langue était écorchée. C'est comme ça que tu es née – en me guérissant de mon chagrin et de la peur de mettre à nouveau au monde un enfant mort.

Ma fille !

Avec toi, j'ai pu faire ce que les autres mères faisaient avec leurs mioches. Comme j'avais beaucoup de lait, j'ai pu t'allaiter jusqu'à l'âge de huit mois. Pour la première fois, j'ai envoyé un de mes enfants à la maternelle, je lui ai acheté des tennis et non des caoutchoucs quand il a été en âge de porter des chaussures. Quand tu es entrée à l'école élémentaire, j'ai fabriqué moi-même ton badge. Du coup, les lettres de ton nom ont été les premières que j'aie jamais écrites ! Tu ne peux pas imaginer à quel point je me suis entraînée ! Après avoir accroché ce badge – mon œuvre – sur ta poitrine, en même temps qu'un mouchoir, je t'ai conduite jusqu'à la cour de l'établissement. Ça n'avait rien d'extraordinaire ? Pour moi, ça l'était ! Même ton frère aîné, je ne l'avais pas accompagné. De peur qu'on me demande d'écrire quelque chose. J'avais trouvé un prétexte pour envoyer ma belle-sœur à ma place. J'entends encore la voix de ton frère qui se plaignait parce que tous les élèves étaient venus avec leur maman, sauf lui. Par la suite, c'était lui qui avait accompagné son cadet, puis sa sœur, à l'école. Il n'y a que pour toi que je suis allée en ville acheter un cartable et une robe à volants. Et j'étais si heureuse de pouvoir le faire ! Sur ma demande, *il* avait même fabriqué un petit bureau, dont tu avais dit qu'il ressemblait à n'importe laquelle des tables basses qu'on utilisait pour les repas. Ta grande sœur n'en avait pas eu. Elle en parle encore aujourd'hui : d'après elle, à force de faire ses devoirs couchée sur le ventre, ses épaules se sont élargies ! Te voir étudier et lire assise devant cette table était pour moi un grand bonheur. Quand tu as préparé ton examen d'entrée à l'université, je remplissais soigneusement ta gamelle. J'allais te chercher au lycée, après l'étude du soir. Tu récompensais mes efforts en m'apportant beaucoup de satisfactions. Tu étais la meilleure élève de ce petit bourg. Lorsque tu as été acceptée dans une grande université de Séoul, et pour des études en pharmacie en plus, ton lycée en a tiré un tel orgueil qu'ils ont accroché une banderole dans la cour. Quand on me complimentait sur ma fille, qui était si brillante, j'avais un sourire fendu jusqu'aux oreilles. Peut-être que tu ne comprends pas… Lorsque je pensais à toi, moi, ta mère, j'avais envie de me pavaner devant les autres. Je n'avais pas vécu ça avec mes autres enfants, auxquels je n'avais pas pu offrir tout ce dont ils avaient besoin. Je me sentais tellement désolée pour eux. Avec toi, je me suis libérée de ce genre de sentiment. Quand tu es devenue étudiante et que tu passais ton temps dans les manifestations, je n'y ai pas mis le holà, comme je l'avais fait pour ton frère. Quand tu as fait une grève de la faim à la cathédrale de Myŏngdong, je ne m'en suis pas mêlée. Ton visage était plein de boutons à cause du gaz lacrymogène, mais je t'ai laissée continuer. Je ne savais pas de quoi il retournait. Je me disais que tu avais probablement des raisons valables pour faire tout ça. Lorsque tu as amené tes camarades chez nous afin d'organiser des cours du soir pour les villageois, je les ai nourris. Ta tante me disait que, si tu continuais comme ça, tu finirais communiste, mais je te laissais libre de faire ce que tu voulais. Avec tes grands frères, ça n'avait pas été pareil. Je les sermonnais, je leur savonnais la tête. Quand ton deuxième frère avait reçu de la part d'un policier anti-émeute un coup de matraque à la hanche, j'avais réchauffé du sel pour le mettre sur la contusion, tout en le menaçant de me tuer s'il continuait ses bêtises. En même temps, j'avais peur qu'il me réponde que je n'étais qu'une ignorante. Ces jeunes savaient sûrement pourquoi ils faisaient tout ça, et moi, je me mettais en travers. Mais avec toi, c'était différent. Je n'ai pas cherché à te freiner, même si je ne comprenais pas bien de quels changements tu parlais. Une année, au mois de juin, je suis allée jusqu'à t'accompagner dans un cortège funèbre qui se dirigeait vers l'hôtel de ville. Tu habitais chez ton frère, à Séoul. J'étais venue parce qu'il venait d'avoir un fils.

J'ai une bonne mémoire, pas vrai ?

Mais en fait, cette journée avait été inoubliable. En tout cas, pour moi. Tu t'apprêtais à partir de chez lui, à l'aube, quand tu m'avais vue. « Tu veux venir ? » m'avais-tu demandé.

— Où ?

— À l'université, celle où allait mon frère.

— Pour quoi faire? Ce n'est pas là que tu étudies.

— C'est pour des funérailles, maman.

— Raison de plus... Qu'est-ce que tu veux que j'aille faire là ?

Tu m'avais regardée, et puis tu étais sortie – pour revenir aussitôt. Tu m'avais arraché des mains la couche que j'étais en train de plier.

— Allez, viens, maman !

— C'est bientôt l'heure du petit déjeuner. Et puis je dois préparer de la soupe aux algues pour ta belle-sœur.

— Elle peut s'en passer un jour, elle n'en mourra pas ! avais-tu répliqué sèchement, ce qui ne te ressemblait pas.

Puis tu m'avais forcée à m'habiller pour sortir.

— C'est juste que j'ai envie que tu viennes, maman. Viens !

Ça m'avait émue. Je me souviens encore de cette phrase et de la façon dont tu l'avais prononcée : « C'est juste que j'ai envie que tu viennes. » C'est ce que toi, l'étudiante, tu avais dit à ta mère qui n'avait jamais fréquenté un établissement scolaire de sa vie et que tu invitais à t'accompagner dans une manifestation d'étudiants.

Je n'avais jamais vu une foule pareille ! Comment s'appelait-il déjà, ce jeune qui avait à peine vingt ans et qui avait été tué par une bombe lacrymogène ? Je ne me rappelle plus très bien et pourtant, sur ma demande, tu m'avais répété plusieurs fois son nom. Qui pouvait-il bien être pour que tous ces gens se soient rassemblés en son honneur ? Comme ils étaient nombreux ! Tout le temps que le cortège funèbre avait progressé en direction de l'hôtel de ville, j'avais serré ta main dans la mienne de peur de m'égarer. Tu m'avais dit :

— Maman, si jamais on se perd, tu ne me cherches pas. Tu restes là où tu es. Comme ça, je pourrai te retrouver.

Je ne sais pas pourquoi cette consigne me revient à l'esprit maintenant. J'aurais dû m'en souvenir quand je n'ai pas pu monter dans la rame avec ton père, à la station de métro Gare de Séoul...

Ma fille ! Tu m'as laissé tant de bons souvenirs ! Je n'étais pas capable de comprendre ni de chanter les chansons que cette foule entonnait en chœur. On aurait dit que vous aviez répété. En tout cas, c'était la première fois que je voyais une chose comme ça. J'étais fière de toi, qui m'y avais emmenée. Là-bas, tu étais tellement différente de la fille que je connaissais ! Tu me faisais penser à un faucon en colère. Je n'avais jamais remarqué que tes lèvres étaient si bien dessinées, ta voix si ferme. Ma fille bien-aimée ! À partir de ce jour, quand je montais à Séoul, tu m'arrachais à la famille pour m'emmener voir un film ou visiter un monument historique. Tu m'as fait découvrir le rayon disques d'une librairie et tu as posé des écouteurs sur mes oreilles. C'est toi qui m'as révélé des endroits comme la grande avenue qui mène au palais Kyŏngbok ou la place de l'Hôtel-de-Ville, le cinéma et la musique. J'imaginais que tu aurais une vie différente des autres. Contrairement à tes aînés, tu n'avais pas connu le manque et je t'avais laissée jouir de ta liberté. Tu en as profité pour me montrer qu'il y avait autre chose dans l'existence que ce que j'avais toujours connu et j'ai voulu que tu sois encore plus libre, totalement libre, pour que tu deviennes quelqu'un d'utile aux autres.

Bon, je vais m'en aller.

Tiens... Ton bébé s'assoupit. Il bave et ses yeux sont mi-clos. Après le départ des grands, l'un pour l'école et l'autre pour les cours particuliers, le calme est de retour. Mais regardez-moi ça ! Quel bazar dans cette maison ! Ça alors, je n'ai jamais vu un tel fouillis ! Je voudrais bien arranger ça, mais je ne peux plus rien y faire à présent. Toi-même, tu somnoles tout en le berçant. Tu dois être fatiguée. Mon enfant s'est endormie en serrant le sien contre elle. Qu'est-ce que tu transpires ! Et pourtant, c'est l'hiver ! Ma fille bien-aimée ! Détends-toi un peu ! Si tu dors avec cet air déprimé, ça va te donner des rides. Tu n'as plus ce visage que tu avais dans ton enfance. Tes yeux, qui faisaient penser à deux croissants de lune, se sont comme rétrécis. Ton sourire a perdu son charme. Quand je pense que j'ai vécu assez longtemps pour voir des rides apparaître sur ton visage, je me dis que ma vie a été longue. Mais enfin, ma fille, je ne t'avais pas imaginée avec trois enfants. Tu n'étais pas comme ta sœur, qui s'énervait facilement, qui pleurait à tout bout de champ, qui boudait souvent et qui était si émotive que, dès que quelque chose la contrariait, elle devenait hystérique. Tu établissais tes plans et tu t'efforçais de les respecter. Les bras m'en sont tombés quand tu m'as dit : « Que veux-tu, maman... Je ne m'y attendais pas. Je ne me doutais pas que j'aurais trois enfants... Mais, une fois enceinte, il fallait bien que je le mette au monde. » J'avais toujours pensé que ce serait plutôt ta sœur qui aurait beaucoup d'enfants...

Toi, tu ne t'emportais jamais. Quand un de tes frères ou ta sœur se mettait en colère, il n'y avait que toi pour pouvoir leur parler calmement, raisonnablement. Je pensais qu'après avoir réfléchi, tu déciderais de n'avoir qu'un gosse. Contrairement à ta sœur qui avait fait tellement d'histoires pour avoir un bureau comme ses frères, tu ne réclamais jamais rien. Quand je te demandais ce que tu faisais, en te voyant allongée sur le ventre sur le sol de la chambre, tu me répondais : « Je fais mon devoir de maths. » Ta sœur, elle, n'avait jamais voulu ouvrir son manuel de maths. Toi, tu étais douée. Tu cherchais la solution, avec cette concentration qui te caractérisait, et, quand tu la trouvais, tu souriais, toute contente.

Tu n'arrives pas à t'expliquer ce qui m'est arrivé. Ça te fait souffrir. Avec tes trois enfants sur les bras, tu ne pouvais pas te mettre à ma recherche. Tu téléphonais tous les soirs à ta sœur pour lui demander si elle avait du nouveau. Ma chère fille ! Mon corps ne m'obéissait plus, mais, quand j'avais l'esprit clair, j'ai beaucoup pensé à toi. À toi qui dois élever tes trois enfants dont le dernier commence à peine à marcher – à ta vie. Je regrettais que tout ce que j'avais pu faire pour toi, ça avait été de t'expédier du *kimch'i* que je préparais moi-même ! Un jour que tu étais venue à la campagne avec le bébé, tu avais éclaté de rire en te déchaussant : « Tiens, mes chaussettes sont dépareillées ! » Cela m'avait fait mal au cœur, car je m'étais doutée que tu n'avais même plus le temps de faire attention à ce que tu mettais, alors que tu avais été si soignée. Les rares moments où j'avais toute ma tête, je me demandais ce que j'aurais pu faire pour toi et tes enfants. Ça me donnait l'envie de vivre... Et puis me voilà... J'aimerais pouvoir enlever mes sandales bleues, dont les talons sont usés. Et aussi ma tenue d'été, qui est toute poussiéreuse. Je voudrais me débarrasser de cette apparence si misérable que je ne me reconnais plus moi-même. J'ai l'impression que mon crâne va exploser.

Ma fille ! J'aimerais te prendre dans mes bras. Je vais m'en aller. Pose un peu ta tête sur mes genoux. Repose-toi. Ne sois pas triste à cause de moi. J'ai connu des jours heureux, avec toi.

Ah, vous voilà !

Je suis allée chez vous, à Komso, mais la maison semblait abandonnée depuis longtemps. Le portail en bois qui est tourné vers la mer était cassé. La porte de la chambre qui donne sur l'extérieur était cadenassée, mais celle de la cuisine était ouverte. Le vent l'avait tellement fait claquer qu'elle était à moitié démolie.

Pourquoi êtes-vous à l'hôpital ? Qu'est-ce qu'il a, ce médecin ? Pourquoi vous pose-t-il toutes ces questions inutiles au lieu de vous soigner ? Il vous demande plusieurs fois votre nom. Que se passe-t-il ? Pourquoi ne lui répondez-vous pas ? Vous n'avez qu'à dire : « Yi Un'gyu » ! Mais, comme vous ne dites rien, il répète sans arrêt. Mais enfin, qu'est-ce qu'il a, ce docteur ? À présent, il vous montre une maquette de bateau, un truc pour les enfants, et il vous demande : « Savez-vous ce que c'est ? » Il rigole ou quoi ? Qu'est-ce que ça pourrait être, à part un bateau ? Mais ce qui est encore plus bizarre, c'est vous. Vous vous taisez ? Alors quoi, vous avez oublié ? Même votre nom ? Vous n'êtes plus capable de reconnaître un bateau ?

Le médecin vous questionne encore :

— Quel âge avez-vous ?

— Cent ans !

— Soyez sérieux ! Dites-moi votre âge, s'il vous plaît.

— Deux cents ans !

Vous êtes très fâché ! Pourquoi deux cents ? Vous avez cinq ans de moins que moi ! Ça vous fait combien déjà ? Il vous demande à nouveau votre nom.

— Sin Ku !

— Réfléchissez encore !

— Paek Ilsŏp !

Sin Ku et Paek Ilsŏp, ce sont des acteurs que j'aime bien !

— Réfléchissez avant de répondre, s'il vous plaît.

Vous pleurnichez. Mais qu'est-ce qu'il y a ? Pourquoi êtes-vous ici ? Pourquoi toutes ces questions stupides ? Et comment se fait-il que vous ne sachiez pas y répondre et que vous pleurnichiez ? C'est bien la première fois que je vous vois pleurer. D'habitude, c'est moi. Vous m'avez souvent vue en larmes, mais vous, c'est vraiment la première fois.

— Allons, un dernier essai : dites-moi votre nom, s'il vous plaît !

— ...

— Juste une fois !

— Pak Sonyŏ !

Mais c'est pas votre nom, c'est le mien ! Je me rappelle la première fois que vous me l'avez demandé. Tout ce qui vous concerne est resté au fond de mon cœur, comme l'image d'une route dans mon paysage, comme un caillou dans un champ de pierres, comme de la poussière dans la terre ou dans la cendre, comme le fil d'une toile d'araignée. J'étais jeune. Je ne me rappelle pas m'être dit au cours de ma vie : « C'est ça, ma jeunesse ! » Mais à présent que je pense à notre première rencontre, je me revois jeune. Je venais du moulin. Je rentrais chez moi en empruntant la nouvelle route. J'avais sur la tête ma bassine en maillechort, qui contenait de la farine. C'était mon beau-frère, Kyun, qui m'avait offert cette bassine. Je me dépêchais, car je devais préparer le dîner pour mes enfants, une soupe aux pâtes. Le moulin se trouvait de l'autre côté du pont, à quatre ou cinq lieues de chez moi. Je transpirais sous la charge. Vous passiez sur une bicyclette équipée pour le transport des colis. Vous vous étiez arrêté et vous m'aviez interpellée :

— Madame !

J'étais jeune. J'avais hâté le pas en regardant droit devant moi, car j'avais les bras levés et la veste que je portais au-dessus d'un pantalon fermé aux chevilles bâillait et menaçait de laisser voir un bout de sein.

— Passez-moi votre bassine. Je vais la porter sur mon vélo.

— Je ne sais pas si je peux vous faire confiance..., avais-je dit, mais j'avais déjà commencé à ralentir.

Pour dire la vérité, malgré la serviette que j'avais enroulée entre le récipient et mon crâne, la bassine m'écrasait la tête. J'avais la sensation que mon front et mon nez s'affaissaient.

— De toute façon, je n'ai rien à transporter. Où habitez-vous ?

— Au village, après le pont...

— Il y a une échoppe à l'entrée, n'est-ce pas ? Je laisserai votre bassine là. Donnez-la-moi et continuez tranquillement. Ça a l'air très lourd. Sans ce truc, vous irez plus vite, vous serez plus tôt arrivée chez vous.

Je tenais entre mes dents l'extrémité de la serviette que j'avais enroulée sur ma tête. Je vous avais regardé descendre de votre bicyclette. Comparé à celui de mon mari, votre visage était – et il l'est toujours – plus ordinaire. Un peu chevalin, avec un teint pâle, comme celui de quelqu'un qui n'a jamais travaillé en plein air, des paupières tombantes... On ne pouvait pas dire que vous étiez beau, mais vos sourcils rectilignes et fournis vous donnaient l'air d'un honnête homme. Le contour régulier de votre bouche inspirait la confiance. Votre regard, qui me fixait, me semblait familier. Comme je vous observais au lieu de vous passer la bassine, vous vous apprêtiez à remonter sur votre bicyclette.

— Je n'ai pas d'arrière-pensées. Je voulais juste vous soulager, parce que ça paraissait lourd. Mais c'est vrai qu'on trouve des gens qui refusent le poste de préfet de Pyongyang !

Ce n'est que quand vous aviez posé votre pied sur la pédale que je m'étais empressée de vous remercier. Je vous avais passé la bassine. Vous aviez détaché la corde nouée à l'arrière du vélo et vous l'aviez arrimée avec.

— Je vais la déposer à la boutique !

Vous, que je voyais pour la première fois, aviez filé sur la nouvelle route en emportant la nourriture destinée à mes enfants. J'avais déroulé la serviette qui était sur ma tête et m'en étais servie pour épousseter mon pantalon, tout en vous regardant vous éloigner. Vous disparaissiez sur votre vélo en laissant derrière vous un nuage de poussière, et je me frottais les yeux pour mieux vous voir. La tête soudain plus légère, j'avais l'impression de revivre. Je marchais en balançant les bras. Une brise agréable s'infiltrait sous ma veste. Depuis combien de temps n'avais-je pas cheminé ainsi, seule, les mains vides, sans rien sur la tête ni personne sur le dos ? J'ai flâné ainsi jusqu'à l'échoppe en admirant les oiseaux et en fredonnant les chansons que je chantais avec ma mère quand j'étais petite. De loin, j'avais cherché à distinguer la bassine. Lorsque j'avais été assez près pour bien voir l'entrée de l'échoppe, je m'étais rendu compte qu'elle n'était pas là ! Mon cœur avait commencé à battre. J'avais pressé le pas. J'avais peur de demander à la patronne si on lui avait confié une bassine. Elle m'avait lancé un regard interrogateur en me voyant accourir, ma serviette à la main. C'est à ce moment-là que j'avais compris : vous m'aviez volé le dîner de mes enfants ! Mes larmes avaient jailli. Comment avais-je pu confier à un inconnu le récipient qui contenait leur repas ? Qu'est-ce qui m'avait pris ? Pourquoi ? Même maintenant, je peux encore ressentir le désespoir qui m'avait envahie quand la crainte que j'avais éprouvée en vous voyant disparaître au loin était devenue réalité. Je ne pouvais pas rentrer les mains vides. Je devais retrouver cette bassine. Je me rappelais le bruit qu'avait fait la calebasse en heurtant le fond de la jarre, quand j'étais allée ce matin-là chercher du riz dans la grange. La farine que je rapportais, c'étaient dix jours de repas assurés. Je ne pouvais pas y renoncer. J'avais continué dans la direction que vous aviez dû emprunter en pédalant à toute vitesse après avoir dépassé la baraque. Chaque fois que je rencontrais quelqu'un, je lui demandais s'il vous avait aperçu. J'avais rapidement retrouvé votre trace. Vous étiez maladroit. Vous n'habitiez même pas loin. Quand j'avais découvert que vous viviez dans une maison isolée, dans un village proche du bourg où il y avait une belle demeure au toit de tuiles, à une distance de cinq lieues du nôtre, je m'étais mise à courir comme une véritable athlète ! Je devais vous retrouver avant que vous ayez fait un sort à la farine. Après l'entrée du village, le chemin bifurquait vers une colline et longeait des rizières en terrasses. Ayant reconnu votre bicyclette posée contre la façade d'une vieille maison dressée au sommet, j'avais foncé dans la cour en poussant des cris. Et puis je les avais aperçus... Votre vieille mère, aux yeux creusés, assise sur le *maru* ; un garçonnet d'environ trois ans qui suçait son pouce ; votre femme qui était en train d'accoucher dans la douleur. Moi qui étais venue récupérer la bassine volée, je m'étais tout à coup retrouvée occupée à faire chauffer de l'eau dans une marmite que j'avais décrochée du mur d'une cuisine exiguë et sombre. Vous écartant alors qu'incapable de réagir vous piétiniez sur place, j'avais pris dans les miennes les mains de votre femme que je ne connaissais pas et je l'avais encouragée : « Poussez ! Plus fort ! » Combien de temps s'était-il écoulé avant qu'on n'entende les cris du bébé ? Il n'y avait pas une seule feuille d'algue chez vous pour préparer une soupe. Votre mère était aveugle et semblait être déjà dans un autre monde. Après avoir posé le nouveau-né près de sa mère, j'avais pétri de la farine prélevée dans ma bassine, confectionné une soupe aux pâtes que j'avais répartie dans plusieurs bols et apporté du bouillon à la mère, dans la chambre... Puis j'étais rentrée chez moi, la bassine sur la tête. Combien de décennies se sont-elles écoulées depuis ? Est-ce celui-là, celui qui est né ce jour-là ? Il vous essuie les mains. Il vous retourne pour vous laver le dos aussi. Comme le temps passe ! Votre nuque, autrefois si droite, semble tassée. Vos sourcils ne sont plus aussi touffus. Le contour de votre bouche n'est plus aussi net. À présent, ce n'est plus le médecin, mais votre fils qui vous questionne : « Père ! Dis ton nom ! Tu sais comment tu t'appelles ? »

— Pak Sonyŏ !

Mais enfin, c'est mon nom, ça !

— C'est qui, Pak Sonyŏ, père ?

Je me le demande. Qui suis-je pour vous ? Que diriez-vous en parlant de moi ?

Huit jours plus tard, je pensais toujours à l'accouchée et j'avais fini par retourner chez vous pour lui apporter un peu d'algues, mais sa place, à côté du nouveau-né, était vide. Vous m'aviez appris qu'une forte fièvre avait fini par l'emporter au bout de trois jours. Affaiblie par la sous-alimentation, elle n'avait pas pu survivre à l'épreuve de l'accouchement, aviez-vous ajouté. Il était difficile de dire si votre mère, toujours assise sur le *maru*, était ou non au courant. L'enfant de trois ans était à ses côtés. C'est peut-être d'ailleurs lui, et non le nouveau-né, que je vois là à votre chevet.

Je ne sais pas ce que je représentais pour vous, mais, pour moi, vous étiez un compagnon. Je n'imaginais pas que celui qui m'avait plongée dans le désespoir en me volant la farine destinée à mes gosses allait devenir un ami si fidèle. Nos enfants ne pourraient pas comprendre cette relation. Ce serait plus facile pour eux de s'expliquer pourquoi des centaines de milliers de gens meurent durant une guerre. Je ne pouvais pas repartir comme ça, après avoir appris que votre femme n'était plus de ce monde. J'avais fait tremper dans l'eau les algues que j'avais apportées. Ensuite, j'avais pétri un peu de la farine que j'avais laissée la fois précédente et préparé une soupe aux pâtes et aux algues, que je vous avais servie. Avant de partir, j'étais retournée voir le nouveau-né pour lui donner le sein, et pourtant je n'avais même pas assez de lait pour mon propre bébé ! Vous l'emmeniez chez les voisines pour mendier du lait. La vie, c'est à la fois infiniment fragile et terriblement coriace. D'après ma fille aînée, quand un tracteur arrache des mauvaises herbes qui restent collées aux pneus, celles-ci éparpillent des graines pour se reproduire. Votre petit tétait avec une énergie effrayante ! À un point tel que j'avais été obligée de lui taper sur les fesses, encore rouges de fièvre fœtale, et de l'écarter de force. Il ne voulait pas lâcher le mamelon que je lui avais offert. C'est au moment où je m'apprêtais à repartir après l'avoir posé que vous m'aviez demandé mon nom. Vous étiez le premier à le faire depuis mon mariage. Intimidée, j'avais baissé la tête.

— Pak Sonyŏ.

Vous avez ri. Je ne sais pas ce qui m'avait pris, mais j'avais éprouvé l'envie de vous faire rire une deuxième fois. Alors, sans que vous m'ayez posé la question, je vous avais dit que ma grande sœur s'appelait Taenyŏ. Ça avait marché ! De votre côté, vous m'aviez confié que votre prénom était Un'gyu, celui de votre frère aîné, Kŭmgyu [1]. Que votre père vous avait donné ces prénoms en espérant que vous deviendriez riches. Il vous appelait Un'gwe et Kŭmgwe [2] ! Vous aviez dit : « Je ne sais pas si c'est à cause de ça, mais mon frère est un peu plus riche que moi. » J'avais souri et vous m'aviez imitée. Dès cette époque, j'ai aimé votre sourire. Souriez au médecin, au lieu de faire cette grimace ! Ça ne vous coûte rien.

Les jours suivants, j'étais retournée chez vous quotidiennement pour donner le sein au nouveau-né, jusqu'à ce qu'il ait trois semaines. Quelquefois

1. *Sonyŏ* veut dire « petite fille ». *Taenyŏ* signifierait « grande fille », si le mot existait. *Un*, c'est l'argent, et *kŭm*, l'or.
2. *Kŭmgwe* signifie « coffre-fort ».

à l'aube, quelquefois en pleine nuit. Est-ce que nos rapports sont devenus pour vous une chaîne, par la suite ? En échange de ce petit service que je vous avais rendu, pendant les trente années qui avaient suivi, j'avais fait appel à vous chaque fois que j'avais un problème. La première fois, c'était quand mon beau-frère avait rendu l'âme. J'avais envie de mettre fin à mes jours. J'aurais préféré être morte. Alors que tout le monde me torturait, vous seul ne me posiez pas de questions. Vous m'aviez dit de tenir bon. Qu'aucune blessure ne survivait au temps. Vous m'aviez dit de faire ce que j'avais à faire sans penser à rien. Sans vous, je ne sais pas ce que je serais devenue. Mon esprit était troublé. C'est aussi vous qui aviez enterré mon quatrième enfant, mort-né. Est-ce pour me fuir que vous étiez parti vivre à Komso ? La mer ou la pêche, ce n'était pourtant pas votre truc. Vous étiez fait pour labourer et semer. Vous ne possédiez pas de terre, mais vous travailliez celle des autres. J'aurais dû m'en douter quand vous vous étiez installé à Komso, mais ce n'est que maintenant que je comprends que c'était peut-être à cause de moi. Je vous ai fait du tort.

C'est vrai que la première rencontre décide de tout.

Si je réfléchis à tout ce que je vous ai imposé sans vous demander votre avis, je me dis que j'ai probablement vécu en pensant que vous aviez une dette envers moi. Tout comme je vous avais rattrapé quand vous vous étiez sauvé en emportant ma bassine sur votre bicyclette, j'avais fini par vous retrouver lorsque vous aviez déménagé sans me prévenir pour aller vivre à Komso. Ça faisait tout drôle, de vous voir devant la mer et non dans les rizières. Je me rappelle l'expression de votre visage lorsque vous m'aviez aperçue, alors que vous travailliez dans des marais salants. Je la vois encore aujourd'hui et je me demande si elle ne voulait pas dire : « Elle m'a poursuivi jusqu'ici ! »

Komso était devenu pour moi un endroit très important parce que vous y étiez. Quand il m'arrivait quelque chose de difficile à supporter, j'allais vous voir. Puis je vous oubliais lorsque ça allait mieux. Enfin, je croyais vous avoir oublié. Quand je vous avais retrouvé à Komso, vous m'aviez demandé : « Que vous arrive-t-il ? » Je peux vous l'avouer à présent, je n'avais pas de problème ce jour-là ! Pour la première fois, j'étais partie de chez moi uniquement pour vous revoir.

Cette tentative pour me fuir est restée la seule ; par la suite, vous n'avez plus bougé de là. Merci d'avoir été si présent. Ça m'a sans doute permis de survivre. Je venais quémander votre soutien chaque fois que j'avais des soucis, mais je ne vous ai même pas permis de me tenir par la main. Je vous demande pardon. Je me rapprochais de vous et, au moindre geste que vous esquissiez, je me cabrais. Ce n'était pas gentil, j'en conviens. Je suis désolée, sincèrement désolée. Au début, je n'étais pas à l'aise ; puis j'ai eu l'impression que ça aurait été mal et, à la fin, je me trouvais vieille. Vous avez été mon péché, mon bonheur. Devant vous, j'avais envie d'être élégante.

Les histoires que je vous ai racontées en disant que je les avais lues dans des livres ne provenaient pas de mes lectures. C'était ma fille qui m'en avait parlé. J'avais fait état devant vous d'un lieu nommé Santiago, situé dans un pays appelé Espagne. Vous aviez du mal à retenir ce nom et me l'aviez fait répéter plusieurs fois. Là-bas, ils font un pèlerinage qui dure trente-trois jours. Ma fille voulait y aller. Elle m'en parlait de temps à autre et, une fois, je vous avais répété ce qu'elle m'avait dit, comme si c'était moi qui avais envie de m'y rendre. Vous m'aviez répondu : « Si vous voulez, un jour, on pourra faire le voyage ensemble. » Quand vous m'avez fait cette proposition, j'ai pris peur. Après ça, je ne suis plus jamais retournée vers vous. Pour dire la vérité, je ne sais même pas où se trouve Santiago et je n'avais aucune intention d'y aller.

Que deviennent-ils, tous ces moments que l'on passe avec quelqu'un ?

Cette question, j'avais envie de vous la poser à vous, mais c'est finalement ma fille que j'avais interrogée. Elle m'avait dit : « Ça sonne bizarre dans ta bouche ! » Elle avait ajouté : « Ils ne disparaissent peut-être pas complètement... Peut-être qu'ils se glissent dans le présent, tu ne crois pas, maman ? » C'est trop compliqué pour moi. Vous comprenez, vous ? Ce qu'on croit être passé s'est glissé dans le présent ; même si on ne s'en rend pas compte, le passé et le présent sont mêlés l'un à l'autre, comme le présent et le futur, comme le futur et le passé aussi, mais... Je m'arrêterai là.

Et vous, croyez-vous que ce qui nous arrive aujourd'hui soit lié à ce qui s'est passé et à ce qui va se passer ? Est-ce que c'est vrai ? Quand je vois mes petits enfants, j'ai pourtant l'impression qu'ils n'ont aucun rapport avec nous et qu'ils sont tombés je ne sais d'où. Rien à voir avec moi.

La bicyclette, vous l'aviez volée aussi. Vous aviez l'intention de la vendre pour acheter des algues, quand vous êtes tombé sur moi, alors que je marchais sur la nouvelle route avec la bassine de farine sur la tête. Tout cela était-il écrit quelque part ? N'ayant pas réussi à la bazarder, vous aviez essayé de la remettre là où vous l'aviez prise, mais vous aviez été surpris par son propriétaire qui vous avait copieusement injurié ! Est-ce que ce sont ces événements qui, portés par le temps, nous ont menés jusqu'ici ?

Je sais que vous m'avez cherchée, après ma disparition. Vous qui n'aviez jamais mis les pieds dans la capitale, vous êtes descendu à la gare de Séoul et vous avez parcouru la ville en métro, en arrêtant chaque passante qui me ressemblait. Je sais aussi que vous avez tourné autour de chez moi dans l'espoir d'avoir de mes nouvelles. Vous auriez aimé rencontrer mes enfants pour parler de moi. Est-ce à cause de moi que vous êtes tombé malade ?

Votre nom est Yi Un'gyu. Si le médecin vous le redemande, ne dites plus : « Pak Sonyŏ », mais dites : « Yi Un'gyu ». Vous voilà libre, à présent. Vous étiez mon secret. Vous, à qui personne n'aurait pu penser quand il s'agissait de moi, étiez installé au cœur de ma vie. Personne ne l'a jamais su, mais vous êtes celui qui m'a aidée à survivre aux remous de l'existence, en étant ma planche de salut. J'ai été si heureuse que vous soyez là ! Je suis venue aujourd'hui pour vous dire que si j'ai pu continuer à vivre, c'est parce que je pouvais aller vous voir quand j'étais tourmentée, plutôt que quand j'étais heureuse.

À présent, je dois partir.

La maison est glaciale.

Pourquoi le portail est-il verrouillé ? On aurait dû le laisser ouvert pour que les gosses du voisinage puissent venir jouer. Aucune chaleur ne se dégage de ce logis. On dirait un bloc de glace ! La neige est tombée en abondance, mais personne ne l'a balayée. La cour en est recouverte. Des stalactites pendent partout. Quand ils étaient petits, mes enfants s'en servaient pour se bagarrer. Il semble que plus personne ne vient dans cette maison, peut-être parce que je n'y suis pas. En tout cas, cela fait longtemps qu'elle n'a plus connu un peu de chaleur humaine. La moto de mon mari est dans la grange. Elle est comme verglacée. « J'aimerais bien que tu ne montes plus là-dessus. Regarde autour de toi ! Est-ce que tu vois quelqu'un de ton âge qui fait de la moto ? Ma parole, tu te prends encore pour un jeunot ? » Mes remarques habituelles. Cela dit, sur cet engin, il a une allure qui n'est pas commune chez les paysans. Quand il était jeune et qu'il arrivait comme ça, avec son blouson de cuir et ses cheveux pommadés, tout le monde l'admirait. Il doit y avoir une photo de lui quelque part... Dans le cadre accroché au-dessus de la porte de la grande chambre... Ah, la voici ! Il n'avait pas trente ans là-dessus. Son visage exprime une énergie qui a depuis disparu.

Je revois encore la maison telle qu'elle était autrefois. Je crois que je l'ai adorée. Enfin, je dis « adorer », mais ce n'est peut-être pas là le seul sentiment que j'éprouvais. Nous avons vécu quarante ans dans cette bâtisse qui n'existe plus. Moi surtout. Mon mari, tantôt il était là, tantôt il n'y était pas. Il ne donnait plus de nouvelles, comme s'il était parti pour ne plus revenir, mais il finissait par rentrer. C'est peut-être à cause de ça que c'est cette maison-là, qui est maintenant remplacée par une nouvelle, que je revois toujours. Je me souviens dans les moindres détails de tous les événements qui s'y sont produits. Les naissances bien sûr. C'est aussi là que j'ai attendu mon mari, que je l'ai oublié, détesté, puis attendu à nouveau. Aujourd'hui, il n'y a personne. Pas l'ombre d'un être vivant. Seule la neige blanche garde la cour.

C'est étrange, une maison. Tout objet s'use au contact de l'homme, qui parfois l'empoisonne avec son venin s'il en est trop proche. Mais une maison, c'est différent. Aussi magnifique soit-elle, elle s'effondre si on la délaisse. Elle ne vit que quand des êtres humains l'astiquent, la bichonnent et y tournent en rond. Regardez-moi ça ! Un coin du toit s'est affaissé à cause de la neige. Au printemps, il faudra le faire réparer. Les coordonnées de l'artisan à qui nous faisons appel d'habitude sont collées à l'intérieur d'un tiroir, dans le meuble de la télévision, mais je ne sais pas si mon mari est au courant. Il faut qu'il lui demande de passer. Et puis il ne faut pas laisser la maison vide tout l'hiver ! Il faut faire marcher le chauffage de temps à autre, même si personne ne vit là.

Es-tu à Séoul ? Es-tu en train de me chercher là-bas ?

La pièce où sont rangés les livres que notre fille avait expédiés ici quand elle était partie au Japon est glaciale, elle aussi. Même les livres semblent gelés ! Grâce à eux, cette pièce est devenue ma préférée. Quand je sentais que ma migraine revenait, je venais m'allonger ici. Au début, j'avais l'impression que ça me soulageait. Je ne voulais pas que toi, mon mari, tu saches que je souffrais. Même quand je commençais ma journée avec une douleur telle qu'elle m'empêchait de te servir le petit déjeuner, je ne voulais pas que tu me voies comme une malade. C'est à cause de cela que je me suis si souvent sentie abandonnée. Dans ces moments-là aussi, je venais dans cette pièce et j'y restais allongée, immobile. Un jour, tandis que je soutenais ma tête qui me faisait si mal, je me suis promis de lire au moins un des livres écrits par ma fille, avant qu'elle ne rentre du Japon. Pour cela, je suis même allée suivre des cours, malgré mes migraines. Mais je n'ai pas pu continuer. Le moment où j'ai commencé à prendre des leçons a coïncidé avec la dégradation rapide de mon état. Je me sentais tellement seule... Je ne voulais pas t'avouer que j'essayais d'apprendre à lire. J'étais trop fière pour te le dire. Par ailleurs, il y avait une autre chose que j'aurais voulu pouvoir faire, le jour où j'aurais su écrire : rédiger une lettre d'adieu pour chaque membre de la famille, avant que je n'en puisse plus.

Le vent souffle fort. Il balaie la neige de la cour.

Les meilleurs moments que j'ai connus là dans cette cour, c'était quand, certaines nuits d'été, on y sortait le poêle pour faire cuire à la vapeur du pain farci aux haricots rouges. Tandis que Hyŏngch'ŏl mettait le feu à un tas de fumier pour chasser les moustiques, ses jeunes frères et sœurs prenaient place pêle-mêle sur le lit de repos et attendaient que ce soit cuit. J'en faisais des quantités, mais ça disparaissait aussitôt servi sur le plateau ! Je ne pouvais pas le faire cuire assez vite pour satisfaire leur goinfrerie. Après avoir ajouté des bûchettes dans le poêle, je les regardais patienter à nouveau, vautrés sur le lit de repos, et ça me faisait presque un peu peur. Quel appétit ! Malgré la fumée, des moustiques plantaient inlassablement leur trompe dans mes bras et mes cuisses pour sucer mon sang, et je continuais à faire cuire du pain, car les enfants en réclamaient, encore et encore. Quelquefois, las d'attendre, ils s'endormaient l'un après l'autre. J'en profitais pour aller me coucher, non sans avoir mis ce qui restait dans un panier, que je couvrais d'un linge et posais sur le lit de repos. Durant la nuit, la croûte durcissait un peu. Dès qu'ils rouvraient les yeux, les enfants se remettaient à manger. Aujourd'hui encore, c'est ainsi qu'ils aiment cette friandise – froide et légèrement rassise. Il y avait des nuits d'été comme ça, où le ciel semblait déverser des tombereaux d'étoiles. Quand je me suis retrouvée dans la rue, ma tête était pleine de brouillard, j'étais incapable de me souvenir de quoi que ce soit, sauf de cet endroit, qui me manquait beaucoup. La cour, le *maru*, le parterre, le puits... Je m'asseyais n'importe où et je dessinais la maison sur le sol : le portail, le parterre, les jarres, le *maru*... Je ne me rappelais rien, sauf cette demeure et celle qu'elle avait remplacée longtemps auparavant, avec sa cuisine à l'ancienne, son arrière-cour où poussaient des feuilles de chapeau du diable et sa grange à côté de la porcherie. Le portail en tôle dont la peinture bleue s'écaillait. À sa gauche, il y avait une autre porte, plus petite, et, à sa droite, une boîte aux lettres. On n'ouvrait les deux battants de la grande porte qu'à trois ou quatre occasions spéciales dans l'année, mais la petite, avec sa poignée en bois, restait toujours ouverte. Personne ne pensait à la verrouiller. Même s'il n'y avait personne chez nous, des enfants du voisinage passaient par là pour venir jouer dans la cour jusqu'au coucher du soleil. Pendant la saison des travaux agricoles, quand tout le monde partait travailler dans les champs, Chihŏn, qui rentrait tôt de l'école et se trouvait seule dans la maison, se juchait sur la bicyclette garée sous le plaqueminier et pédalait dans le vide. Lorsque je rentrais, elle se relevait du *maru* et se jetait sur moi en criant : « Maman ! » Quand mon deuxième fils a fait une fugue, j'ai laissé le portail grand ouvert et gardé pour lui un bol de riz sur le sol chauffé de la chambre. Quelquefois, quelqu'un heurtait le bol et le faisait tomber ; alors, je le remettais d'aplomb. Si le vent me réveillait la nuit, craignant que le portail ne se referme, je sortais pour le coincer avec des grosses pierres. Quand je l'entendais bouger, mes yeux et mes oreilles se faisaient encore plus attentifs, dans l'espoir de déceler une présence.

Même l'armoire est gelée. La porte ne s'ouvre plus. Elle doit être vide. Quand j'ai commencé à avoir vraiment mal à la tête, j'ai eu envie de *lui* rendre visite. Je ne l'avais pas vu depuis longtemps. J'avais l'impression que cela me ferait du bien. Mais je ne l'ai pas fait. Réprimant ce désir, j'ai entrepris de ranger mes affaires. Je pressentais qu'un jour, je serais tellement égarée que je ne reconnaîtrais plus rien. Je voulais donc faire un tri pendant que les objets m'étaient encore familiers. J'ai emballé dans une large pièce de tissu les vêtements que j'avais gardés jusque-là sans pouvoir me décider à m'en débarrasser et je les ai brûlés sur un terrain vague. Les sous-vêtements molletonnés que Hyŏngch'ŏl m'avait offerts des dizaines d'années auparavant avec son premier salaire étaient aussi dans l'armoire, toujours dans leur emballage d'origine, jamais ouvert. Quand je les ai jetés dans le feu, j'ai eu la sensation que ma tête était soudain prise dans un étau. J'ai détruit tout ce que je pouvais. Je n'ai pratiquement gardé que des couettes, des couvertures et des oreillers pour que mes enfants puissent dormir quand ils viendraient pour les fêtes. J'ai même sacrifié la couverture que ma mère avait confectionnée pour mon mariage avec du coton qu'elle avait cueilli elle-même. J'ai aussi sorti tous les ustensiles qui m'avaient accompagnée tout au long des années. Ceux que je n'avais jamais utilisés parce que je les réservais pour une grande occasion ; ceux que j'avais réunis un par un pour les donner à ma fille aînée quand elle se marierait... Elle ne s'est toujours pas mariée. Si j'avais su qu'elle resterait célibataire alors que sa sœur a déjà trois enfants, c'est à celle-ci que je les aurais offerts ! Je pensais comme une idiote que, puisque je les avais achetés pour l'aînée, ils lui revenaient. Après avoir un peu hésité, je les ai sortis aussi et je les ai fracassés. Je savais qu'un jour, je ne me souviendrais de rien. Alors, auparavant, je voulais faire le ménage. Je ne voulais pas partir en laissant tout ça derrière moi. Le placard inférieur de la cuisine doit être vide. J'ai brisé tout ce qui pouvait l'être et j'ai enterré les débris.

Même si j'étais capable d'ouvrir la porte de cette armoire, je n'y trouverais comme vêtement d'hiver que le manteau de fourrure que ma fille m'avait offert. L'année de mes cinquante-cinq ans, je n'avais pas envie de m'alimenter, ni de sortir. Je vivais avec la sensation affreuse qu'on m'écorchait le visage. J'avais l'impression d'avoir mauvaise haleine. Je n'avais pas prononcé un seul mot pendant dix jours. J'avais essayé de chasser mes idées noires, mais chaque jour apportait une nouvelle pensée lugubre. Même si nous étions en hiver, je trempais mes mains dans de l'eau froide pour les laver et les relaver. Et puis, un jour, j'étais allée à l'église. En traversant la cour, je m'étais arrêtée au pied de la statue de la Sainte Mère soutenant son fils mort et je m'étais inclinée. Je lui avais dit que je n'en pouvais plus. J'avais prié pour qu'elle ait pitié de moi et me sorte de ce gouffre. Mais, tout à coup, j'avais interrompu mes prières. Que pouvait-on demander à une mère qui tenait dans ses bras le cadavre de son fils ? Pendant la messe, il y avait, assise devant moi, une femme qui portait un manteau de vison.

Il semblait si soyeux que je m'étais discrètement courbée pour en rapprocher ma tête. La fourrure douce et chaude caressait mon vieux visage comme une brise de printemps. Les larmes que je retenais avaient jailli. Comme je m'approchais de plus en plus, la femme s'était délicatement écartée. Une fois rentrée, j'avais téléphoné à ma cadette pour lui demander de m'acheter un manteau de vison. C'était la première fois que j'ouvrais la bouche depuis dix jours.

— Tu as bien dit un manteau de vison, maman ?

— C'est ça, un manteau de vison.

Elle était restée silencieuse.

— Alors, tu vas me l'acheter, oui ou non ?

— Mais... il ne fait plus si froid. Est-ce que tu auras l'occasion de le mettre ?

— Bien sûr !

— Tu dois aller quelque part ?

— Non !

La sécheresse de mes réponses avait fini par la faire rire :

— Viens à Séoul alors ! On ira en acheter un.

Quand nous étions entrées dans le grand magasin, tout en me conduisant vers le rayon fourrure, ma fille m'avait lancé un coup d'œil inquisiteur. Nous avions trouvé un modèle semblable, bien qu'un peu plus court, à celui que portait cette femme et dans lequel j'avais enfoui mon visage. Je n'en connaissais pas le prix et ma fille ne me l'avait pas dit. Quand elle l'avait vu, les yeux de ma belle-fille s'étaient écarquillés :

— Mais c'est du vison, mère !

— ...

— Quelle chance vous avez d'avoir une fille qui vous offre des habits aussi coûteux ! Je n'ai même pas offert une simple étole en vison à ma propre mère ! Il paraît qu'un manteau comme ça, ça se transmet de génération en génération. Quand vous vous en irez, vous me le laisserez ?

— Arrête ! C'est la première fois que ma mère me demande quelque chose.

Ma fille, au bord de la colère, avait interrompu sa belle-sœur avec brusquerie. C'est à ce moment-là que j'avais commencé à comprendre pourquoi elle avait examiné plusieurs fois l'étiquette. Pourquoi elle m'avait lancé ce coup d'œil, aussi. À l'époque, elle venait de terminer ses études et elle travaillait dans la pharmacie d'une clinique. Revenue de Séoul, j'étais allée avec mon manteau dans un grand magasin du bourg et j'avais demandé à une vendeuse combien il pouvait bien coûter. Quand j'avais eu la réponse, j'en étais restée pétrifiée ! Comment un simple vêtement pouvait-il coûter si cher ? J'avais téléphoné à ma fille pour lui dire que j'allais rendre le manteau, mais elle m'avait répondu : « Tu le mérites, maman ! Alors, garde-le ! » Dans cette région où l'hiver est plutôt doux, j'ai rarement eu l'occasion de porter ce vison. Il m'est arrivé de ne pas le sortir de l'armoire pendant trois ans. Mais, quand j'avais des idées noires, j'ouvrais la porte et j'enfouissais mon visage dans la fourrure. Puis je me disais que lorsque je serais sur le point de mourir, je rendrais le manteau à ma fille.

Tout est gelé pour le moment, mais au printemps la vie va reprendre son cours autour du parterre. Le poirier du voisin va fleurir et des pétales vont tomber un peu partout. Le rosier grimpant qui donne des fleurs orangées, comme gagné par l'euphorie, va darder ses épines ! Un simple passage de pluie suffira pour faire pousser les herbes au pied du mur. J'avais l'habitude d'acheter une trentaine de canetons sous un pont du bourg ; je les lâchais dans la cour, ils piétinaient les fleurs du parterre et se mêlaient aux poussins nés des œufs pondus par nos poules. En tout cas, toutes ces bestioles créaient de l'animation dans la cour ! Un jour, un des poussins avait été tué par le sarcloir que ma fille avait jeté en se réfugiant à toutes jambes à l'intérieur : elle venait de tomber sur un ver de terre, alors qu'elle creusait un trou autour du rosier pour y mettre de l'engrais, afin, disait-elle, d'améliorer la floraison. L'été, quand une averse avait fait fuir les chiens, les poules et les canards qui se réfugiaient alors sous le *maru* ou dans le poulailler, la cour sentait bon la terre mouillée. De petites boules de glaise se formaient sous l'impact brutal des gouttes de pluie. Certaines nuits venteuses de fin d'automne, des feuilles du plaqueminier tombaient et dansaient sur le sol. Je veillais parfois en écoutant ces bruits. Les nuits d'hiver où la neige tombait et s'entassait dans la cour, le vent dressait des congères jusque sur le *maru*.

Qui pousse le portail ? Ah, la tante !

Enfin, la tante paternelle de mes enfants, ma belle-sœur. Je n'arrivais pas à l'appeler ainsi quand je parlais d'elle, parce qu'on aurait plutôt dit ma belle-mère ! Malgré la neige et le vent, elle est venue voir si tout allait bien ici. Je croyais que plus personne ne s'occupait de cette maison. J'avais oublié la tante !

Mais pourquoi boitez-vous ? Vous dont l'allure est d'ordinaire si majestueuse ! On dirait que vous vieillissez, vous aussi. Attention ! Ça glisse.

— Il y a quelqu'un ?

Votre voix, elle, est toujours aussi énergique.

— Il n'y a personne, hein ?

Apparemment, vous saviez que c'était le cas, car vous ne semblez pas vous attendre à une réponse. Vous vous asseyez sur le bord du *maru*. Votre habit est bien mince ! Vous allez attraper un rhume. À quoi pensez-vous ? Vous contemplez fixement le tapis neigeux de la cour, comme si votre âme vous avait quittée.

— On dirait que quelqu'un est venu...

Auriez-vous vos entrées chez les fantômes ?

— Où peut-elle bien errer, par ce froid ?

Est-ce de moi que vous parlez ?

— L'été et l'automne sont finis, nous voilà en hiver... Je ne te savais pas aussi entêtée. Qu'est-ce qu'elle va devenir, cette maison, sans toi... Rien qu'une enveloppe vide. Tu es partie dans tes vêtements légers et tu n'es toujours pas rentrée, alors qu'il fait si froid ... Es-tu déjà dans l'autre monde ?

Pas encore. J'erre.

— Le pire des malheurs est de mourir loin de chez soi... Ressaisis-toi et reviens vite !

Vous pleurez ?

Vos yeux en amande tournés vers le ciel se mouillent de larmes. Comme ça, ils ne me font plus peur. Ils me terrorisaient tellement ! Souvent, j'évitais de vous regarder pour ne pas les rencontrer. Cela dit, vous êtes plus à votre avantage quand vous vous tenez droite. Les épaules affaissées, ça ne vous ressemble pas. Je n'ai jamais entendu un seul mot aimable dans votre bouche, et voilà que je vous découvre si abattue… Vous voir affaiblie comme ça me désole. Pour moi, vous n'étiez pas seulement un croque-mitaine. Lorsque je devais résoudre toute seule un problème difficile, je me demandais souvent comment vous auriez agi à ma place et je prenais une décision en fonction de ce que, selon moi, vous auriez fait. Je vous considérais comme un modèle. Mais moi aussi, j'ai du caractère ! En ce monde, il ne peut pas y avoir de relation à sens unique. De toute façon, vous voilà condamnée à vous occuper du père de Hyŏngch'ŏl, qui n'a personne d'autre pour le faire. J'en suis navrée, mais, par ailleurs, ça me rassure de vous savoir à ses côtés. Comme je savais parfaitement à quel point il comptait pour la veuve que vous étiez, j'ai essayé de ne pas prendre les choses trop mal, de ne pas être susceptible. J'ai préféré vous considérer comme une parente qu'il me fallait respecter – comme une belle-mère, au point que je n'osais pas vous appeler « belle-sœur ». Ah ! au fait… Je voudrais vous dire que je n'irai pas où se trouvent les tombes de votre famille, là où on a fait construire, il y a quelques années, un pavillon destiné à abriter les tablettes de vos ancêtres. Quand je vivais encore dans cette maison et que je retrouvais ma lucidité, je marchais jusque-là. Je voulais me familiariser avec cet endroit qui devait m'accueillir le jour de mes funérailles. C'est un coin bien exposé et le pin tordu qui s'y dressait me plaisait. Mais l'idée de rester au sein de cette famille après ma mort m'était pénible. C'était au-dessus de mes forces. J'essayais de me raisonner, tout en chantant, en arrachant les mauvaises herbes ou en restant assise sur une natte jusqu'au coucher du soleil, mais je n'arrivais pas à me faire à cette idée. J'ai vécu avec vous plus d'un demi-siècle, mais, à présent, c'est fini. Quand on avait fait construire le pavillon, vous m'aviez dit : « La place près de la mienne sera pour toi ! » Je vous avais répondu en vous regardant de travers : « Pour être à votre service même quand je serai morte ? » Ne m'en gardez pas rancune. Moi, de mon côté, je n'en ai pas contre vous. Simplement, je veux retourner chez moi, pour me reposer.

La porte de la grange reste ouverte.

Le vent l'attaque si fort qu'on dirait qu'il veut l'arracher. Le lit de repos en bois sur lequel j'aimais m'asseoir est couvert d'une couche de glace. Si on se posait dessus sans faire attention, on risquerait de déraper ! Chihŏn aimait lire ici – tout en se faisant piquer par les puces ! Je savais qu'elle s'y cachait avec un bouquin, la porcherie d'un côté et les latrines à cendres [1] de l'autre. Pas besoin de la chercher ! Quand un de ses frères me demandait où elle était, je lui répondais que je n'en savais rien. J'aimais la savoir en train de lire. Je ne voulais pas qu'on la dérange. Il y avait du chaume sur le

1. Un endroit où on jette des cendres pour les utiliser comme engrais et qui peut aussi servir de toilettes.

toit en planches de la cage des porcs. Une poule s'était installée là pour pondre. Personne n'arrivait à dénicher ma fille, assise dans la paille, lisant et enduisant de salive les piqûres de puces. Comme elle a dû s'amuser dans sa cachette, pendant que son frère la cherchait en ouvrant les portes des chambres et de la cuisine ! Et comme cette poule était acariâtre ! C'était une bestiole qui n'arrivait pas à pondre sans nichet. Quand elle en couvait un, elle ne supportait pas le léger bruit que faisait ma fille en tournant les pages. Irritée par le bruissement des feuilles, elle poussait des cris et c'est à cause de ça que Chihŏn avait fini par être surprise par son frère. Que pouvait-elle bien lire en retenant son souffle, dissimulée dans cette grange, à côté d'un cochon et d'une poule qui essayait de pondre, au milieu d'outils agricoles comme houes, fourches, pelles ?

Au printemps, sous le *maru* où traînaient nos chaussures d'hiver, une chienne qui venait de mettre bas était couchée et poussait des grognements menaçants. Ce pouvait être à cause du simple bruit de l'eau qui ruisselait du toit. Cette bête, d'habitude si gentille, devenait féroce dès qu'elle avait une portée. Personne d'autre que les membres de notre famille ne pouvait s'en approcher. Chaque fois qu'elle avait des petits, Hyŏngch'ŏl repassait une couche de peinture sur l'inscription : « Attention au chien ! » qui se trouvait en permanence sur notre portail bleu. Un jour, j'avais profité du sommeil de sa mère pour m'emparer d'un des chiots sous le *maru*. Je l'avais emporté chez ma belle-sœur dans un panier recouvert d'un tissu, une main posée sur ses yeux.

— De toute façon il fait sombre, maman ! Pourquoi l'empêches-tu de voir ? s'était étonnée ma fille cadette qui me suivait.

Je lui avais expliqué que, si je ne faisais pas ça, il risquait de revenir chez nous, mais elle avait visiblement peine à me croire :

— Alors qu'il fait si noir ?

— Oui ! Même comme ça !

Après avoir découvert la disparition de son petit, la chienne était tombée malade et refusait de s'alimenter. Il fallait pourtant qu'elle se nourrisse, afin d'avoir du lait pour ceux qui restaient. Je m'étais dit qu'elle allait se laisser mourir. Alors, j'étais allée récupérer le chiot et je l'avais rendu à sa mère, qui avait recommencé à manger. Elle était comme ça, cette chienne qui vivait sous le *maru*.

Ah ! je ne sais pas comment arrêter ce flot de souvenirs qui jaillissent comme autant de jeunes pousses au printemps, à m'en faire perdre la tête ! Tant de choses oubliées me reviennent... La vaisselle rangée sur les étagères de la cuisine, les jarres de différentes tailles sur la terrasse, l'étroit escalier en bois qui mène au grenier... Jusqu'aux courges grimpantes qui prenaient racine au pied du mur en terre et qui le couvraient de leurs ramifications.

Ne laisse pas la maison geler comme ça !

Si c'est trop difficile pour toi, demande de l'aide à ta deuxième belle-fille. Elle vit dans une location, mais elle entretient tout soigneusement. Elle a le coup d'œil, elle est méticuleuse et gentille. Elle va à son travail tous les jours, et ça ne l'empêche pas de briquer son intérieur, qui brille comme un sou neuf. Si tu as du mal à t'occuper de la maison, parle avec elle. Elle a des mains capables de remettre à neuf ce qui est usé. Tu t'en souviens ? Quand ils avaient loué cette maison en brique presque abandonnée par son propriétaire et située dans une zone en reconstruction, elle réparait tout. Elle gâchait même le ciment ! Une même maison peut être superbe ou déglinguée en fonction des gens qui l'habitent et de leur savoir-faire. Quand le printemps sera de retour, plante des fleurs, astique le plancher et fais consolider le toit qui s'est affaissé sous le poids de la neige.

Mon chéri !

Quand, il y a quelques années, alors que tu étais ivre, on t'avait demandé où tu habitais, tu avais répondu : « Yŏkch'on-dong ! » Cela faisait pourtant plus de vingt ans que Hyŏngch'ŏl et sa famille avaient quitté ce quartier de Séoul. Moi-même, je n'en avais plus qu'un vague souvenir. Tu n'es pas du genre à manifester ta joie ou ton chagrin. Tu n'avais pas fait de commentaire quand Hyŏngch'ŏl avait acheté sa première maison dans ce quartier, mais tu en étais apparemment fier. Ça explique qu'oubliant ta propre adresse étant donné l'état dans lequel tu te trouvais, tu aies donné celle d'un endroit où tu n'allais pourtant en visite que trois ou quatre fois par an et où tu ne passais pas plus d'une nuit ou deux, au maximum. J'aimerais bien que tu éprouves le même sentiment pour notre propre maison. On n'avait pas besoin de semer des graines chaque année, de petites fleurs poussaient toutes seules aux quatre coins de la cour et de l'arrière-cour, les parant de leur beauté avant de se faner. Là, sous le *maru*, dans la grange, dans les latrines même... Des êtres vivants s'installaient partout, puis repartaient. Ils naissaient là, ils y mouraient. Des oiseaux se posaient sur la corde à linge et faisaient un tel potin qu'on aurait cru que c'était la lessive qui jacassait. Une maison finit par ressembler à celui qui l'habite. Sinon, les canes qui passaient leur temps à parader dans la cour n'auraient pas pondu n'importe où comme elles avaient l'habitude de le faire. Sinon, je ne pourrais pas revoir avec une telle netteté la scène où, profitant de l'ensoleillement, j'avais posé sur le muret en terre un plateau contenant du radis séché ou des tiges de taro. L'image des tennis blanches que ma fille cadette vient de laver et qui sèchent au soleil, par exemple, m'obsède. Mon aînée aimait contempler le reflet du ciel dans le puits. J'ai l'impression de la revoir là, les coudes posés sur la margelle, le menton dans ses mains.

Adieu... À présent, je quitte cette maison.

L'été dernier, quand je me suis retrouvée abandonnée à la station de métro Gare de Séoul, je ne me rappelais que ce que j'avais vécu quand j'avais trois ans ! Ayant oublié tout le reste, je ne pouvais qu'aller au hasard. Je ne savais même plus qui j'étais ! J'ai marché et marché encore. Tout était flou. En revanche, je me souvenais très bien de la cour dans laquelle j'avais joué enfant. C'était l'année où mon père, dont on disait qu'il était parti chercher de l'or ou du charbon, était revenu. J'ai continué à avancer tant que mes forces me l'ont permis. Parmi les immeubles d'habitation, sur un sentier en pente, dans un stade… Où voulais-je aller ? Dans la cour où j'avais joué à l'âge de trois ans ? Depuis qu'il était revenu, il parcourait tous les matins dix lieues pour aller travailler sur le chantier de construction d'une gare. Que lui est-il arrivé ? Quel accident assez grave pour qu'il en meure ? Quand des villageois étaient venus pour prévenir ma mère, j'étais en train de gambader dans la cour. J'ai continué à jouer tandis que je regardais ma mère devenue blême partir pour le lieu de la tragédie. Elle titubait et il fallait que des gens la soutiennent. Quelqu'un m'avait alors donné une tape sur les fesses en marmonnant : « Pauvre petite ! Tu ne sais pas que tu viens de perdre ton père ! » Avec ça comme seul souvenir, j'ai marché et marché jusqu'à ce que je m'effondre de fatigue.

Là-bas…

Dans cette maison obscure où je suis née, ma mère est assise sur le *maru*.

Elle lève la tête et me regarde. À ma naissance, ma grand-mère avait fait un rêve. Une vache aux poils jaunes luisants s'étirait, les pattes tendues. Née au moment où cet animal faisait l'effort de se lever, j'étais forcément dotée d'une énergie débordante et j'allais apporter beaucoup de joie aux autres, avait déclaré ma grand-mère à ma mère, tout en lui prodiguant des conseils.

Elle observe mon pied dans la sandale bleue, la plaie qui laisse voir l'os. Le chagrin déforme son visage. Il ressemble au mien, lorsque je l'ai aperçu dans un miroir après que j'avais eu un enfant mort-né.

« Mon petit ! » Ma mère ouvre grands ses bras, en passe un sous mes aisselles. Comme si elle soulevait le cadavre d'un enfant qui vient de mourir, elle m'assied sur ses cuisses, enlève mes deux sandales et ramène mes pieds sur ses genoux. Elle ne sourit pas, ne pleure pas non plus. Le savait-elle ? Que moi aussi, toute ma vie, j'avais ressenti le besoin de ma mère.

Épilogue

Un « chapelet en bois de rosier »

Cela fait neuf mois que ta mère a disparu.

Tu es en Italie, dans la Cité du Vatican. Assise sur une marche en marbre d'où le regard embrasse la place Saint-Pierre, tu regardes l'obélisque ramené d'Égypte. La sueur au front, le guide crie : « Par ici, s'il vous plaît ! » et réunit le groupe en bas de l'escalier, à l'ombre, à l'endroit où se trouve une pomme de pin sculptée. « Les visites commentées ne sont pas autorisées à l'intérieur du musée et de la basilique. Je vais donc vous expliquer l'essentiel avant d'entrer et vous distribuer des écouteurs. » Tu en prends une paire, mais tu ne les mets pas. « Si vous n'entendez rien dans les récepteurs, cela veut dire que vous n'êtes pas assez près de moi. Il y a trop de monde pour que je puisse m'occuper de vous individuellement. Pour faciliter les choses, restez donc à une distance où vous pouvez m'entendre. » Les écouteurs autour du cou, tu te diriges vers les toilettes pour te laver les mains. Le groupe te regarde te lever et t'éloigner d'un pas assuré. Après avoir fermé le robinet, ayant ouvert ton sac pour y chercher un mouchoir, tu aperçois la lettre toute froissée de ta petite sœur. Tu l'as prise dans ta boîte aux lettres trois jours auparavant, alors que tu t'apprêtais à partir avec *lui*. Tout en tirant ta valise à roulettes, tu as lu son nom dans la case « expéditeur ». C'est bien la première fois qu'elle t'envoie un courrier, par la poste de surcroît et non par Internet. Tu as hésité à ouvrir l'enveloppe et tu l'as finalement rangée dans ton sac à main. Tu craignais probablement de ne plus pouvoir prendre l'avion après l'avoir lue. Tu sors des toilettes et rejoins le groupe. Mais au lieu de placer les écouteurs sur tes oreilles, tu sors la lettre, puis, après un moment d'hésitation, tu la décachettes.

Grande sœur,

Quand je suis allée la voir après mon retour des États-Unis, maman m'a offert un plaqueminier qui m'arrivait à peine aux genoux. J'étais venue récupérer les affaires que j'avais laissées chez elle. Elle était couchée, inerte, sur le sol du débarras qui est à côté de la grange, là où étaient entassés la gazinière, le réfrigérateur, la table et d'autres objets que je lui avais confiés. Il y avait autour d'elle des chats du voisinage, auxquels elle avait l'habitude de donner à manger. Je me suis précipitée pour la secouer. Elle a entrouvert les yeux et, recouvrant ses esprits, m'a souri. « Ma petite fille ! » a-t-elle murmuré. Elle m'a dit qu'elle allait bien. Je suppose à présent qu'elle s'était évanouie, mais, à l'époque, elle m'a rassurée. Elle a prétendu qu'elle était entrée dans le débarras pour nourrir les chats. Maman avait gardé toutes mes affaires, y compris les gants en caoutchouc que je lui avais donnés en partant ! Elle m'a confié qu'elle avait hésité à utiliser la gazinière portable lors d'une cérémonie d'offrande aux défunts, mais que finalement elle ne l'avait pas fait. « Pourquoi ? » lui ai-je demandé, et elle m'a répondu : « Je voulais que tu récupères tes affaires telles que tu les avais laissées. »

Quand le camion a été chargé, maman m'a tendu, avec l'air d'une personne qui a quelque chose à se faire pardonner, un petit plaqueminier qu'elle était allée chercher sur la terrasse. Les racines étaient dans une motte de terre enveloppée dans un film plastique. Elle l'avait acheté après avoir vu le jardin de la maison dans laquelle nous venions d'emménager. Pour être franche, je n'avais pas trop envie de le prendre. Certes, nous avions un jardin, mais nous n'étions que locataires et c'est avec un peu d'agacement que je me demandais qui allait en prendre soin. En outre, c'était un arbrisseau si jeune qu'il semblait peu probable que je puisse un jour goûter ses fruits. Comme lisant dans mes pensées, maman m'a expliqué :

— Les plaqueminiers donnent rapidement des fruits. Et puis, tu sais, même soixante-dix ans, ça passe vite !

Comme je me faisais prier, elle a ajouté :

— De cette façon, quand je serai morte, tu penseras à moi quand tu cueilleras les kakis.

Elle avait pris cette manie de dire à tout bout de champ : « Quand je serai morte… » En fait, ces mots-là avaient toujours été son arme ultime. La seule dont elle disposait face à ses enfants, qu'elle n'arrivait pas à contrôler autant qu'elle l'aurait voulu. Depuis je ne sais quand, chaque fois que quelque chose lui déplaisait, elle lançait : « Tu feras ça quand je serai morte. » Quoi qu'il en soit, j'ai fini par prendre ce plaqueminier et, tout en me demandant s'il allait survivre, j'ai enterré ses racines jusqu'à la marque que maman avait tracée. Quand elle l'a vu en venant chez nous, elle m'a dit que je l'avais planté trop près du mur et qu'il faudrait le déplacer. L'endroit idéal, selon elle, était précisément celui que je réservais à un grand arbre dont j'aurais fait l'acquisition quand nous aurions acheté cette maison, après avoir gagné beaucoup d'argent. Je n'avais donc pas la moindre intention de l'attribuer à cet avorton qui avait à peine trois ou quatre branches et qui ne m'arrivait même pas à la taille ! Mais j'ai répondu : « Oui, maman. » Peu de temps avant de disparaître, elle m'a appelée tous les deux jours pour me demander : « Tu l'as déplacé ? » Je lui répondais : « Je vais le faire. » C'est seulement hier que j'ai pris un taxi, le bébé sur le dos, pour aller à Sŏorŭng acheter de la fiente. J'ai creusé à l'endroit qu'elle avait choisi et j'y ai transféré le plaqueminier. Je n'avais jamais eu d'états d'âme à propos de cet arbre que j'avais placé trop près du mur, mais j'ai été surprise en le déterrant. Ses racines, tellement ridicules que je m'étais demandé si la plante allait résister, avaient élargi leur territoire et s'y étaient entremêlées. J'ai été impressionnée par la volonté de vivre de ce jeune arbre, qui avait réussi à s'accommoder de cette terre ingrate. Si maman me l'avait donné, c'était peut-être pour que je puisse m'émerveiller en voyant ses branches se multiplier et son tronc grossir. Ou voulait-elle me dire qu'il fallait prodiguer du soin pour récolter du fruit ? Ou peut-être, tout simplement, n'avait-elle pas assez d'argent pour en acheter un plus grand ! En tout cas, pour la première fois, j'ai ressenti de l'attachement pour ce plaqueminier. Mes doutes sur son aptitude à fructifier ont disparu. Je me suis rappelé ce que maman m'avait dit, c'est-à-dire que je penserais à elle quand je cueillerais les kakis. Tu m'as demandé l'autre jour de te parler d'elle, de te raconter des histoires que moi seule connais. Je t'ai répondu que je ne savais plus qui était maman et que tout ce que je savais, c'était que je l'avais perdue. C'est toujours vrai. Je ne sais pas par exemple d'où elle tirait son énergie. Réfléchis un peu. Sa vie durant, elle a abattu plus de travail qu'il n'est humainement possible. J'ai l'impression qu'elle accomplissait même ce qui était au-delà de ses forces. C'est comme ça qu'elle s'est progressivement épuisée. C'est comme ça qu'elle est devenue celle qui n'était même plus capable de se rendre seule chez ses enfants. Et moi, qui ne peux pas partir à la recherche de ma mère, parce que je dois nourrir, coiffer et préparer mes enfants pour l'école – que suis-je devenue ? Tu m'as dit un jour que je ne ressemblais pas aux autres jeunes mères de famille, et c'est peut-être un peu vrai. Mais je suis incapable de faire ce qu'elle faisait. J'ai beaucoup réfléchi après sa disparition. Ai-je été une bonne fille pour elle ? Suis-je de taille à apporter à mes enfants ce qu'elle m'a donné ? Il y a au moins une chose que je sais : je ne peux pas l'imiter. Je ne pourrais pas... Quand je donne leur repas, je me sens souvent lasse. Quelquefois, j'ai l'impression qu'ils sont des boulets attachés à mes chevilles, et c'est lourd à traîner. Je les aime, je m'extasie devant eux en me demandant si c'est vraiment moi qui les ai mis au monde, mais je ne peux tout de même pas leur sacrifier ma vie entière ! Je fais comme si j'étais prête à leur faire don de mes propres yeux s'il le fallait, mais maman, c'était autre chose. Il m'arrive souvent de me dire que mon existence stagne à cause d'eux. J'attends avec impatience que mon petit dernier grandisse. Quand je pourrai le mettre dans une garderie ou le confier à une nourrice, je reprendrai mon travail. C'est vrai, il faut que je vive ma vie. Chaque fois que je pense à cela, je me dis que je ne comprends pas comment maman a pu supporter celle qu'elle a menée. Admettons que, dans la situation où elle se trouvait, elle ne pouvait pas faire autrement que de s'occuper de nous. Mais... comment avons-nous pu nous comporter comme si elle était née pour n'être que cela : une mère ? Alors que, me retrouvant dans la même situation, j'ai encore tant de rêves, je me souviens dans les moindres détails de ceux de mon enfance, de mon adolescence et de ma jeunesse, pourquoi ne voyais-je en elle qu'une mère ? Elle s'est sacrifiée corps et âme, en se débrouillant de son mieux avec les mauvaises cartes que son époque lui avait distribuées – la pauvreté, la tristesse et la solitude –, en renonçant à toute espérance. Comment est-il possible qu'il ne me soit jamais venu à l'esprit qu'elle aussi avait nourri des rêves ?

J'ai eu envie de m'enfoncer la tête dans le trou que j'avais creusé pour le plaqueminier ! Si je me sens incapable de vivre comme elle, est-ce qu'elle-même souhaitait mener cette existence ? Pourquoi cette idée ne m'est-elle jamais venue quand maman était là ? Comme elle a dû se sentir seule devant l'indifférence des autres, y compris de sa propre fille ! Comme c'est injuste de devoir se sacrifier sans être comprise !

Chihŏn, nous sera-t-il encore donné de passer ne serait-ce qu'un jour avec maman ? De vivre encore un moment en sa compagnie, en essayant de la comprendre, en l'écoutant parler, en la consolant de l'anéantissement de ses espérances ? Si cela pouvait arriver, une journée ou même seulement quelques heures, je lui dirais combien je l'aime et l'admire pour tout ce qu'elle a fait, pour la force dont elle a dû faire preuve, pour son existence dont personne ne semble se souvenir.

Grande sœur, ne laisse pas tomber maman ! Trouve-la, pour moi.

La lettre n'est pas datée et ne comporte pas de formule de salutations à la fin. Les feuillets sont tachés – des traces de larmes ? Tu contemples les marques jaunâtres. Au moment où elle l'écrivait, son bébé était peut-être en train de ramasser quelque chose sous la table et de le porter à sa bouche. Il s'accrochait peut-être à sa jupe en balbutiant : « Maman ourse... » Ta sœur, le visage sombre, lui aura tout de même donné la réplique : « ... est mince ! » tout en le regardant dans les yeux. Le bébé, qui ne pouvait pas lire ses pensées, aura ri et peut-être poursuivi : « Papa ours... », en attendant la suite de la comptine. C'est peut-être parce qu'elle disait : « ... est gros ! », en essayant de réprimer ses pleurs, qu'elle a oublié la phrase finale de courtoisie ; que le bébé est tombé par terre, la tête la première, en voulant grimper sur les genoux de sa mère ; qu'il a éclaté en sanglots, à s'en étouffer ; qu'en voyant apparaître une marque bleue sur sa peau elle a fini par laisser ses larmes couler. Peut-être.

Tu ranges la lettre dans ton sac et, comme si le guide avait attendu ce signal, sa voix passionnée résonne dans tes oreilles. « Le moment phare de notre visite sera le dernier, quand nous irons voir la Genèse, peinte sur le plafond de la chapelle Sixtine. Michel-Ange a consacré quatre années à cette œuvre, qu'il a réalisée suspendu à une poutre. Il paraît qu'à la fin, sa vue s'était tellement affaiblie qu'il ne pouvait plus lire ni même étudier un tableau autrement qu'à la lumière de l'extérieur. » Toujours selon le guide, « il fallait plâtrer le plafond et finir le dessin avant qu'il soit sec. S'il ne terminait pas en une journée un travail qui aurait normalement nécessité un mois, le plâtre séchait et il fallait tout recommencer. Après quatre ans passés ainsi, c'est normal qu'il ait eu un torticolis ! ».

La dernière chose que tu aies faite avant de monter dans l'avion a été de téléphoner à ton père. Il était définitivement rentré chez lui au début du printemps, après avoir alterné les séjours à Séoul et dans son village. Tu l'appelais tous les jours, tantôt le matin, tantôt tard le soir. Il répondait en général après une sonnerie, comme s'il attendait ton appel à côté de l'appareil. Il disait ton prénom avant même de savoir qui était son correspondant. Ta mère était très forte à ce petit jeu de devinette. En entendant le téléphone sonner alors qu'elle était en train d'arracher les mauvaises herbes de son parterre, elle disait à son mari : « Réponds ! C'est Chihŏn ! » Tu lui avais un jour demandé comment elle pouvait le savoir et elle t'avait répondu, en penchant la tête : « Comme ça… Je le sais. » C'était à présent ton père qui, seul dans sa maison, devinait qui l'appelait.

Comme cela pouvait se révéler compliqué, compte tenu du décalage horaire, de téléphoner de Rome à une heure où il ne dormirait pas, tu lui as dit que tu ne pourrais sans doute pas l'appeler pendant quelques jours. Tu n'étais pas sûre qu'il t'ait écoutée, car il a enchaîné en te disant qu'il aurait dû faire opérer ta mère de sa sinusite…

— Elle avait de la sinusite ? as-tu demandé d'une voix grave.

Il t'a expliqué qu'à chaque changement de saison, la toux l'empêchait de dormir. « C'est ma faute, a-t-il ajouté. À cause de moi, elle n'avait pas le temps de s'occuper de sa santé. » Un autre jour, tu lui aurais répondu : « Père, ce n'est la faute de personne », mais tu t'es entendue dire : « C'est vrai, c'est ta faute, père. » Il a retenu son souffle, à l'autre bout du fil. Il ne savait pas que tu l'appelais de l'aéroport.

— Chihŏn..., a-t-il fini par reprendre.

— Oui ?

— Ta mère n'apparaît même pas dans mes rêves.

— ...

Après un silence, il s'est mis à évoquer le passé. Le jour où ils avaient fait mijoter le sabre que ton frère leur avait envoyé. Ta mère était allée dans les champs déterrer un radis aux feuilles d'un vert éclatant ; elle l'avait débarrassé de la terre, avait raclé sa peau, l'avait découpé en gros morceaux qu'elle avait mis au fond d'un fait-tout et avait ajouté l'assaisonnement et le poisson, dont, une fois la cuisson terminée, elle avait découpé la partie épaisse de la chair pour la poser sur le riz blanc de son mari. Ils en avaient consommé au petit déjeuner et au déjeuner, après quoi, repus, ils avaient fait la sieste. Puis il t'a confié qu'il avait connu bien des jours de printemps comme celui-là, mais qu'à l'époque il ne savait pas que c'était ça, le bonheur. Il s'est mis à pleurer. « Je suis désolé pour ta mère... J'avais toujours quelque chose... » C'était vrai. Ton père était soit absent, soit souffrant ! Il en éprouvait visiblement du remords. Ses sanglots étaient de plus en plus bruyants.

— Je crois que le début des problèmes de santé de ta mère a coïncidé avec celui des miens.

Les indispositions de ton père avaient-elles empêché ta mère d'évoquer ses propres douleurs ? À cause de sa famille, elle ne pouvait pas se permettre de tomber malade. À cinquante ans, ton père avait commencé à prendre des médicaments pour soigner sa tension et à souffrir des articulations et d'une cataracte. Avant la disparition de ta mère, il s'était fait opérer du genou à deux reprises, à une année d'intervalle, et aussi de la prostate, parce qu'il n'arrivait plus à uriner. Des attaques cérébrales l'avaient conduit à l'hôpital à trois reprises en une année et il avait dû y séjourner chaque fois entre quinze jours et un mois. Dans ces cas-là, ta mère y dormait aussi. Ils avaient engagé une aide-soignante, mais il voulait que ce soit elle qui reste auprès de lui la nuit. Il était arrivé qu'elle parte quand même et l'infirmière l'avait remplacée. Il s'était enfermé dans les toilettes, refusant d'en sortir. Confrontée à ce comportement bizarre, cette femme, perplexe, avait appelé ta mère, qui dormait chez Hyŏngch'ŏl. Elle s'était précipitée à l'hôpital et avait tenté de raisonner son mari à travers la porte.

— C'est moi, chéri. Ouvre ! C'est moi !

Reconnaissant la voix de sa femme, ton père, qui se tenait accroupi à côté de la cuvette des W.-C., avait finalement obtempéré. Elle l'avait soutenu jusqu'au lit, l'avait aidé à se coucher. Il l'avait regardée sans rien dire avant de s'endormir. Il prétendait qu'il n'avait pas gardé souvenir de cet épisode. Dès le lendemain, tu lui avais demandé pourquoi il s'était comporté ainsi, mais il s'était contenté de répondre :

« J'ai fait ça ? » Puis, craignant que tu n'insistes, il avait refermé les yeux.

— Maman aussi a besoin de se reposer, père !

Il t'avait tourné le dos. Tu savais que, tout en faisant semblant de dormir, il écoutait l'échange que tu avais avec ta mère. Selon elle, il avait sans doute eu peur : il n'était pas chez lui, mais dans une chambre d'hôpital, et, en se réveillant, il n'avait vu aucun membre de sa famille, seulement une étrangère.

— Mais peur de quoi ? avais-tu rétorqué sèchement.

Il avait dû t'entendre.

— Tu n'as jamais la trouille, toi ? t'avait demandé ta mère à voix basse, craignant que le malade n'épie votre conversation.

— Ton père m'a dit que ça m'arrivait aussi, quelquefois. Il se réveille en pleine nuit et ne me voit plus. Il me cherche et me retrouve dans la grange ou derrière le puits, en train d'agiter les mains en tremblant et en criant : « Ne me faites pas ça... »

— Toi, maman ?

— Moi, c'est pareil, je ne me rappelle rien. Chaque fois, il me recouche, me fait boire de l'eau et je me rendors. Lui aussi, il doit avoir peur.

— Mais peur de quoi ?

Ta mère a murmuré :

— De chaque jour qui vient. Moi, ce qui m'angoissait le plus, c'était quand il ne restait plus de riz dans la jarre. Quand je vous imaginais affamés... J'en avais la bouche sèche. Oui, il y a eu des jours comme ça...

Ton père ne vous avait jamais rien confié à propos de ce comportement nocturne de sa femme. Depuis qu'elle n'est plus là, quand tu l'appelles chez lui, il t'évoque, hors de propos, le premier souvenir qui lui passe par la tête, de peur que tu ne raccroches. Mais il n'a jamais fait allusion aux cauchemars de ta mère, à ses tentatives pour se cacher lorsqu'elle se réveillait la nuit.

Tu regardes ta montre. Il est dix heures. Est-*il* levé ? A-t-*il* pris son petit déjeuner ?

Ce matin, tu t'es réveillée vers six heures, dans le vieil hôtel situé près de la gare Termini où vous êtes descendus. Depuis que ta mère n'est plus là, un désespoir qui fait chavirer ton cœur t'habite. Tu t'es redressée sur le lit. *Il* te tournait le dos, mais *il* s'est retourné et a essayé de t'attirer contre lui. Doucement, tu as repoussé ses mains, qu'*il* a alors croisées sur son front.

Dors encore un peu, a-t-*il* dit.

— Je n'y arrive pas.

Il t'a à nouveau tourné le dos. Tu as fixé ses épaules boudeuses, puis, tendant la main, tu les as caressées. Depuis la disparition de ta mère, tu ne l'as plus jamais vraiment accueilli dans tes bras.

Quand vous vous réunissiez, ceux de ta famille et toi, fatigués par cette vaine recherche, vous plongiez dans un soudain silence. Ensuite, chacun esquissait un geste brusque, comme partir en claquant la porte ou se verser du *soju* dans une chope à bière. Tout en vous efforçant de refouler quelques instants l'image de la disparue, vous n'aspiriez tous qu'à une chose : être avec elle. L'entendre dire au bout du fil : « C'est moi ! », car c'étaient toujours les premiers mots qu'elle prononçait alors : « C'est moi ! » Vous étiez incapables d'avoir plus de dix minutes une conversation sur un autre sujet, car la question : « Mais où est maman à l'heure qu'il est ? » s'y invitait immanquablement pour la perturber.

— Aujourd'hui, je ne t'accompagnerai pas.

Te tournant toujours le dos, *il* t'a demandé :

— Qu'est-ce que tu vas faire ?

— Je vais aller à la basilique Saint-Pierre. Hier, en t'attendant dans le lobby, je me suis inscrite à une visite guidée du Vatican qui dure une journée. D'ailleurs, il est temps que j'y aille. Le départ est fixé à sept heures vingt dans le hall de l'hôtel. Il paraît que, si on n'y arrive pas avant neuf heures, la file d'attente est si longue qu'il faut plus de deux heures pour accéder à l'entrée.

— On aurait pu y aller ensemble demain.

— On est à Rome. On aura plein d'autres choses à faire ensemble ici.

Pour ne pas le déranger, tu as fait ta toilette en évitant de faire du bruit, sans même te laver les cheveux comme tu avais envie de le faire. Tu t'es regardée dans le miroir et t'es contentée de les ramener en une simple queue-de-cheval. Tu t'es habillée et, sur le point de sortir de la chambre, tu lui as déclaré, comme si l'idée venait de te traverser :

— Merci de m'avoir amenée ici !

Il a tiré le drap pour se couvrir le visage. Tu sais qu'*il* s'efforce de faire bonne figure. À ceux qu'ils rencontrent ici, *il* te présente comme son épouse. Si tu avais retrouvé ta mère, ce serait probablement la vérité. Tu sais aussi qu'après sa conférence du matin, vous aviez rendez-vous avec d'autres couples pour le déjeuner. On va sûrement lui demander où est sa femme. Après avoir fixé un moment le drap qui le dissimule entièrement, tu quittes la chambre en silence. Ta façon impulsive d'agir depuis la disparition de ta mère... C'est de façon impulsive que tu bois, que tu montes dans le train pour te rendre dans votre village et que tu sors dans la rue pour coller des affichettes après être longtemps restée couchée dans ton appartement à contempler le plafond. C'est de façon impulsive que tu es entrée dans un commissariat de police pour réclamer ta mère à grands cris. Contacté par téléphone, Hyŏngch'ŏl est arrivé et a scruté ton visage. C'est de façon impulsive que tu as lancé à ce frère qui, acceptant l'absence de votre mère comme un fait contre lequel on ne pouvait rien, a recommencé à fréquenter les terrains de golf :

— Trouve-moi maman !

Ce hurlement était une protestation jetée à la face de tous ceux qui avaient connu ta mère, mais aussi l'expression de ta haine envers toi-même, qui l'avais perdue. Il a écouté sans réagir tes récriminations, qui étaient autant d'agressions dirigées contre lui.

— Comment peux-tu être comme ça ?... Pourquoi ne cherches-tu plus maman ? Pourquoi ? Pourquoi ?

Errer en ta compagnie dans les rues sombres de Séoul, c'était tout ce qu'il pouvait faire pour toi. L'hiver précédent, tu avais parcouru la ville la nuit, le manteau de vison que tu avais rapporté de chez tes parents sur les épaules ou sur le bras. Ton idée, c'était, si jamais tu la retrouvais, d'en couvrir ta mère, qui portait des vêtements d'été le jour de sa disparition. Tandis que tu déambulais parmi les sans-abri endormis, qui se protégeaient du froid avec des cartons ou des journaux, ton image envisonnée se reflétait sur le marbre poli des immeubles. Ton téléphone portable était toujours allumé, mais plus personne ne t'appelait pour dire qu'il avait vu quelqu'un qui ressemblait à ta mère. Un jour, à la station de métro Gare de Séoul, tu étais tombée sur Hyŏngch'ŏl. Vous étiez restés là jusqu'à la fin du service, à regarder passer les rames. Il t'avait expliqué qu'au début, en restant ainsi, il avait l'impression que votre mère allait surgir et lui donner une tape sur l'épaule en disant : « Hyŏngch'ŏl ! », mais qu'à présent il n'y croyait plus. Qu'il ne pensait plus à rien, que sa tête était vide. Qu'il ne continuait à venir là que parce qu'il n'avait pas toujours envie de rentrer chez lui en sortant du travail. Un jour – c'était un jour férié, tu t'en souviens –, tu étais allée chez lui et tu l'avais vu descendre de voiture avec ses clubs de golf. Tu avais rugi : « Espèce de salopard ! » Tu lui avais fait toute une histoire. Si même ton frère se résignait à la perte de sa mère, qui donc allait poursuivre les recherches ? Tu lui avais arraché des mains le sac de clubs et tu l'avais jeté violemment sur le sol. Peu à peu, vous étiez devenus des enfants qui avaient perdu leur mère et un mari qui avait perdu sa femme, et, pourtant, la vie continuait – sans elle.

Un jour, au petit matin, tu avais rencontré Hyŏngch'ŏl sur un quai en plein air de cette même station de métro. T'approchant de lui par-derrière, dans la faible lumière de l'aube, tu l'avais entouré de tes bras. Il t'avait déclaré que vous faisiez peut-être erreur, en ne voulant considérer la vie de votre mère que sous l'angle de la souffrance et du sacrifice. Que vous aviez gardé le souvenir d'une femme triste à cause de votre propre sentiment de culpabilité. Que, par là, vous réduisiez toute une existence à quelque chose de réellement dérisoire. Puis il avait évoqué une de ses expressions favorites. Quand elle avait reçu une bonne nouvelle, elle disait : « Comme j'en suis reconnaissante ! J'en suis vraiment reconnaissante ! » D'après ton frère, elle était émue par de petites joies qui étaient pourtant le lot commun. Ses remerciements venaient du fond du cœur. Elle éprouvait de la gratitude pour ce que lui apportait chaque jour. Une personne qui pratiquait cette philosophie de la vie, avait-il conclu, ne pouvait pas être entièrement malheureuse. En te quittant, il t'avait avoué qu'il avait une crainte, celle que sa mère ne le reconnaisse pas si elle revenait un jour. Tu lui avais objecté qu'il était ce qu'elle avait de plus cher au monde. Il pouvait changer, aller n'importe où, elle le reconnaîtrait. Un jour, pendant son service militaire, les familles des appelés avaient été invitées au centre d'entraînement. Une bassine contenant du gâteau de riz sur la tête, ta mère s'y était rendue avec toi. Ils étaient des centaines, tous habillés de la même façon, en train de faire une démonstration de taekwondo, mais elle l'avait tout de suite reconnu ! À tes yeux, ils se ressemblaient tous, mais elle, elle l'avait immédiatement désigné, le visage illuminé par un sourire : « Ton frère est là-bas ! »

Alors que Hyŏngch'ŏl et toi étiez en train d'évoquer ces souvenirs sur un ton pour une fois serein, tu avais à nouveau haussé le ton pour lui reprocher d'avoir abandonné les recherches. « Pourquoi parles-tu d'elle comme de quelqu'un qui ne reviendra jamais ? » avais-tu protesté. « Mais comment... Qu'est-ce que je peux faire pour la retrouver ? » Arrachant un bouton de sa chemise blanche sous l'effet de la nervosité, il avait fondu en larmes. Par la suite, il n'avait plus jamais répondu à tes appels.

Ce n'est qu'après sa disparition que tu t'es rendu compte à quel point tout ce qui concernait ta mère était présent en toi. Son quotidien, répété à l'infini. Ses propos futiles, presque insignifiants, auxquels tu ne prêtais pas attention quand elle était là, resurgissent en ta mémoire comme un raz-de-marée. Tu prends conscience de ce que même après la guerre, lorsque la situation s'était améliorée, sa condition n'avait pas changé. Quand les membres de ta famille se réunissaient après une longue période pendant laquelle ils ne s'étaient pas vus, les enfants discutaient avec leur père de l'élection présidentielle, pendant que leur mère les servait, faisait la vaisselle et lavait des torchons. C'était aussi elle qui réparait le portail, le toit et le *maru*. Au lieu de l'aider dans ces tâches répétitives, vous considériez, toi la première, que c'était à elle de le faire parce qu'il en était toujours allé ainsi et que personne ne voyait la nécessité de remettre en cause cet état de fait. Quelquefois, comme l'avait dit ton frère, tu avais jugé dérisoire cette existence. Alors que ta mère, à qui on n'avait jamais accordé une seule chance, avait tant fait pour t'offrir le meilleur. Quand tu te sentais déprimée, c'était aussi elle qui te tapotait gentiment le dos.

Lorsque de jeunes pousses, larges comme un ongle, ont commencé à venir sur le ginkgo, sur l'avenue menant au quartier Samch'ŏng, tu t'es accroupie au pied de ce gros arbre. Le printemps arrivait, malgré l'absence de ta mère. La terre dégelait et la sève montait dans toutes les plantes. Tu sentais s'effondrer l'espoir et la confiance qui t'avaient fait tenir jusque-là. Elle n'était plus là, mais ce serait bientôt l'été, puis l'automne et l'hiver, et ta vie continuerait. Tu as eu la vision de ruines désertes – parmi lesquelles marchait une femme aux sandales bleues.

Sans prévenir personne, tu l'as suivi à Rome où *il* devait participer à un colloque. Lorsqu'*il* t'avait proposé de l'accompagner, *il* ne s'attendait apparemment pas à ce que tu acceptes. Ta réponse l'avait laissé perplexe, mais *il* avait préparé calmement ce déplacement en tenant compte des modifications impliquées par ta décision. La veille du départ, *il* t'avait appelée pour demander : « Pas de changement ? » Montant dans l'avion avec lui, tu avais pensé, pour la première fois, que le rêve secret de ta mère avait peut-être été de voyager. Quand, malgré ses recommandations, tu prenais l'avion, à ton retour, elle te posait mille questions sur l'endroit où tu avais séjourné. « Comment sont-ils habillés, les Chinois ? » « Les Indiennes, est-ce qu'elles portent leurs enfants sur le dos ? » « Qu'est-ce qu'on mange de bon au Japon ? » Tes réponses étaient toujours succinctes : « En Chine, les hommes se baladent torse nu en été » ; « Au Pérou, j'ai vu une Indienne qui portait son bébé sur la hanche dans un filet » ; « La cuisine japonaise est trop sucrée... ». Si elle continuait à t'interroger, tu finissais par lui dire, un peu agacée : « Je te raconterai ça plus tard, maman ! » Mais il n'y avait jamais de « plus tard », car tu avais toujours autre chose à faire.

T'installant confortablement sur ton siège dans la cabine de l'appareil, tu as poussé un long soupir. C'était ta mère qui t'avait conseillé d'aller vivre très loin de votre village ; elle aussi qui t'en avait fait partir. Ta mère, en ce temps-là... Quand elle t'avait accompagnée dans la capitale, pour regagner ensuite sa campagne par le train de nuit, elle avait ton âge. Tu en prends conscience avec tristesse. Une femme. Celle qui s'était mariée avant même d'avoir ses premières règles, renonçant ainsi aux joies de l'enfance, de l'adolescence, et à ses rêves. Celle qui, après cinq grossesses, s'était progressivement effacée pendant que ses enfants grandissaient. Celle qui, pour les protéger, ne se laissait jamais surprendre ou ébranler par quoi que ce soit. Celle qui a été abandonnée sur un quai de métro après une vie de sacrifices. Tu compares son existence à la tienne. En dépit de tout cela, ta mère était à elle seule un univers à part. À ta place, elle ne serait pas en train de s'enfuir comme toi tu le fais.

La ville de Rome tout entière est une sorte de musée qui a parfois mauvaise réputation. On t'avait dit que les transports ferroviaires étaient tout le temps en grève et qu'on ne présentait même pas d'excuses aux usagers. Et aussi qu'on te volait ta montre sous tes yeux. Que la nuit, les murs des rues jonchées de détritus se couvraient de graffitis. Mais rien ne semble pouvoir t'ébranler. Tu n'as pas réagi quand un chauffeur de taxi t'a filoutée ou quand on a fait main basse sur les lunettes de soleil que tu avais posées à côté de toi. Les trois derniers jours, pendant qu'*il* était à son colloque, tu t'es promenée toute seule pour découvrir les nombreuses ruines de la cité. Le Forum, le Colisée, les thermes de Caracalla, les catacombes... Rome, c'est toute une civilisation. Partout où tu es allée, de superbes images du passé se sont offertes à ton regard, mais tu n'en as rien gardé en toi. À présent, tu contemples les statues de saints dressées sur le pourtour de cette place ronde, qu'on dirait inscrite dans une bulle, mais aucune ne retient ton attention. Le guide explique que « le Vatican est à la fois un État comme un autre et le pays de Dieu ». Qu'il est indépendant, bien que sa superficie ne dépasse pas quarante-quatre hectares. Qu'il frappe sa monnaie et édite ses timbres. Tu ne l'écoutes pas vraiment, tu scrutes inlassablement la foule. Tu cherches ta mère parmi les groupes, en te disant : « On ne sait jamais. » Il n'est pas possible qu'elle se trouve au milieu de ces touristes occidentaux, mais ton regard a pris cette habitude de mouvement perpétuel. Il rencontre celui du guide, qui a raconté qu'il était arrivé à Rome sept ans auparavant pour étudier l'art lyrique. Un peu gênée de paraître si indifférente, tu ajustes les écouteurs sur tes oreilles. « Le Vatican est le plus petit pays du monde... » Tu te mords la lèvre en entendant cette phrase. Les propos de ta mère surgissent en un éclair dans ton esprit. Quand était-ce donc ? Elle t'avait demandé quel était « le plus petit pays du monde ». Elle t'avait demandé aussi, si un jour tu y allais, de lui en rapporter un « chapelet en bois de rosier ». Le plus petit pays du monde... Tu sors brusquement de ta torpeur. C'est ici ! Le Vatican !

Tu quittes ton groupe assis en bas des marches en marbre, à l'abri du soleil, les écouteurs sur les oreilles, et tu entres seule dans le musée. Elle t'avait parlé d'un « chapelet fabriqué avec du bois de rosier »... Négligeant les tableaux et les sculptures, tu cherches une boutique de souvenirs où tu pourrais trouver un tel objet. Tu te fraies un chemin à travers la foule en marchant aussi vite qu'il t'est possible. Néanmoins, parvenue à la chapelle Sixtine, tu t'immobilises. Michel-Ange aurait passé plus de quatre ans là-haut, à travailler à cette gigantesque fresque, dont tu n'avais pas soupçonné les dimensions impressionnantes lorsque tu regardais des reproductions dans des ouvrages ! En effet, il aurait été anormal de ne pas avoir de torticolis à la fin de ce chantier ! La souffrance et la passion de l'artiste baignent ton visage levé vers la Genèse.

Tu avais raison : en sortant de la chapelle, tu aperçois une boutique où l'on vend à la fois des livres et des souvenirs. Des religieuses vêtues de blanc sont postées derrière le comptoir. L'une d'elles semble t'observer.

— Vous êtes coréenne ? demande-t-elle dans ta langue.

— Oui.

— Moi aussi ! Vous êtes la première compatriote que je rencontre depuis que je suis affectée ici. Je suis arrivée il y a quatre jours.

Elle sourit.

— Avez-vous un chapelet en rosier ?

— En rosier ?

— Oui, un chapelet fabriqué avec du bois de rosier.

— Ah ! je vois ce que vous voulez dire.

Elle te conduit vers une extrémité de la vitrine.

— Vous voulez parler de ça ?

Tu prends la boîte qu'elle te tend et tu l'ouvres. Un parfum de fleur qui y était enfermé se dégage avec intensité. Ta mère connaissait-elle cette odeur ?

— Il a été béni par un prêtre ce matin même.

Était-ce bien ce que ta mère voulait ?

— Ce genre de chapelet ne se vend qu'ici ?

— Non, vous pouvez en trouver n'importe où. Mais on est au Vatican… Ils ont une valeur particulière.

Tu regardes le prix – 15 euros – marqué sur la boîte. Ta main tremble quand tu tends l'argent à la religieuse. Elle te demande si c'est pour offrir. Pour offrir ? Auras-tu l'occasion de l'offrir à ta mère ? Est-ce encore une chose possible ? Comme tu hoches la tête, la religieuse sort d'un tiroir une enveloppe blanche sur laquelle est imprimée une image de la pietà, y introduit la boîte et la referme avec un bout de Scotch.

Le chapelet à la main, tu marches en direction de la basilique Saint-Pierre. Depuis l'entrée, tu jettes un coup d'œil circulaire sur l'intérieur. Au loin, la majestueuse coupole en bronze du dôme laisse passer un flot de lumière. Sur la voûte, des anges volettent parmi des nuages blancs. Tu t'avances dans la nef en promenant ton regard autour de toi, mais soudain tu t'arrêtes. Qu'est-ce que c'est ? Quelque chose t'attire comme un aimant, tu écartes même des gens pour pouvoir t'en approcher. Tu lèves la tête comme le font les autres visiteurs. C'est une pietà, disposée derrière une vitre à l'épreuve des balles. La Sainte Mère, soutenant dans son giron le cadavre de son fils. Tu t'immobilises, subjuguée. La beauté de cette Vierge te pétrifie. Est-ce bien du marbre ? On dirait que le corps du Christ n'est pas encore froid. Les yeux de sa mère expriment une intense douleur. Malgré le thème de la mort, les deux figures semblent vivantes. Il émane d'elles une telle sensualité qu'on a envie de les toucher. Cette femme, qui avait pourtant vu un jour niée sa qualité de mère, a recueilli sur ses genoux la dépouille de son fils.

Tu as soudain l'impression que quelqu'un te caresse le dos et tu te retournes brusquement. Se peut-il que ta mère se soit tenue là, derrière toi ? Tu te rends compte que c'est à elle que tu as pensé, chaque fois que quelque chose allait de travers dans ta vie. Quand tu évoquais son image, tu retrouvais ton bon sens, comme si une force jaillissait du fond de toi-même. Cette habitude est tellement ancrée en toi que même après sa disparition, il est arrivé que tu sois sur le point de prendre le téléphone pour l'appeler. Brusquement revenue à la réalité, tu sombrais alors dans la rêverie.

Après avoir déposé le chapelet au pied de la statue, tu te mets à genoux. Tu as l'impression que les doigts de la Vierge remuent près de l'aisselle du Christ. Le désespoir de cette mère qui tient dans ses bras le corps de son fils, mort après avoir enduré tant de souffrances, te paraît insupportable. La lumière qui cascadait depuis le plafond semble décliner ; les bruits qui emplissaient tes oreilles s'estompent et l'intérieur de la basilique située dans le plus petit pays du monde plonge dans le silence. La plaie que tu t'es faite en te mordant la lèvre continue à saigner. Tout en la léchant, tu lèves péniblement la tête et tu regardes la Vierge. Sans que tu en aies conscience, tes doigts effleurent la vitre de protection, comme si tu voulais passer ta main sur ses yeux tristes pour les refermer.

L'odeur de ta mère te revient avec force, comme si elle t'imprégnait après une nuit passée dans son lit.

Un hiver, alors que tu rentrais complètement frigorifiée, elle avait enveloppé tes menottes de ses mains rugueuses. « Elles sont gelées ! » Elle t'avait entraînée devant l'âtre de la cuisine. Son odeur quand elle te serrait contre elle devant le feu, tout en te frictionnant les doigts...

Tu as l'impression que ceux de la Vierge se tendent pour venir frôler ta joue. Jusqu'à ce qu'il n'y ait plus que toi dans la basilique, tu restes ainsi agenouillée devant la Sainte Mère, qui tient dans ses bras ce fils dont les mains et les pieds portent des traces de clous. Tu ouvres grands tes yeux pour fixer les lèvres fermées de Marie, empreintes d'une inaltérable dignité. Plus encore que le chagrin qu'on peut lire dans ses yeux, elles expriment une sorte de compassion. Ton regard se porte sur le Christ, dont les membres retombent avec abandon le long des jambes de Marie. Même mort, le fils se laisse consoler par sa mère.

Si tu avais annoncé à tes proches que tu partais en voyage, ils en auraient conclu que tu avais renoncé à la retrouver. Tu as préféré ne pas les prévenir, pressentant que tu n'arriverais pas à dissiper ce doute. Est-ce pour voir cette pietà que tu es venue jusqu'ici ? Peut-être pensais-tu déjà inconsciemment, quand *il* t'a proposé de l'accompagner en Italie, à cette image d'une mère habitée par une miséricorde silencieuse devant le corps de son fils. Peut-être que la prière si ardente que tu avais l'intention de prononcer quand tu serais ici était : « Faites que je retrouve ou revoie au moins une dernière fois cette femme ordinaire qui a vécu dans un petit pays coincé à une extrémité du continent asiatique, à des milliers de kilomètres d'ici. » Peut-être était-ce autre chose... Peut-être que tu savais que ta mère n'était plus de ce monde. Tu voulais prier pour qu'on ne l'oublie pas, pour qu'on ait pitié d'elle. Mais devant la statue, dressée de l'autre côté d'un écran de verre, de cette femme assise dont les deux bras frêles enserrent toute la douleur que l'humanité a connue depuis la création du monde, tu restes silencieuse tandis que tu contemples avec passion ses lèvres. Quand tu fermes les yeux, une larme coule sur ta joue. Tu t'éloignes, à reculons. Une procession de prêtres passe à tes côtés. C'est sans doute l'heure de la messe.

En sortant de la basilique, tu lances un regard perdu sur la place baignée d'une éblouissante lumière. C'est alors seulement que les mots que tu n'as pas osé prononcer devant la statue sortent de ta bouche :

— Prends soin de maman.

Composition : Soft Office (38)

Achevé d'imprimer par GGP Media GmbH, Pößneck
en Juin 2010
pour le compte de France Loisirs,
Paris

N° d'éditeur : 59817
Dépôt légal : Juin 2010
Imprimé en Allemagne